천천히,

천천히,

초판인쇄 | 2023년 11월 15일
초판발행 | 2023년 11월 22일

지은이 | 김　우
펴낸이 | 서영애
펴낸곳 | 대양미디어

04559 서울시 중구 퇴계로45길 22-6(일호빌딩) 602호
전화 | (02)2276-0078
팩스 | (02)2267-7888

ISBN 979-11-6072-120-1 03810

값 15,000원

]우의 산문집(愚公移文)

천천히,

대양미디어

책 머리에

평생을 살아오면서 나의 단점은 성정性情이 급하고 참을성이 부족하여 큰일에 집중하지 못해 잘 흔들리는 성격이라고 생각했다. 그래서 나의 이름처럼 어리숙하게 매사 한걸음 뒤에 서서 느긋하게 중용中庸의 자세로 사람과 세상을 보고자 하였다.

그동안 틈틈이 써 놓았던 글을 산문집이라는 이름하에 이곳에 모았다. 우공愚公이 큰 산을 천천히 시간과 힘을 들여서 옮기듯이 주로 특수교육 현장에서 느낀 생각들을 칼럼과 에세이 형식으로 펴냈다. 더불어 책과 영화를 본 생각, 생활과 계절이 남긴 생각, 어머니에 대한 그리움을 담았다. 그런데 참 이상하다. 누군가에게 나는 그동안 열심히 살아왔다고 책에서 말하고 싶었는데 막상 불안정하고 거친 원고들을 정리하다 보니 모든 것이 부끄러웠다. 평범하고 소소한 일상들에 대한 언급은 문학적인 통찰력을 무디게 했고, 개인사 중심의 글들은 타인의 공감과 동조를 얻지 못한 것 같았다. 그러나 어찌하나. 지금까지 걸어온 길과 그 길에 담긴 젊음과 격정, 미래에 대한 기대와 불안한 생각들이 아깝지 않은가?

천천히,

4

오늘날의 저를 있게 한 부모님과 사랑하는 아내 김부숙 여사에게 이 책을 바친다. 표지사진은 전학출 작가의 도산서원 농운정사隴雲精舍 사진 작품이다. 감사드린다.

얼마 전에 송영욱 소설가가 새로 펴낸 책을 보내 왔는데 그는 들어가는 글에 다음과 같이 썼다. "내가 하고 싶은 말은 모두 이 책에 담았다." 그의 생각에 공감하며 거칠고 투박한 이 책을 과감히 내놓는다.

2023년 가을

|차 례|

제1부

천천히 바르게 살기

우리나라는 어느 식당에서든 반찬이 모자라면

"이모! 여기 반찬 더"라고 외친다.

당연하게 우리의 이모님들은 씩씩하게 군말 없이 나타난다.

새해에는 그 누가 불러도

우리 모두가 따뜻하고 힘이 있는 아저씨가 되어

이모들과 함께 편안함에 이르는

따뜻한 세상을 만들어 가자.

수화手話

마주 본 이들이
한 움큼 두 소끔
주먹 같은 작은 그리움을 나누고 있다

세상은 말로 시끄럽고 말로 힘겹다
조용히 소매를 들고 공간을 휘적거리니
손끝을 따라 넘칠 듯 모자랄 듯
숨어있던 사연들이 눈부시게 기지개를 켠다.

바깥사람들은 우리를 보고 투박하다고 하나
이게 우리의 말이다 몸짓이다

너의 손을 보고 내 손을 주니
신명과 바램이 이리저리 오간다

그래도 모자라
꺽꺽대며 눈빛까지 주어야 하나

우리들의 세설世說은 끝없이 정겹다

모든 이웃은 정겹다

2022년 설날은 하얀 눈으로 시작하였다. 몇 년 만의 서설이다. 똑같은 눈이 오는데도 한 시인은 코로나와 섞여서 내려오는 기분 나쁜 눈 풍경으로 보는 반면, 다른 사람은 그동안 좋지 않았던 모든 것을 하얗게 덮어버리는 포근한 눈으로 본다.

정월 명절마다 어린 우리는 '한 놈, 두시기, 석 삼, 너구리, 오징어, 육개장, 칠면조, 팔다리, 구들장, 앗 뜨거'와 같이 우리말을 비틀어 가며 희희낙락 즐겁게 보냈다. 오늘은 토속적인 숫자로 하나하나 우리 이웃 사람들의 따뜻한 일상을 돌아본다.

* 한 놈

그는 40대 중반 총각으로 코다리 조림을 전문으로 하는 음식점에서 일한다. 며칠 전 술을 한잔하고 택시를 탔다가 소지품을 몽땅 잃어버렸다. 분주히 카드와 휴대폰 등 분실신고와 사용정지를 하면서 바쁘게 지냈다. 사나흘 후 거짓말처럼 적지 않은 현금을 포함해 분실한 모든 것이 수취인 부담 우편물로 그대로 돌아왔다. 오! 대한민국은 살기 좋은 나라이다.

* 두시기

장애 학생을 지도하는 특수교사로 근무하다가 몇 년 전에 퇴임한 남성이다. 경기도 용인의 조금 깊은 곳에 직접 지은 작은 전원주택에 사는 그는 도자기도 굽고 인근의 정원사라는 산사에서 하는 지역사회 프로그램에 활발히 참여하며 슬기로운 전원생활을 하고 있다. 그러던 중 재작년 뜻하지 않은 큰 수해를 만나 집이 몽땅 산사태로 매몰되고 자신도 겨우 목숨을 건졌다. 그동안 꾸준히 복구 작업에 매달려 힘들어했는데 그래도 큰 위안이 된 것은 지역 이웃들의 도움과 관심, 그리고 크게 기대하지 않았던 용인시의 꾸준한 지원이라고 한다. 많이 힘들지만, 관청의 관심과 지원을 바라보며 요즈음은 '세금 내는 보람'이 있다고 한다. 그리고 국가가 국민들을 위해 존재하고 있다는 생각에 조금 뿌듯하다고 한다.

* 석 삼

개인택시를 모는 70대의 노익장이다. 요즈음 몸과 마음이 전과 같지 않아 개인택시 면허증을 반납할까 고민 중이라고 한다. 탁구를 엄청 좋아해서 쉬는 날에는 반드시 탁구장에서 젊은이들과 어울려 땀을 흘린다. 얼마 전에는 할머니를 태워다 드린 적이 있었다고 한다. 택시가 도저히 들어가지 못한 곳에 내린 할머니가 겨우겨우 걸음을 떼는 것을 보고 선뜻 할머니를 업어서 집까지 모셔다드렸다. 생각과 달리 할머니는 의외로 가벼웠다고 한다. 같이 탁구를 치는 장애인들 생각도 났을 것이다. 그가 매월 후원하는 단체는 3곳이다.

* 너구리

진보성향이 강한 40대 남자로 NFT에 빠져 있다. NFT를 만드는 과정인 민팅과 보유한 NFT 그림의 가치를 높이고자 몰입한다. 리스크는 존재하지만 지속 가능한 대체자원이 되기 위해서 보다 깊은 공부와 연구를 하여야 한다고 믿는다. 가끔가다가 관련 분야의 외국인 대가가 자신을 팔로우하면 본인의 활동에 큰 의미와 보람을 갖는다. 그에 의하면 우리나라는 세계적으로 앞서가는 좋은 나라이고 선진국이다. 기성세대가 경험하지 못하는 세상에서 자신의 뜻을 펼칠 수 있게 토대를 마련해준 앞선 세대에게도 감사할 줄 안다.

* 오징어

황해도 개성이 고향인 월남한 노년의 사업가는 명절만 되면 가슴이 아프다. 지척인데도 불구하고 가보지 못한 고향은 언제나 애틋하고 절절한 기억이다. 얼마 전 방문한 후배의 자식에게 고향 개성 이야기를 하면서 박완서의 소설 『미망未忘』을 소개하였다고 한다. 박완서도 고향이 개성이다. 개성에 대한 그의 몸과 마음은 늘 수구초심首丘初心이다. 엄혹한 전란의 청소년기에 짧은 시기를 보낸 고향이지만, 개성인이라는 사실에 무한한 긍지를 가지고 있다. 그는 개성인의 특성을 평하길 "개성인은 전통적으로 모든 것이 분명하여, 움직임도 똑바르고, 사리가 밝고, 주체성이 강하며, 절약과 검소, 그리고 저축을 생활신조로 삼고 있다. 신용이 철저하며 자립정신이 강하다. 상호 협력과 교육열이 높고, 자력 신조가 강하다. 그리고 자유주의 정신이 투철하여 거의 전 시민이 보수 성향이 강하다"고 하였다. 실향민의 자긍심과 아픔이 조용히 가슴에 와 닿았다.

우리 이웃은 정겹다. 그리고 모두 열심히 산다. 각자의 위치에서 서로를 돕고 챙기며 누가 알아주지 않아도 무엇이 우리가 나아가야 할 길인지 잘 알면서 살아간다. 새해에는 남북이 평화로 공존하고 세대와 계층 간에 화합과 공감이 이뤄져서 모두가 따뜻하게 살아가는 세상이 되었으면 좋겠다(2022년 1월).

이 구역의 호루라기

지난 칼럼에서는 새해를 함께 열어가는 우리 평범한 이웃들의 이야기를 썼는데 벌써 많은 시간이 지나갔다. 오늘은 '한 놈, 두시기, 석 삼, 너구리, 오징어, 육개장, 칠면조, 팔다리, 구들장, 앗 뜨거'에서 육개장부터 시작하겠다.

* 육개장

이선재 교장은 1935년 황해도 개성 출생으로 6·25 전쟁 때 내려와 1952년 야학으로 시작해 마포에 위치한 지금의 일성여자중고등학교 교장을 맡고 있다. 학교에는 10대 청소년부터 80대 할머니까지 모여 공부를 하고 있다. 현재 일성학교의 체제는 양원초등학교와 양원주부학교, 일성여자중고등학교로 나누어져 운영되고 있다. 이중 양원초등학교는 어려운 시절 초등학교를 다니지 못한 성인을 대상으로 하는 우리나라 최초의 초등학력 인정학교이다.

지금까지 배출된 졸업생이 국민가수 이미자 씨를 포함해 총 6만여 명이니, 이선재 교장은 향학열에 불타는 씩씩하고 도전적인 아줌마부대들로 구성된 큰 부대의 사단장이라고 볼 수 있다. 이런 사단장에게 어려움이 있는데, 그것은 대한민국 최초의 성인 교육기관이 관련 법령이 있음에도 불구하고 교육재정상 어려움을 겪고 있다는 사실이다. 교사들의 급료와 운영비, 세금 등을 감당할 수 없어서 학교 문을 닫을 실정이라고 한다. 현재 교육부 예산은 어림잡아 약 70조인데 그중 평생교육비는 0.08%에 지나지 않는다. 평생교육은 국가 경쟁력과 밀접한 관계가 있는데 평생교육 참여율을 보면 북유럽 같은 경우에는 70%가 되지만 우리나라는 겨우 40%에 불과하다고 한다. 그의 궁극적 희망은 우리나라에서 문해자들을 교육하는 프로그램이나 사업 자체가 없어지는 것이다.

* 칠면조

손송화 씨는 한 발달장애인의 어머니이다. 그는 정부가 추진하고 있는 탈시설정책을 매우 불안하게 지켜보고 있다. '탈시설 장애인 지역사회 자립 지원 로드맵'은 현재 전국의 장애인거주시설에서 사는 2만9천 명의 정원을 단계적으로 여러 해에 걸쳐 2천 명으로 줄이겠다는 내용이다. 정부의 '로드맵'은 모든 장애인이 시설에 갇혀 자신의 인권을 침해당하고 있다는 전제 아래, 시설에서 나와 지역사회에서 자유롭게 살게 해주자는 것이다. 그 대책인 '시설 밖으로 이주'란 곧 '공동주택으로 이주'를 뜻한다. 손송화 씨는 정부의 큰 정책 취지는 이해하나 이러한 로드맵을 일률적으로 적용하면 안 된다고 다음과 같이 말한다. "말도 글도 모르고, 의사소통이 안 되는 아이. 캔 뚜껑에 제 손바닥을 베여 피가 솟구쳐도 무관심한 아이, 위험을 몰라 8차선 도로에 뛰어드는 아이,

물건 사고 결제하는 사이에도 사라져 매번 경찰차로 찾아와야 하는 아이, 27살 발달장애인인 제 딸은 지금 한 장애인거주시설에서 살고 있습니다. 정원 30명의 이 시설은 1년에 빈자리 한 곳이 나기 힘든데, 대기자가 이미 170명을 넘습니다. 그런데도 정부는 이런 장애인거주시설을 사실상 대부분 없애겠다고 합니다. 왜 이런 현실도 모르면서 대기자를 위한 증설은 커녕, 무조건 '시설은 감옥'이라며 잘 운영되고 있는 모범적인 시설조차 없애려고 합니까? 제 딸을 지역사회로 보내 어떻게 자립시키겠다는 것입니까? 왜 제 딸이 '탈시설' 정책에 따라 다시 '자립지원주택'이란 이름의 공동주택에 갇혀 머리를 바닥에 찧으며 살아야 합니까?"

그의 외침은 계속된다. "정부는 로드맵이 본격 시행되기 전부터 장애인 거주 시설의 신규 입소를 막았고, 대규모 시설의 정원을 줄여가며 시설과 그 부모들을 압박해 왔습니다. 로드맵을 단계적으로 이행한다고 하지만 역시 현실을 모르는 탁상공론입니다. 정원 감축과 지원 축소는 지금도 힘겹게 버티고 있는 우량 거주 시설을 급속히 고사시킬 것입니다. 이런 시설이 없어지면, 또는 제 딸이 이 시설에서 나와야 한다면, 저와 제 딸은 어디로 가야 할까요?"

* 팔다리

요즈음 인기 있는 '이 구역의 미친 X'라는 드라마가 있다. 데이트 폭력으로 처참한 상처를 받고 불안과 공포로 대인기피증 등 세상과 단절하여 사는 한 미혼녀와 범죄 현장에서 억울하게 각종 누명을 쓰고 대기 중인 분노조절장애의 강력계 형사의 이야기이다. 울분에 찬 두 사람은 자신들이 사는 아파트를 중심으로 자칭 '이 구역의 미친 X'가 되어 티격태격, 좌충우돌 서로 싸우는데 일련의 과정을 거쳐 서로를 알아가고 이해하여 서서히 상처가 치유되어 가는 힐링 드라마이다. 아파트에서 혼자 사는 여자는 불안하여 전기 충격기를 갖고 다니고, 집안에 남자 신발을 놓아두거나 호신술을 배우는 등 노력을 한다.

서로의 아픔을 이해하여 한편이 된 남자는 위급할 때 사용하라고 비상용 호루라기를 여자의 목에 걸어준다. 그녀가 위급하여, 혹은 절박할 정도로 보고 싶을 때 '삐익 삑' 호루라기를 불면 남자는 언제든지 힘차게 나타난다. 남자가 정표로 걸어준 목걸이도 호루라기형이다. 나중에 남자와 여자는 같은 편이 된다.

* 구들장

드라마 '갯마을 차차차'에 나오는 홍두식은 홍반장이라는 애칭으로 불리며 마을 곳곳의 민원과 불편함을 척척 해결해주는 뛰어난 해결사이다. 일뿐만 아니라 마을 주민들의 인간관계와 소통, 개인 상담까지 해주는 마을 공동체의 정신적인 지주이다. 이런 홍반장도 가슴 아픈 사연이 있다. 젊었을 때 증권투자가들에게 잘못된 투자 권유를 하여 그 여파로 많은 사람이 상처를 입었기 때문이다.

도피처로 내려온 고향 공진 갯마을에서 홍반장은 마을 사람들을 돕고 지내는 가운데 서서히 살아가는 의미와 사랑을 깨닫게 된다. 가끔 우리는 힘들 때마다 '어디선가 누구에게 무슨 일이 생기면 틀림없이 나타나는 홍반장'을 찾게 된다.

* 앗 뜨거!

얼마 전 우리는 한국이라는 문화공동체의 살림을 잘 꾸려나갈 머슴을 채용하였다. 새 머슴에게 다음과 같이 일하기를 당부한다. 국민의 머슴은 언제 어디서든 '삑익' 하는 호루라기 소리가 나면 즉시 출동하여 국민을 보호하여야 한다. 그리고 범죄자를 잡아야 한다. 국민의 머슴은 홍반장처럼 지역사회의 모든 문제에 대해 잘 알고, 실효적으로 접근하여 해결할 수 있는 만능 맨의 역할을 하여야 한다. 머슴은 누구라도 평생 동안 공부할 수 있도록 하여 글을 읽거나 쓰지 못해 은행에 가서 손을 다쳤다고 거짓말을 하는 할머니가 없도록 하여야 할 것이다. 국민의 머슴은 점점 노령화되어가는 장애인들이 평생 동안 안심하고 살 수 있는 실제적인 정책을 펼쳐 이 땅에 소외되고 차별받는 장애인들이 없도록 노력하여야 한다.

머슴에게 마지막 당부이자 경고이다. 혹 주인이 안 본다고 다리 쩍 뻗고 빈둥거리거나 게으름을 피우는 등 엉뚱한 욕심으로 공사 구분 못하고 맡은 바 일들을 제대로 수행하지 못할 경우 즉각 해고된다는 것을 명심하여야 할 것이다(2022년 3월).

새해의 묵수墨守

최근에 인상 깊게 본 책이 있다. 사케미 게이치酒見賢一가 쓴 『묵공墨功』이라는 중국풍의 소설인데, 이 소설의 주인공은 묵자라는 사람이다. 묵자는 공자나 맹자, 순자처럼 군웅할거의 춘추전국시대에 유교에 대항했던 기묘한 인물로 박애주의를 주장하면서 전쟁을 반대한 사람이다. 이러한 묵자가 만들어낸 전투 집단이 있었으니 바로 역사적으로 유명한 신비한 묵자교단墨子教團이다.

묵자교단은 박애주의라는 묵자의 사상을 이어받아 조직된 종교집단으로 전쟁에 이기기 위한 비정함을 가지고 있으며 한편으로는 풍부한 인간성을 지닌 휴머니스트들이었다. 묵자교단의 주된 신도 계층이 상공업, 혹은 수공업자들이거나 다수의 협객으로 구성된 점도 눈여겨볼 만하다. 묵자교단이 철저한 전투 용병이었음에도 불구하고 우리의 관심을 끄는 것은 그들이 절대로 남을 먼저 공격하지 않았다는 것이다. 공격보다는 뛰어난 고도의 수비능력과 병기제조기술, 그리고 탁월한 방어전술로 약소국의 지원요청을 받고는 천하의 어떠한 성도 잘 지켜냈다.

겸애兼愛 즉, 천하에 남이 따로 없다는 '천하무인天下無人'을 바탕으로 전쟁을 배격하는 비전론非戰論을 내건 묵자교단은 이런 신념을 널리 전파하고 외부로부터의 공격에 그들 스스로를 지키고자 했기 때문인지 대단히 전투적인 모습을 보인다. 공격하지 않음으로서 성을 지킨다는 이른바 '비공'의 의미는 묵자의 가장 큰 특징 중의 하나이지만 묵자의 수비는 온몸을 다 바쳐 끝까지 지키기 때문에 단순한 피동적 수비와는 다르다. 일종의 공격적이고도 능동적인 수비이다. 그래서 공격자에 대하여 항복을 서두르지 않고 끝까지 자기를 지킴으로써 항복보다 더 나은 민중의 주체적 삶을 보장받기 원했다고 볼 수 있다. 200여 년 동안 활동한 이 신비한 교단은 진시황제가 중국을 통일한 후 역사의 무대에서 흔적도 없이 홀연히 사라져 버렸다. 따라서 묵수墨守라는 말은 묵자墨子의 지침에 따라 굳건히 성을 지킨다는 묵자교단의 전법에서 유래된 말로 자기의 의견이나 주장을 굽히지 않고 굳게 지킴을 의미한다.

2022년 임인년壬寅年 새해가 힘차게 시작되었다. 매년 신년도에는 금년의 사자성어라고 하여 우리가 지켜가야 할 묵수가 여러 가지 제시된다. 개인적으로 좋아하는 사자성어는 강구연월康衢煙月이다. 강구연월은 '번화한 거리에 달빛이 연기에 은은하게 비치는 모습'을 나타낸 말로, 태평성대의 풍요로운 풍경을 묘사한 글이다. 올해 우리 국민이 분열과 갈등을 넘어 경제적으로 넉넉한 가운데 상생과 화합의 시대로 나아가기를 염원하는 마음이 담겨서 마음에 든다. 강구연월 외에도 '편안할 때

위태로울 때의 일을 생각하라'는 거안사위居安思危, '때를 벗기고 잘 닦아 빛을 낸다'는 의미의 괄구마광刮垢磨光 등도 좋은 말들이다. 선거의 해인 올해 정치인들이 좋아하는 새해의 각오로는 태화흥국泰華興國, 청정무애淸淨無碍, 호시우행虎視牛行, 지족불욕知足不辱, 수능재주 역능복주水能載舟 亦能覆舟, 기호지세騎虎之勢, 여민동락與民同樂, 절전지훈折箭之訓 등이 있겠다.

지난 한 해는 어렵고 힘들게 어수선하게 지났지만, 새해는 희망과 가능성으로 맞이하여야 한다. 늘 그러하듯 신년도가 시작되면 우리는 반드시 지키고 싶은 몇 가지를 정하여 끝까지 준수하고자 하는 각오를 다진다. 인생을 살아가면서 옳다고 믿고 반드시 지켜야 하고 혼신의 힘으로 견지해야 하는 나만의 묵수가 무엇인가를 생각해 보는 시간이다. 새해는 각자의 묵수를 치열하게 지켜가겠다고 스스로 다짐하는 때이기도 하다.

바라는 것은 우리들의 묵수가 경쟁과 우위를 추구하는 것이 아니라, 상생과 소통에 바탕을 둔 지속 가능한 공동체를 추구하는 방향으로 나아갔으면 좋겠다. 나만의 행복만을 추구할 것이 아니라 우리 이웃을 먼저 배려하고 사회와 공동의 선善을 향하여 헌신하는 묵수가 정해졌으면 한다. 그래서 새해에는 우리들의 묵수가 올바르게 정립되어 나를 먼저 내세우고 나타내기보다는, 나를 녹여서 각 계층의 갈등에 스며들어 틈을 없애고 서로를 단단하게 연결하는 모퉁이 돌이 되었으면 좋겠다(2022년 1월).

오늘의 우리가 있기까지

우연히 송종훈(19세기발전소 대표)이 쓴 『서대문형무소』라는 책을 읽었다. 이 책은 1910년부터 1945년 광복까지 독립운동을 하다가 서대문형무소에 수감되어 온갖 고초를 겪은 독립운동가 1,085명의 이름과 수감 이력을 기록한 책이다. 당시의 신문기사를 토대로 독립운동가의 반일 운동과 이들이 당한 모진 고초 등을 생생히 다큐멘터리 아카이빙 Documentary Archiving하여 산 역사로 불러낸 책이다.

필자는 우리나라가 선진국이며 잘사는 나라라고 생각한다. 헬조선, 헬조선 하지만 과거와 비교하면, 아니 지금 어느 나라와 비교해도 살기 좋은 나라라고 생각한다. 비록 한반도가 남과 북으로 나누어져 있고 그 한쪽 대한민국도 진보와 보수라는 이름으로 양극화되어 치열하게 다투고 있지만, 이 또한 우리 민족이 융성해가는 한 과정이라고 생각한다. 우리는 지금 절대빈곤에서 벗어나 정보화시대의 혜택을 누리고 있고 평생 복지사회를 추구하는 자유로운 시민으로 살고 있다. 이 시대를 당연한 것처럼 누리고 지낸다. 그러나 오늘날의 우리가 있기까지에는 어려운 시기를 앞서서 걸어가신 분들을 생각하지 않을 수 없다. 특히 11월은 11월 3일 학생만세운동의 날과 11월 17일 순국선열의 날이 있는 달로 자신을 내던져 희생과 투쟁으로 민족을 이끌어간 수많은 애국지사가 저절로 생각난다.

『독립운동가의 숲』은 '서대문형무소'에 기록된 독립운동가 1,085명을 기념하고 기억하는 마음의 숲이다. 경기도 수원에 있는 자혜학교(지적장애 특수학교)에 금년 11월 18일 조성된 『독립운동가의 숲』은 모든 독립지사의 이름과 사형, 옥사, 병사 등 수감 이력을 큰 동판에 새겨서 장애 학생들이 가슴 깊이 기억하고 기념하도록 하였다. 자혜학교는 장애 학생들이 독립운동가들의 애국정신과 민족의식을 함양하기 위해 교직원들은 직무연수를, 학생들은 창의적 체험활동과 미술 시간 등의 교육과정을 통해 독립운동과 관련한 그림 그리기와 붓글씨 수업, 독립기념옷 만들기 등을 진행하여 작품전시회를 열었다.

그러고 보니 중학교 때 잠시 웅변학원을 다닌 생각이 난다. 그때 가장 많이 연습한 원고는 백범 김구의 '나의 소원'이라는 글이었다. "누가 나에게 너의 소원이 무엇이냐고 물어본다면, 나의 첫 번째 소원은 조선의 독립이요! 누가 나에게 너의 두 번째 소원이 무엇이냐고 물어본다면, 나의 두 번째 소원도 우리 조선의 독립이요! 누가 나에게 너의 세 번째 소원이 무엇이냐고 물어본다면, 나의 세 번째 소원도 우리 조선의 독립이요!" 하고 힘차게 외친 생각이 났다. 쉽고 명료한 메시지가 강렬하게 어린 내 마음을 치고 지나가는 뭉클한 외침이었다.

어느 시인의 말처럼 조선은 마을마다 독립군 한분 한분을 품지 않은 곳이 없었던 그런 산하였다. 독립을 염원한 우리의 선조들은 척박한 강산에 질경이처럼 뿌리내리고 살아갔으며, 서로의 어깨를 걸고 싸우고, 또 싸우고 그러고는 이름 없이 스러져 갔다. 삭풍의 만주벌판에서, 상해 임시정부에서, 연해주와 사할린에서, 멀리는 중앙아시아로 이주한 고려인들까지 비록 추구하는 길은 다르고 방법은 투박하였지만, 조국의 독립을 위해 고통받고 희생한 분들을 생각하지 않을 수 없다. 이번에 조성된 『독립운동가의 숲』은 이처럼 민족의 독립과 자유를 위해 한 줄기 바람과 같이, 한소끔 햇볕같이 역사 위를 스쳐 지나간 수많은 선배를 기억하고 가슴에 담기 위해 만들었다. 특히 우리가 잘 알고 있는 안중근, 홍범도, 김구, 여운형, 이육사 등 유명 지사뿐만 아니라 이름 없이 활동하다 쓰러져간 많은 민초들을 기억하고 역사의 광장으로 불러내어 우리의 마음에 푸른 숲으로 자라기를 희망하였다.

사단법인 자행회와 자혜학교가 조성한 『독립운동가의 숲』은 전국 특수학교 최초로 '장애 학생들이 민족과 나라 사랑의 참뜻을 배울 수 있는 좋은 계기 교육의 공간'으로 그 의미가 크다고 본다. 이처럼 작지만 의미 있는 공간이 전국 곳곳에 많이 생겼으면 하는 바람과 함께 독립지사들의 드높은 뜻이 이 『독립운동가의 숲』들에 푸른 꽃비로 내리기를 소망한다. 마침 제막하는 순간 독립운동가들의 영혼이 나타나듯 수많은 철새가 우리 위를 낮게 나르며 대륙을 향하고 있었다(2020년 11월 독립운동가의 숲 제막식 축사).

개운開運의 비결은 음식인가?

바야흐로 정치와 선거의 계절이 다가왔다. 내년 3월에는 제20대 대통령선거가, 6월에는 제8회 지방선거가 있다. 출마한 정치인은 자신의 당락여부를 판가름할 본인의 운명에 궁금해 하고, 일반 국민은 자신이 선택한 정치인이 좋은 사람인지, 자질은 충분한지, 혹은 능력 있는 올바른 사람인지 알고 싶어 한다.

동양 문화권에서는 사람의 미래와 운명을 알기 위한 다양한 방법이 오래전부터 전해져 왔다. 가장 흔히 우리가 알고 있는 것은 관상觀相이라고 말하는 상법相法이다. 상법相法은 얼굴 생김새를 통해 사람의 운명과 팔자, 행·불행과 성격상의 장단점을 판단한다. 이러한 상법을 보완하기 위해 주역周易에 기반 한 역학易學도 발전하였으며 가정적 배경, 체형과 필체, 목소리, 걸음걸이 등도 분석한다. 얼마 전 자오위핑의 『자기통제의 승부사 사마의司馬懿』를 보았는데, 흥미로운 대목이 나온다. 삼국지에 등장하는 사마의司馬懿는 이른바 낭고상狼顧相이라고 한다. 걸어가면서 누가 뒤에서 불렀을 때 늑대처럼 몸은 그대로 가고 고개만 뒤로 돌아보는 이른바 '반역자叛逆者의 상相'이라는 것이다. 그래서 조조는 오랫동안 그를 견제하고 감시하였다고 한다.

미즈노 남보쿠水野 南北는 전설적인 일본의 운명학자이자 사상가이다. 어려서 부모를 잃고 투옥 생활을 하는 등 어렵게 자랐다. 감옥에 있으면서 가난하고 죄지은 사람들의 생김새가 성공한 사람들과 다른 것을 발견하고 운명을 공부해야겠다고 결심한다. 이후 3년간은 이발소의 조수로 일하며 두상頭相을 연구하고, 3년은 목욕탕 때밀이로 일하며 체상體相을 공부하였으며, 또 3년간은 화장장火葬場의 소체부燒體夫로 일하며 죽은 자의 골격骨格과 골상骨相을 탐구하였다.

이러한 수련 후 그는 일본 조정으로부터 '대일본大日本'이라는 칭호를 받을 정도로 뛰어난 상법相法의 권위자가 된다. 미즈노 남보쿠는 상相을 볼 때, 좀 의심쩍으면 옷을 벗기고, 체상體相과 골격骨格까지도 감정하여 백발백중 틀리지 않았다고 한다. 또 사람이 오면 일부러 거친 음식을 대접하여, 어떤 식으로 대응하는지 관찰하여 운명을 판단하기도 했다.

그런 그가 가끔은 틀린 적이 있었다. 인상은 굉장히 좋은 사람인데, 실제 삶은 어렵고 궁핍하거나 요절하는 등의 불행한 사람, 그 반대로 인상은 안 좋은데 실제 그 사람의 삶은 부귀영화를 누리고 장수하는 것 등을 보게 된 것이다. 이러한 여러 사례를 보고 그는 문득 사람에게 있어 '먹는 것'이 운명을 결정짓는 중요한 요소가 아닐까 하는 생각을 하였다.

미즈노 남보쿠는 좋은 운을 열고 만들어가는, 즉 운명運命을 바꾸는 개운開運의 비결은 음식이라고 하였다. 그가 말하는 운명 개척의 주요 키워드는 식습관이다. 인간 일생의 길흉은 오직 그 사람이 평소에 무엇을 어떻게 먹는가에 달려 있다고 하였다. 사람의 행운과 불운, 수명은 모두 음식을 조심하느냐 조심하지 않느냐에 따라 결정된다는 것이다. 음식을 조심하고 있으면 마음과 몸이 건강하여 기가 자연히 열려온다. 기가 열리면 운도 그에 따라 열려온다.

그의 사상을 집대성한 것이 바로 『절제의 성공학』이라는 책이다. 미즈노 남보쿠의 주장은 적어도 운명은 고정되어 있지 않다는 생각에서 출발한다. 저절로 잘 풀리는 인생도 없고, 완벽히 불행한 삶도 존재하지 않는다. 운명이 바뀌기 힘들다고 하는 건 생활 습관을 쉽게 고치기 어렵다는 의미의 다른 말이다. 습관을 고치려면 우선 삶을 개선하고자 하는 엄청난 의지가 필요한데 이것은 어디까지나 필요 요건이다. 의지만으로는 안 되기 때문이다. 그 의지를 실행에 옮겨야 습관이 서서히 바뀌기 시작한다. 이 단계조차 강한 실행력 없이는 불가능하다. 그가 이야기하는 서서히 바꾸어야 할 생활 습관은 식습관의 변화이다. 다음과 같은 변화가 있어야 한다고 하였다.

첫째, 소식少食을 하라고 하였다. 둘째, 규칙적으로 정성을 다해 식사를 하라고 하였다. 셋째, 곡물과 가공되지 않은 소박한 식품과 거친 음식을 먹으라고 하였다. 아울러 고기 등 육류는 가급적 적게 먹으라고 하였다. 어떻게 보면 위의 사항들은 의외로 지키기가 쉽다. 한편으로는 인간의 본능 중 가장 강력한 식욕의 문제이기 때문에 지키기가 아주 어렵기도 하다. 우리가 살을 빼기 위해 다이어트 하는 과정은 얼마나 어려운가? 풍요로운 미식의 시대에 화려하고 군침 도는 맛있는 먹거리들은 끊임없이 우리를 유혹한다. 절제하고 적게 먹어야 건강해진다는 것을 알면서도 우리는 못 고친다. 이 글을 쓰고 있는 필자의 컴퓨터 주변에도 당장 여러 가지 간식거리가 바스락거리며 손을 유혹한다.

절제란 스스로 통제하는 능력이기 때문에 남이 시킨다고 할 수 있는 것이 아니며, 자신만이 할 수 있는 실천적인 덕목일 것이다. 결국 사람이 운명을 바꾸어 행복하게 살 수 있는 것은 규칙적으로 일정량을 적게 먹되 소박한 음식을 먹고, 기름진 음식을 삼가는 등 사소하지만 중요한 절제 있는 식생활을 꾸준히 하는데 달려 있다.

결국 개운開運의 비결은 음식인가?(2021년 10월).

그 입들 다물라

말은 마음을 담아낸다. 말은 마음의 소리이다. 무심코 던진 한마디에 그 사람의 품성이 드러난다. 격과 수준을 의미하는 한자 '품品'은 입 '구口'가 세 개 모여 이루어져 있음을 알 수 있다. 말이 쌓이고 쌓여 한 사람의 품격이 된다는 뜻이다. 한 사람이 지닌 고유한 향기는 그 사람이 구사하는 말에서 뿜어져 나온다. 어떤 상황에 부딪혔을 때 욕설을 내뱉는 사람이 있는가 하면 부드러운 어투로 그 상황을 정리하는 사람도 있다. 따뜻한 말은 공감을 일으키고 차가운 말은 반목을 일으킨다.

내가 뱉는 '말'이 곧 '나'이다. 내가 내뱉어온 모든 말들은 나를 표현한다. 말은 밖으로 나오면 다시는 주울 수 없으며, 어떤 말은 누군가를 살리기도 누군가를 멸하기도 한다. 때론 너무 많은 말은 오히려 자신과 상대방에게 해가 되기도 한다. 품격 있는 말은 그 자체로 향기가 되어 다른 사람을 설득하고 공감하는 좋은 수단이 된다. 내 말의 품격들이 내 품격들을 증명하니, 겸손해져야 함을 다시 느끼고 싶을 때는 내가 하는 말을 주의 깊게 들여다볼 필요가 있다. 성대중成大中은 『청성잡기青城雜記』에서 내면의 수양이 부족한 자는 말이 번잡하며, 마음의 주관이 없는 자는 말이 거칠다고 하였다.

앨버트 메라비언Albert Mehrabian은 상대방으로 보고 좋은 인상과 호감을 결정하는 요인은 눈빛과 표정, 몸짓과 같은 시각적인 이미지가 55%의 영향을 주며, 음색과 어조, 목소리 등의 청각 정보는 38%의 영향을, 말하는 내용은 7%의 영향을 준다고 하였다. 특이한 것은 상대방이 무엇을 말하였나 하는 메시지의 내용은 7%뿐이라는 것이다. 메라비언은 음색, 어조, 목소리 등 38%의 영향을 가진 청각 정보를 강조하였지만, 필자는 여기에 그 정보를 격조 있게 표현할 수 있는 말의 품격을 강조하고 싶다. 이러한 품격은 그냥 나오는 것이 아니다. 말의 품격은 '들어야 마음을 얻는다.'는 이청득심以聽得心의 자세에서 나온다. 이청득심以聽得心은 귀를 기울이면 사람의 마음을 얻을 수 있다는 뜻이다. 결국 진정성 있는 경청과 상대방에 대한 존중, 긍정적인 공감 등이 말의 품격을 높인다.

우리는 자기표현의 시대에 살고 있다. 인터넷은 우리에게 무한한 표현의 무대를 제공하고 있고, 대다수의 사람은 블로그 등 SNS를 열어 정보를 전파하고 말하고 싶은 것을 말한다. 그리고 다른 사람의 반응에 일희일비한다. 언제부터인가 우리 사회의 구성원들이 일상생활에서 주고받는 말들이 점점 살벌해지고 모질다. 듣기 힘들 정도의 거친 표현과 저급한 비유와 욕설이 다반사이다. 특히 정치인들의 언어는 가장 심하다.

옛사람들은 큰일을 하는 사람이라면 신언수구愼言修口해야 한다고 하였다. 즉 말을 할 때는 신중해야 하고 절대로 아무 말이나 함부로 해서는 안 된다는 것이다. 중국 『수서隋書』를 보면 하약필이라는 장군이 나온다. 하약필의 부친 하약돈은 나라를 지키는데 큰 공을 세웠으나 아무 말이나 가리지 않고 함부로 막 하는 나쁜 버릇이 있었다. 결국 한마디 말 때문에 권문세족의 노여움을 사 자결하게 된다. 죽기 전에 하약돈은 아들에게 혀를 내밀라고 하였다. 영문을 모르고 혀를 내민 하약필에게 아버지는 송곳으로 혀를 깊게 찔렀다. 하약돈이 아들에게 말하고자 한 것은 화는 입에서 나오는 것이니 이후 절대로 혀를 함부로 놀리지 말라는 것이었다.

2022 대선을 앞둔 본격적인 정치국면을 맞이하여 각 진영은 각종 보도를 통해 부당한 프레임 씌우기와 근거 없는 비방과 깎아내리기, 흑색선전, 거짓말 등을 총동원하고 있다. 권한을 위임한 많은 시민이 보고 있는 가운데, 자라는 청소년들이 보고 배우는 줄 모르고 정치인들이 구사하는 언어는 난폭하고 진실하지 못하다. 가히 부끄러워 스스로 자정도 하지 못하는 듯하다. 시대가 변하고 있다. 과거와 달리 우리 국민은 정보화 사회에서 바른 정보를 취사 선택할 수 있는 수준 높은 민도를 가지고 있다. 오로지 권력을 잡기 위해 뒤떨어진 진영논리와 지연, 혈연 등 현대화된 부족사회적部族社會的 가치관으로 그들만의 리그에서

체질화된 정치인들은 이제 그만 그 깨끗하지 않은 입들을 다물었으면 한다. 정치인들이 아무리 교언영색巧言令色 하더라도 국민은 날카롭게 거짓의 이면을 읽을 수 있다. 소통에 대한 진심과 진정성을 결여한 정치적 수사는 설득과 감화가 되지 않는다.

영화 '킹스 스피치'를 보았다. 영국의 왕 조지 6세는 히틀러가 유럽을 전쟁의 광풍으로 몰아넣은 시기에 제2차 세계대전 참전 선포를 앞두고 대국민 라디오 연설을 하여야 한다. 말을 더듬는 증상을 가진 조지 6세에게 괴짜 언어학자 라이오넬 로그 박사는 연설을 앞두고 긴장한 조지 6세에게 달변과 격정적인 연설보다는 진심을 담아 편안하게 국민을 맞이하라고 진심을 말할 것을 요구한다. 영화에서는 조지 왕이 많은 군인 앞에서 열정적으로 연설하는 히틀러를 바라보는 장면이 아주 짧게 나온다. 두 사람의 어법은 정반대이다. 히틀러는 분명한 발음으로 청중을 격정적으로 몰아가는 다변과 달변의 소유자이다. 반면에 조지 6세는 세련되지는 못했지만, 진심을 담아 얘기하는 다소 어눌한 인물이었다. 두 사람의 차이는 히틀러는 선동과 카리스마로 군중 동원력을 가진 언변을 가졌다면, 조지 6세는 인류의 본질적 가치를 지키기 위해 말과 말 사이에 진심을 담아 대중의 마음을 움직인 사람이었다는 점이다.

'상대방이 저급하게 가더라도, 우리는 품위 있게 가자!(When they go low, we go high!).' 이는 미셸 오바마가 2020 민주당 전당대회 연설에서 한 말이다. 우리 정치인들이 깊은 교훈으로 새겨들어야 할 것이다. 플라톤이 이야기한 시기가 다가온다. 정치를 외면한 가장 큰 대가는 가장 저질스러운 인간들에게 우리가 무심히 지배당한다는 것이다. 이번 2022대선을 통해 국가경영이라는 확실한 비전을 제시하고, 그 비전을 품격 있게 드러내는 지도자를 만나고 싶다(2021년 8월).

그러니까 마음껏 해봐

2010 남아공 월드컵의 열기가 전 지구촌을 흔들고 있다. 필자도 예외는 아니어서 축구경기 채널에 몰입하여 보고 있다. 그런데 매 순간 경기에 집중하여야 함에도 불구하고 틈틈이 다른 채널을 보는 자신을 보게 된다. 바로 프로야구를 중계하기 때문이다. 야구가 내 인생에 차지하는 비중은 정말 크다. 아마 생의 가치와 덕목 중에 높은 순위라고 볼 수 있다. 왜 그렇게 야구를 좋아하느냐 묻는다면 야구는 인생과 같기 때문이라고 말한다. 야구를 인생으로 비유하는 이유는 많다.

첫째, 야구는 우리가 인생을 모르듯 그 결과를 아무도 모르는 스포츠이다. 우리는 자신의 미래를 모르고 살아간다. 그러나 미래의 불확실성을 보다 나은 결과로 만들기 위해 최선을 다해 살아갈 뿐이다. 야구는 개인의 운동능력을 수치로 통계화한 확률과 예상치 못한 다양한 변수들이 상호 교직 되어 일어나는 결과를 예측하기 힘든 스포츠이다. 오죽하면 야구해설자인 하일성 씨가 "야구는 몰라요"라는 명언을 남겼을까?

군이 야구를 정의한다면 야구는 과학적인 통계의 경기이자, 직관과 의지가 주도하는 멘탈 경기이다. 아울러 사람이 홈에 들어와야 득점으로 인정되는 인본적인 스포츠이다. 누군가 치매를 예방하기 위해서는 바둑을 두거나 야구경기를 관람하는 것이 좋다고 하였다. 이것은 곧 야구경기가 고도의 집중을 요하는 경기로 모든 경우의 수와 확률에 근거한 통계를 바탕으로 다양한 전략을 구사하는 지적인 경기임을 의미한다. 그러나 한편으로는 섬세한 멘탈 경기이기도 하다. 얼마 전 한 경기에서 대기록을 앞둔 선수가 기록을 의식한 나머지 스스로 무너지는 것을 보았다. 불확실한 인간적인 요소인 의지나 능력 등이 끼어들 여지가 많은 야구를 보면 우리의 인생과도 같다는 생각이 든다.

야구경기에는 인간의 삶처럼 모든 희로애락이 쉬지 않고 몰아닥친다. 그러한 흐름에 일희일비하는 것이 우리의 살아가는 모습과 같다. 지금 당장 행복하고 좋다고 만족해서도 안 되고 힘들다고 절망해서도 안 되는 것이 인생을 지혜롭게 살아가는 방법이다. 야구는 바로 이러한 자세를 요구한다. 힘들다고 포기하지 않고 최선을 다하다 보면 단숨에 전세를 뒤집을 수 있는 9회 말 대역전의 홈런이 기다리고 있다. 그러나 온갖 수를 써도 한 점도 내지 못해 완봉패라는 치욕을 당할 때도 있다. 어제는 안 되다가도 오늘은 활화산처럼 터지는 타선의 도움을 받아 손쉽게 이길 수도 있다. 혼자 독불장군처럼 잘해도 동료의 희생번트와 받아 올리는 호수비가 없으면 절대 불가능한 것이 또한 야구이다. 다른 스포츠처럼 처음을 보고 결과를 예상할 수 있는 것이 아니라 투수의 공 하나로 승부가 뒤집혀지기 때문에 9회 말 스리 아웃을 잡을 때까지 양 팀은 팽팽하게 긴장하게 되고 박진감 넘치게 되는 것이 야구의 매력이다.

둘째, 야구는 무한한 가능성의 경기이다. 야구의 규칙만을 놓고 보면 야구는 절대적으로 평등한 스포츠이다. 각 팀에게는 공평하게 9번의 공격과 수비의 기회가 주어진다. 선수는 자기 순서에 따라 타석에서는 공격을 하고, 수비에서는 자기 위치에서 수비를 한다. 그러나 그 결과는 엄격하게 승과 패로 나타난다. 기회는 평등하게 주어지나 능력은 평등하지 않게 나타나는 인생처럼 야구도 그러하다. 그렇지만 이러한 평등 속에 야구는 무한한 가능성을 내포하고 있다.

'야구는 타임아웃이 없는 스포츠가 가진 매력을 가지고 있다'. 이 말은 유명한 야구 만화 H2에 나오는 말이다. 경기 종료를 결정하는 기준이 득점이 아니라 아웃이다. 무엇이 어찌 되었든 세 번의 아웃이 나오지 않은 이상 계속 진행되는 것이 야구이다. 이 말은 정해진 것은 없고 한계도 없다. 그저 '아웃'을 세 번 당하지만 않는다면 너희들이 할 수 있는 모든 것을 할 수 있다. 그러니까 마음껏 해봐!라는 뜻이다. 그러나 이것은 지고 있는 약한 팀의 경우에는 잔인한 면으로 작용한다.

어찌 되었든 결론은 야구는 재미있다. 그리고 그 세계에 빠질만한 가치가 있다. 열광적인 월드컵의 열기 속에서도 꾸역꾸역 야구장을 찾는 사람들을 보면 묘한 동류의식을 느낀다. 독자 여러분에게 야구의 매력을 드린다(2010년 6월).

긍정을 넘어 기대期待를 하자

필자가 유년기를 보낸 60년대 초의 이야기이다. 원인 모를 복통으로 아파하는 나를 부모님은 1시간 동안 비포장길을 버스로 달려 시내의 큰 병원 안동 성서병원을 찾았다. 참으로 신기했다. 병원 건물에 들어서자마자 그렇게 아팠던 배가 아프지 않은 것이다. 치료 후 돌아오는 길에 어머니는 오줌을 누지 못하는 사람에게는 옆방의 의사 선생님이 수도를 틀어서 콸콸콸 물소리를 들려준다는 얘기도 들려주었다.

인간의 감정과 마음, 그리고 심리를 잘 설명한 사례를 보자. 제2차 세계대전 때 수많은 부상자가 발생했다. 부상자를 치료하기 위한 모르핀이 절대적으로 부족했는데 모르핀 대신에 생리식염수를 투여하고 진통제라고 했더니 진통제와 같은 실제 효과가 있었다. 이른바 '플라세보placebo 효과'는 위약효과偽藥效果로서 가짜 약도 사람의 심리상태에 따라 효과를 낼 수도 있다는 검증된 현상으로 기대 효과의 힘을 잘 보여준다. 심지어 이 위약효과는 플라세보라는 사실을 알고 약을 복용하더라도 효과를 볼 수 있다는 점에서 그 위력은 대단하다. 물론 이러한 기대에는 부정적인 기대가 실제로 신체에 해로운 영향을 미치게 되는 '노세보nocebo 효과'도 있다.

기대 효과는 우리가 섭취하는 음식에서도 엄청난 위력을 발휘한다. 한 실험에서는 참가자들에게 용량이 적혀 있는 그릇에 수프를 주고, 그 용량을 그릇의 비밀 장치로 조정하여 참가자들이 먹은 용량을 조절했다. 결과적으로 큰 용량의 그릇에 적은 양의 수프를 먹은 참자가들이 작은 그릇에 실제로는 더 많은 양의 수프를 먹은 참가자들에 비해 훨씬 포만감을 오래 느꼈다. 위가 느끼는 포만감이 아니라 뇌가 생각한 포만감을 느낀 것이다. 부정적인 기대는 집단에서 전염되기도 한다. 2006년 포르투갈에서는 10대 청소년들이 어지럼증, 호흡 곤란, 피부 발진 등의 증상을 보이기 시작해 전국적으로 300여 명이 이 병에 걸렸다. 많은 전문가가 병의 진단과 원인을 두고 의견이 분분하였는데 원인은 포르투갈의 한 인기 드라마였다. 드라마에 몰입한 청소년들이 드라마 속 허구의 병에 감염된 것이었다.

최근에 영국의 데이비드 롭슨David Robson은 책 『기대의 발견』에서 "우리의 뇌는 예측 기계"라며 "이 같은 뇌의 특성을 이해하고 삶에 적용하는 법을 익히면 우리의 기대는 바라던 현실이 될 수 있다."며 기대 효과the expectation effect의 힘을 강조했다. 롭슨은 우리가 가진 기대가 생각했던 것보다 훨씬 큰 역할을 하고 있다며, 이 힘을 어떻게 활용하면 좋은지에 대해서도 연구했다.

그는 어떤 일이 벌어질 것이라고 기대하면 진짜 그 일이 벌어질 수 있다는 것을 '기대 효과'의 개념으로 설명한다. 롭슨은 실제 무슨 일이 일어났느냐가 아니라 어떤 일이 일어날 것이라고 기대했는가가 우리의 건강과 행복을 결정한다는 점을 강조했다. 그는 "우리의 마음은 현실을 바꿀 수 있다. 우리는 있는 그대로의 현실을 보는 것이 아니라 뇌가 해석한 현실을 본다."고 했다.

어떻게 보면 기대는 일반적으로 우리가 말하는 '긍정'의 차원을 넘어 우리의 삶이 특정 방향으로 나아가도록 한다. 이는 마음가짐이 젊은 사람이 신체 나이도 젊으며, 굳건한 의지를 가진 사람이 맡은 일의 생산성을 높인다는 오래된 과학적 믿음에 근거한다. 그러나 그는 기대만 한다고 해서 소망이 이뤄지지는 않음을 명확히 하고 기대의 힘을 인지하고 우리의 삶에 적절하게 적용하는 것이 중요하다고 보았다. 롭슨은 '기대효과'를 만병통치약으로 보지 않았다. 그래서 긍정적인 사고가 모든 불행과 불안을 없애줄 것이라고 우기는 것을 단호히 배격한다. 대신 어떤 마음을 먹느냐에 따라 우리 자신의 운명도 원하는 모습에 좀 더 가깝게 혹은 더 멀어지게 만들 것이라고 강조하고 있다. 부정적인 나를 긍정의 나로 바꾸는 힘은 나의 마음가짐에 따라 분명히 있다. 그렇다. 감정은 습관이다. 감정도 습관이 된다는 것을 명심하자.

최근 우리나라가 16강에 진출한 카타르월드컵에서 우리는 중요한 것을 얻었다. "중요한 것은 꺾이지 않는 마음이다."라는 것이다. 올림픽에서 아홉 차례 금메달을 따 '날아다니는 핀란드인'이라는 별명이 붙은 중·장거리 육상선수 파보 누르미는 말했다. "마음이 전부다. 근육은 한낱 고무 쪼가리에 불과하다. 지금의 나를 있게 한 것은 모두 나의 마음가짐이다." 케냐의 엘리우드 킵초게는 "어떤 사람을 더 잘 달리게 만드는 것은 그 사람의 마음이다. 마음이 차분하고 집중이 잘된 상태라면 몸은 그냥 따라오게 되어있다."고 말했다.

어떻게 보면 '근육 위에 마음이 있다'고 볼 수 있다. 박빙의 승부를 겨루는 스포츠 경기에서 결정적인 순간에 승패를 결정짓는 것은 마음의 힘일 것이다. 스포츠 방송 중계인들이 흔히들 말하는 멘트가 있다. "누가 심장이 두꺼운가? 누구의 호흡이 고른가? 평정심을 가진 선수는 누구인가?"

모두가 마음을 가다듬고 새로운 목표를 향해 달려가는 계묘년 새해가 시작되었다. 새해에는 우리의 마음을 내가 원하는 모습들로 강력하게 기대하며 힘차게 실천해보자. 마음먹은 대로 이루어진다는 말이 헛된 위로가 아니라는 사실만으로도 희망이 솟지 않는가?

존 밀턴이 『실낙원』에서 한 말이다. "마음은 제자리에 머무르며 지옥을 천국으로, 천국을 지옥으로 만들 수 있다"(2023년 1월).

나의 아저씨

힘들었던 2022년도 이제 얼마 남지 않았다. 금년은 유독 힘들고 신산辛酸한 한해였다. 코로나로 3년 동안 사람들은 바이러스와 싸웠으며 힘없고 약한 사람들은 죽어 나갔고 나머지 사람들은 버티면서 지금까지 왔다. 지구촌은 기후변화로 전대미문의 위기를 맞이하고 있는데 모두가 별 대책 없이 강대국의 논리에 따라 손을 놓고 있다. 이 와중에 러시아와 우크라이나 전쟁은 언제 터질지 모르는 핵 위협을 실감 나게 한다. 우리나라만 해도 정치적 지형은 보수와 진보로 양분되어 과반은 승리의 기쁨으로, 나머지 시민들은 좌절과 분노로 우울하게 보내고 있다. 정치뿐만 아니라 사회는 여성과 남성, 청년과 노년, 빈자와 부자, 서울과 지방으로 나누어져 미래에 대한 고민이 부족한 가운데 앞으로 추구하여야 할 평생 복지사회와 4차 산업혁명 뒤에 올 미래에 대한 담론이 없다.

우리는 따뜻한 세상에서 살고 싶다. 예측 가능한 미래를 보고 싶고 지배와 군림보다는 상생과 공감으로 함께 가는 세상을 보고 싶다. 내로남불의 말뿐인 공정과 정의보다는 모두에게 상식적인 규범이 적용되는 시민이 주인인 사회에서 살고 싶다.

우리는 힘들 때마다 도와주고 의지할 수 있는 버팀목 같은 아저씨를 찾는다. 동화 속에서는 '키다리 아저씨'가 등장하여 나를 돕는다. 아저씨라는 말은 언제 들어도 정겹고 든든한 느낌을 주는, 가족은 아니지만, 굉장히 가깝게 느껴지는 존재이다.

드라마 '나의 아저씨'는 삶의 무게가 힘든 여러 사람이 등장하여 거칠고 힘들게 자라온 서로를 이해하고 위로하는 치유의 이야기이다. 주인공인 박동훈과 이지안은 둘 다 삶의 무게를 버티기 힘들 만큼 어려운 상황을 겪고 있다. 박동훈은 3명의 아저씨 형제 중 한 사람으로 대기업의 부장이다. 지안은 일찍이 부모를 잃고 할머니와 함께 사는데 어린 나이에 사채 빚에 시달리며 살인의 이력까지 있는 파견직 회사원이다. 지안은 다른 사람에게 모질지 못하고 나쁜 짓 안 하고 부모에게도 힘든 내색하지 않고 살아가는 박동훈에게 자기 자신을 바라보는 것 같은 느낌을 받는다. 처음에는 이지안과 박동훈은 서로를 경계하고 이용하는 사이였으나 점차 마음을 열고 서로를 이해해 간다. 박동훈을 구해준 것은 이지안이다. 무너질 대로 무너진 그에게 절실했던 것은 인정과 격려였는데, 괜찮은 사람이라고, 버티라고 말해주는 그녀에게서 구원을 본다. 이 드라마는 환경으로 힘들어지고 나빠진 사람을 대할 때 진심을 다해서 관심과 사랑이라는 선한 영향력을 끼치면 어떻게 변해 가는지를 잘 보여준다.

모두가 외로운 시대에 다른 사람을 이해한다는 것, 위로한다는 것은 무슨 의미일까? 한 사람이 다른 사람을 이해한다는 것, 공감한다는 것, 행복해지기를 바란다는 것은 이 세상이 보다 따뜻하게 되기 위해 필요한 마음가짐들이다. 인간은 타인에게 지옥이 되기도 하고 구원이 되기도 한다. 지안至安, 즉 편안함에 이르는 길은 만남에서 시작한다. 따뜻한 호의를 건네는 사람들, 있는 그대로를 받아들여 주는 사람들과의 만남은 우리에게 힘을 준다. 추울 때 우리 몸을 녹여준, 그러나 이제는 차갑게 식은 연탄재를 함부로 차지 말고 나는 누군가의 삶을 따뜻하게 녹여준 적이 있었던가를 생각해보자. 나는 내 주위 사람을 얼마나 이해하고 있을까? 지방대 출신으로 학력이 별로라고, 임대아파트에서 산다고, 전과가 있다고, 회사에서 줄을 잘 서서 얄밉다고, 장애가 있다고, 성격이 나빠서 가까이하지 말아야겠다고, 이렇게 판단하며 다른 사람의 사정과 살아온 과정을 잘 모르면서 스스로 벽을 치지는 않았는가 생각해보자. 앞으로 우리는 더 좋은 사람이 되어야 하지 않을까? 이지안의 할머니가 한 명대사가 있다.

"참 좋은 인연이다. 귀한 인연이고, 가만히 보면 모든 인연은 다 신기하고 귀해."

그렇다. 모든 인연은 귀하다. 그렇게 귀한 인연을 우리는 스스로 선한 영향력으로 좋게 만들어 갈 수 있다.

우리나라는 어느 식당에서든 반찬이 모자라면 "이모! 여기 반찬 더"라고 외친다. 당연하게 우리의 이모님들은 씩씩하게 군말 없이 나타난다. 새해에는 그 누가 불러도 우리 모두가 따뜻하고 힘이 있는 아저씨가 되어 이모들과 함께 편안함에 이르는 따뜻한 세상을 만들어 가자 (2022년 12월).

밥은 하늘입니다

지난 칼럼에서는 우리가 돈을 들이지 않고도 행복할 수 있는 10가지 방법으로 첫째, 평소에 많이 웃고, 둘째, 손을 깨끗이 씻는 습관을 생활화하여 우리의 위생 건강을 도모하는 것이 중요하다고 하였다. 세상을 살아가는데 많은 지혜와 처세술이 있지만 중요한 것은 좋은 것을 알고 그것을 생활 속에서 꾸준히 실천하여 습관화하는 것이다. 알면서도 실천하지 못하는 것이 인간의 나약한 본성이지만, 행복하고자 원한다면 힘을 내어 꾸준히 실천하여야 할 것이다.

인간의 본능 중 가장 근원적인 욕망은 종족 보존의 본능이다. 이 본능을 구체화하려는 식욕과 성욕은 매우 강력하다. 여러분은 이 두 가지 중 어느 것이 위력적이라고 보는가? 필자는 단연코 식욕이라고 본다. 한두 끼만 굶어도 우리는 어쩔 줄 모른다. 외부로부터 에너지가 공급되지 않아 몸은 후들거리고 정신은 혼미해진다. 후각은 날카롭게 살아나 먹을거리를 향해 탐색한다. 만사가 귀찮고 움직이기 싫다. 굶게 되면 동력이 떨어져 그냥 쓰러진다. 인간에게 행복하기 위해 적게 먹으라는 것은 요즈음 맛있는 먹을거리가 많은 세상에서 어찌 보면 불가능할지 모른다. 그러나 여러분은 오래 건강하게 살기 위해서는 단연코 지금 먹는 식사를 줄여야 한다.

집에서 키우는 개는 아프면 아무것도 먹지 않는다. 아무리 맛있는 것을 주어도 입에도 안 대고 며칠을 굶으며 지낸다. 며칠 후 개는 언제 그랬느냐는 듯이 슬그머니 일어나 다시 건강한 모습으로 뛰어다닌다. 그동안 개는 굶으면서 내장을 깨끗이 비워가며 자연치유력과 자체 면역력에 힘입어 스스로를 회복한 것이다. 인간도 마찬가지이다. 많은 현자는 지나치게 많이 먹어 건강을 해치고 있는 현대인에게 적게 먹으라고 강력하게 권유한다. 우리 몸은 생각 이상으로 똑똑하다. 온갖 불필요한 영양덩어리가 우리 몸의 생체 흐름을 혼탁하게 하고 순환기를 막는다면 몸은 알아서 비우는 기제機制를 작동하여 조절한다.

사상이나 종교적, 정치적 신념으로 결단이 필요할 때, 불치의 병에 걸려 도저히 어찌할 수 없을 때 인간은 최후의 수단으로 단식을 한다. 단식은 어떻게 보면 음식을 적게 먹어야 좋다는 진리의 극단적인 긍정 표현이다. 그러면 무조건 적게 먹으면 좋은가?

일본의 유명한 명리학자 미즈노 남보꾸는 인생의 개운開運은 모든 것을 절제하고 삼가는 마음에 달려 있다고 하였다. 가장 우선하여 절제할 것은 단연코 음식이라고 하여 음식이 운명을 좌우한다고 하였다. 사람의 명命은 하늘로부터 타고 나지만 그것을 가꾸는 것은 음식이기 때문에 음식을 절제하지 않으면 하늘로부터 받은 수명受命과 복을 다 누리지 못한다고 하였다. 그는 음식은 생명을 기르는 근본이자 길흉의 원천이기 때문에 한 끼 먹는 것을 매우 중시하였다. 정성을 다해 음식을 먹어야 한다고 강조하며 과식이나 폭식은 비료를 많이 준 작물과 같아 목숨을 손상시킨다고 경고하였다. 결론적으로 그는 무조건 적게 먹으라고 소식小食을 강조하며 한입 더 먹는 것은 수명壽命을 줄이는 것이라고 하였다. 가급적 육류는 피하여 모든 음식을 적게 천천히 씹어 먹으라고 한 그의 지도는 우리가 삼가 들을만하다.

얼마 전에 한 여류화가로부터 그림을 한 점 선물 받았다. 커다란 밥그릇에 흰 쌀밥이 한가득 담겨있는 고봉高捧밥 그림이다. 그림의 제목은 '만사지 식일완萬事知 食一碗'이다. '만사지 식일완'은 동학의 해월海月 최시형의 말로 우리가 밥 한 그릇을 먹게 되는 이치만 알게 되면 세상의 모든 이치를 다 알게 된다는 뜻이다. '만사지 식일완'으로 대표되는 동학 천도교의 음식문화 사상은 생명의 다양성과 그 연관성, 그리고 만물의 내적 인과관계와 공동체를 중시하는 면에서 오늘날 우리에게 닥쳐온 생태계 위기와 식량문제를 해결하는 데 새로운 대안적 접근이 될 수 있다.

'만사지 식일완'을 생활화하면 다음과 같다. "밥을 먹기 전에 잠시 동안 모시는 마음으로 묵상합니다. 한 그릇 밥에 담긴 천지 만물의 크신 은혜를 생각합니다. 이 밥이 나에게 오기까지 애쓴 수많은 이의 정성에 깊이 감사드립니다. 밥을 정성껏 받아 모시면서 꼭꼭 씹어 먹습니다. 밥에 담긴 생명과 배고픈 이를 생각하며 남기지 않고 먹습니다. 생명의 밥을 받아먹음으로써 다른 생명을 살리는 일에 힘쓸 것을 다짐합니다".

한국인은 '밥심으로 산다'고 한다. 한국에서 쌀은 음식 이상이다. 조상들은 쌀에도 생명과 영혼이 담겨있다고 믿어 신줏단지 속에도 쌀을 모셨다. 쌀은 농민의 정성으로 짓는 농사다. 쌀을 수확하기까지 여든여덟 번 농부의 손길이 간다고 한다. 쌀 한 톨의 무게가 일곱 근에 이른다는 일미칠근一米七斤이라는 말도 있을 정도로 쌀은 우리에게 귀한 생명체이다. 실제로 음식을 먹으면서 이 음식과 나와의 관계를 생각해보고 감사해하며 먹는 일은 건강에도 좋다. 이것이 내 몸으로 들어가면서 어떤 작용을 거치고 자연 속으로 되돌아가서 순환을 하게 되는지 그 자연의 오묘함에 대해서 생각해보는 것이다. 단, 적게 먹으면서 밥이 주는 의미를 생각하여야 한다.

얼마 전 타계한 김지하는 그의 이야기책 『밥』을 통해 우리가 어떻게 먹어야 되는지 아주 구체적으로 말하고 있다. "먹을 만큼만 담고 음식을 남기지 않는다. 음식 앞에서 식고를 하고 꼭꼭 오래 씹어 먹는다. 음식점에서는 안 먹을 반찬은 반납하고 밥이 많으면 미리 덜어낸다. 남은 반찬이 있는 이상 빈 반찬 그릇을 추가시키지 않는다. 육식보다는 채식을, 천천히 먹고 소식을 한다. 튀기거나 굽기보다 자연식과 전체식을 즐긴다. 냅킨을 함부로 쓰지 않고 주머니 손수건을 꺼내 쓴다."

밥이 주는 공동체적 의미를 알고 그 밥을 적게 먹기를 실천하고자 하는 여러분에게 김지하의 '밥은 하늘입니다'라는 시를 소개한다.

밥은 하늘입니다/ 하늘을 혼자 못 가지듯이/ 밥은 서로 나눠 먹는 것/ 밥은 하늘입니다/ 하늘의 별을 함께 보듯이/ 밥은 여럿이 같이 먹는 것/ 밥이 입으로 들어갈 때에/ 하늘을 몸속에 모시는 것/ 밥은 하늘입니다/ 아아 밥은 서로 나눠 먹는 것

(2022년 10월).

많이 웃으면 어떻게 되나?

　현재 우리가 살고 있는 이 시대는 놀라울 정도의 속도와 변화로 눈부시게 변하고 있다. 지구라는 한정된 지표 위에 자연자원은 제한되어있다. 이러한 환경에서 지나치게 많은 인구가 치열하게 경쟁하고 다투고 있다. 그 결과 기후 온난화, 강소 대국 간의 크고 작은 전쟁, 차별과 혐오의 이념 대두 등 여러 문제들이 기다렸다는 듯이 쏟아지고 있다. 사람들은 매일 매일을 전투를 치르듯 살아간다. 문득 묻고 싶다. 우리는 왜 무엇을 위해 사는 거지?

　사람에게 왜 사냐고 물으면, 그리고 어떻게 살기를 원하느냐고 물으면 일반적인 반응은 부와 권력을 잡아서 남들보다 명예롭고 화려하게 정승처럼 살고 싶다는 사람이 대부분이다. 한편으로는 한 개인이 추구하는 독특한 이념과 철학을 구현하기 위해 끊임없이 자아를 완성해 가는 것을 인생으로 보는 사람도 있다. 종교적인 심성이 깊은 사람은 인생의 목표와 과정을 전적으로 신의 뜻에 맡겨 살아가기도 한다. 이처럼 추구하는 목표나 과정은 다를지라도 결국 모든 사람은 건강하게 행복하게 살고 싶은 욕구가 가장 크다고 할 것이다.

행복하기 위해서는 적극적으로 무엇 무엇을 하여야 한다는 공격적인 입장과 반대로 가급적 좋지 않은 것은 하지 않거나 피하여야 한다는 조금 소극적인 입장으로 나누어 생각할 수 있다. 이러한 두 입장은 상호 보완하는 것으로 좋은 것은 적극적으로 추진하고, 좋지 않은 것은 가급적 하지 않으면 결국은 좋은 결과가 올 것이다.

돈 안 들이고 행복할 수 있는 평범하나 중요한 몇 가지를 이야기하고자 한다. 다음은 누구나 실천 가능한 것들이다.

무조건 많이 웃자. 웃음은 세계 공용어와 같다. 왜냐하면 지구상에서 웃을 수 있는 동물은 사람뿐이기 때문이다. 이러한 웃음은 우리가 살아가는데 좋은 면이 아주 많다.

첫째, 웃음은 대인관계에 매우 유용하다. 웃는 얼굴에 침을 뱉지 못한다는 속담이 있다. 얼굴 근육은 많이 웃음으로 좋은 인상을 만든다. 좋은 인상은 사회생활을 하는 데 있어서 무조건 점수를 따고 들어간다. 진심으로 상대방을 좋아하며 활짝 웃는 습관을 들이면 여러분은 어느 순간에 주위 사람들이 당신을 좋아하는 것을 알게 될 것이다. 웃음은 원만한 성품을 가진 사람이 자연스럽게 자신을 드러내는 표현이기도 하다. 황수관 박사는 생전에 자신의 인상은 별로였는데 자주 많이 웃음으로서 본인의 인상이 좋게 변하였다고 자화자찬하였다. 일단 많이 웃으면 상대방의 의심을 녹이며, 편견의 벽을 허물어 사람에게 편안함을 준다. 또한 웃음은 긴장을 풀어주고 친근감을 주어 많은 친구를 사귀게 도와준다. 맑고 진실한 웃음은 자신이 선한 사람임을 반영하는 것이다. 솔선해서 웃으며 반갑게 인사하는 사람은 겸손해 보인다. 이처럼 웃음은 사회생활을 하는데 필수적인 대인관계 처세술이자 비결이다.

둘째, 웃음은 건강에 좋다. 동의보감에서는 웃음이 보약보다 좋다고 하였다. 과학자들은 사람의 건강에 미치는 웃음의 효과를 다음과 같이 열거하며 장수하기를 원한다면 많이 웃으라고 하였다. 웃음은 면역계를 강화하여 높은 혈압은 내려주고 낮은 혈압은 높여준다. 웃음은 소화를 돕고, 노폐물의 제거를 돕기도 한다. 아토피와 감기, 다이어트에도 효과가 있다고 하며 웃음은 심장을 부드럽게 안마해주어, 혈액순환을 돕는다고 한다. 여러분도 많이 경험하였듯이 웃는 순간에는 통증이 완화된다. 그래서인가? 여자들이 남자보다 7년 정도 더 오래 사는 것은 여성들이 남자보다 더 잘 웃기 때문이라고 한다.

셋째, 웃음은 심리적인 안정감과 인생의 교훈을 준다. 우리 조상들은 수많은 속담과 격언으로 웃음의 효과를 강조하였다. '웃으면 복이 온다 笑門萬福來'와 '웃으면 젊어진다―笑―少'는 속담은 많이 웃는 사람은 긍정적이고 낙관적이라는 피드백을 준다. 반면에 '웃음 속에 칼이 있다'는 말은 조심하고 경계해야 할 경우를 의미한다. '마지막에 웃는 자가 진정한 승리자이다'는 끝까지 포기하지 말고 버티고 이기라는 뜻이다. '웃지 않는 자는 장사를 하지 마라'는 중국 속담은 웃음이 최고의 마케팅이라는 의미이다. 그러나 웃음은 우리에게 자만하지 말고 겸손하게 살아가라는 교훈도 준다. 성경의 전도서를 보면 '웃을 때가 있고, 울 때가 있고, 놀 때가 있고, 일할 때가 있다'는 구절이 있는데, 이는 매사에 때가 있음을 의미하여 일희일비하지 말고 길게 보고 인생을 뚜벅뚜벅 걸어가라는 뜻일 것이다.

그런데 만약 '웃는 얼굴에 침 뱉지 못 한다'는 말이 있음에도 불구하고 누군가 자기 얼굴에 침을 뱉으면 어떻게 해야 할까? 이 부분에 대해서는 다음에 '욱하지 말자'라는 글에서 말하고자 한다.

욱하지 말자

　돈 안 들이고 행복할 수 있는 여러 방법 중 오늘은 조금 소극적인 자세인 '화내지 않기'를 권한다. 살아가다 보면 많은 사람과 다양한 형태의 갈등 관계에 직면한다. 심지어는 굴욕과 수모감에 분기탱천하여 화가 치밀 때가 많다. 다행히 갈등을 지혜롭게 잘 풀면 상관없지만 그렇지 못할 경우 우리는 그러한 상황에 대해 참지 못하고 분노한다. 기분 나쁘다고 벌컥 화를 내면 거의 대부분 '아! 조금만 참을걸' 하고 후회한다. 순간을 참지 못하고 욱하여 감정조절에 실패하면 살인과 폭력, 이혼, 결별 등 수많은 불행이 찾아온다. 인내하는 지혜로움이 필요하다.

　행복하기 위해서는 그냥 많이 웃자고 필자는 권유하였다. '웃는 얼굴에 침을 뱉지 못한다'는 말도 있다. 그런데 만약에 남이 내 얼굴에 침을 뱉는다면 어떻게 해야 할 것인가?

　세상이 갈수록 각박해지고, 이상해져서, 미쳐버릴 것 같은 요즘, 우리 마음 한 귀퉁이에는 자신도 모르는 울화가 똬리를 틀고 있을지 모른다. 분명한 사실은 전보다 이 세상에 화가 나 있는 사람들이 예상 밖으로 많다는 것이다. 정확히 무엇인지는 모르지만 조그만 불씨에도 '쾅'

하고 폭발할 가능성이 농후한 울화 덩어리가 도처에 있다. 그것도 차들이 쌩쌩 달리는 도로 위라면 더욱더 그러할 것이다.

러셀 크로우가 열연한 영화 '언힌지드Unhinged'는 미국 도심 한복판에서 벌어진 보복 운전을 소재로 하고 있다. 월요일 아침, 꽉 막힌 도로 위에서 지각하는 아들을 학교까지 태워다 주다가 직장에서 해고까지 당하는 최악의 상황을 겪는 여주인공 레이첼은 홧김에 앞차에 짜증스런 경적을 울렸고 이것이 사건의 발단이 된다. 앞차 운전자인 러셀 크로우는 분노조절 장애인이다. 그녀에게 사과를 받지 못한 그는 이후 클랙슨을 함부로 울린 대가로 여주인공과 그 주위 사람들에게 처참한 보복의 퍼레이드를 펼친다. 정말 경적 한번 울렸다가 인생 최악의 경험을 겪게 되는 영화이다. 미국의 경우 한 해 보복 운전으로 인한 사상자는 1,000여 명 이상이라고 한다. 우리나라 역시 보복 운전에 있어 안전한 나라는 아닐 것이다. 도로 위에서 조금만 정체되면 단 몇 초를 참지 못하고 욱하며 신경질적으로 경적을 울리는 모습을 많이 보게 된다. 경적 때문에 보복 운전의 큰 곤욕을 치른 레이첼 앞에 또다시 경적을 울릴 상황이 왔는데 여주인공은 간신히 참는다. 옆자리에 앉은 아들이 하는 말이다. "Good choice."

타면자건睡面自乾은 『십팔사략十八史略』에 나오는 말로, 남이 내 얼굴에 침을 뱉으면, 그것이 저절로 마를 때까지 기다린다는 뜻으로 살아가는

데는 인내가 필요함을 이르는 말이다. 침을 바로 닦으면 그 사람의 뜻을 거스르는 것이 되므로 저절로 마를 때까지 기다린다는 뜻이다. 당나라 측천무후則天武后의 신하 누사덕婁師德은 사람됨이 진중하고 너그러웠으며 도량이 컸다. 그는 다른 사람에게 무례한 일을 당해도 겸손한 태도로 오히려 상대방에게 용서를 구하고, 얼굴에 불쾌한 빛을 드러내지 않았다. 그의 아우가 높은 관직에 임명되어 부임할 때 누사덕은 아우에게 참는 것이 중요하다는 것을 강조하였다. 그러자 아우가 말했다. "남이 내 얼굴에 침을 뱉더라도 화를 내지 않고 그냥 닦아내겠습니다." 누사덕이 말했다. "그래서 네가 걱정이 된다. 그 자리에서 침을 닦으면 오히려 상대의 화를 거스르게 된다. 침 같은 것은 닦지 않아도 그냥 두면 자연히 마를 것이다. 그냥 마르게 두어라"라고 하였다. 그는 대범하였다. '침 같은 것'이라고 말하였다.

인내의 인忍은 심장心에 칼날刀이 박힌 모습을 본뜬 글자다. 칼날로 심장을 후비는 고통을 참아내는 것이 바로 인내다. 험난한 세상을 살아가자면 누구나 가슴에 칼날 하나쯤은 있게 마련이다. 그것을 참느냐 못참느냐에 따라 삶이 결판난다. '참을 인'자가 셋이면 살인도 면한다고했다. '타면자건'의 누사덕이라고 어찌 노여움이 없었을까? 어쨌든 화가 치밀 때는 한 번 멈추는 것이다. 바를 정正자는 '一+止=正'으로 이뤄졌다. 한번 그치면 올바른 길을 찾게 된다. 순간적으로 '욱' 하고 치밀어오르는 분노를 일단 숨죽여 참는다면 깊은 호흡과 함께 주위의 현상과 분위기가 차분하게 보일 것이다. 세상은 자기 생각대로 살지 못한다. 성질나는 대로 살아서는 안 된다는 것이다. 참고 인내하며 큰 숨 쉬고 한 번만 견디면 '아하' 하고 무릎 칠 날이 반드시 올 것이다. 문제가 생기면 일단은 참고 생각할 일이다.

지나고 보면 아주 사소한 일들인데 그것에 인생을 걸어서야 되겠는가? 어려운 상황, 화가 나는 일이 있다면 눈 한 번 딱 감아 보자. 인생은 어떻게 보면 이기는 자가 강자가 아니다. 아니, 강자가 이기는 것이 아니다. 누가 최후의 승자인가? '참고 인내하고 버티는 자'가 결국 최후의 승리자이다(2022년 6월).

생일 노래 두 번 부르기

손 씻기는 물과 비누 등을 이용해 손을 씻어 손 표면에 묻어 있는 세균이나 바이러스 등을 없애는 것을 말한다. 얼굴을 씻는 것을 세안洗顔이라고 한다면 손 씻기는 세수洗手가 되겠다. 사람은 하루 동안에도 무수히 많은 물건을 만지거나 다른 사람과 신체 접촉을 하는데, 이때 쓰는 신체 부위는 거의 대부분이 손이다. 그래서 손에는 보이지 않은 수많은 세균이나 바이러스 등이 달라붙게 되고, 결과적으로 의도치 않게 질병을 옮기는 매개체 역할을 하게 된다. 이런 손을 깨끗이 씻는 행위는 가장 싸고, 빠르고, 효과적이고, 강력한 질병 예방 및 건강 증진 방법이다. 손 씻기의 이러한 효과 때문에, 미국질병예방통제센터CDC는 손 씻기를 '셀프 백신do-it-yourself vaccine'으로 부르며 자주 손을 씻을 것을 강조하고 있다. 어떻게 보면 손 씻기는 세상에서 가장 안 아픈 예방주사라고 말할 수 있다.

지금은 코로나19로 인해 손 씻기가 중요하다는 것을 누구나 잘 알고 있지만, 손 씻기는 코로나 이후에도 꾸준히 실천하여야 할 건강관리의 첫걸음이다. 필자가 특수학교에 근무하면서 학생 조회 시간을 통해 장애 학생들에게 끊임없이 강조한 내용이기도 하다.

누구든지 쉽게 실천할 수 있는 손 씻기의 중요성은 1848년 당시 세계최대의 산부인과가 있던 오스트리아의 빈 종합병원에서 근무하던 이그나츠 제멜바이스(1818~1865) 의사에 의해 우연히 알게 되었다. 병원에는 2개의 분만실이 있었는데 분만실 간에 산모 사망률이 10배나 차이가 있는 것을 발견하고 그 원인을 알아본 결과, 당시 분만실의 의사들은 부검까지 겸하였는데 부검 후에 손을 제대로 씻지 않은 의사들의 습관 때문에 산모들의 사망원인인 산욕열 발생이 높아짐을 밝혀냈다.

위 일화에서 알 수 있듯 당시 유럽인들은 손 씻기를 매우 혐오했다. 어느 정도였나 하면 손을 씻는 사람은 깐깐하고 결벽증 있는 사람으로 비난받았을 정도였다. 그와 반대로 무굴제국 귀족들은 손도 안 씻고 밥 먹는 영국 귀족들을 더러운 놈들이라고 비웃었다. 나중에는 영국 귀족들이 야만인이라고 부르던 인도인들에게 배워서 음식을 먹기 전에 손가락과 입을 씻기 위하여 물을 담아서 내놓는 그릇, 즉 핑거볼이 유행할 정도였다. 이슬람권에서는 예언자 무함마드가 청결을 강조하였기 때문에 예배하기 전에 손과 발을 씻는 것을 매우 중요시하였다. 그래서 모스크에는 손을 씻는 곳이 있었고, 물이 없으면 모래라도 써서 손을 씻었다고 한다.

손은 우리 몸에서 가장 더러운 부분이기도 하다. 실제로 호흡을 통해 바이러스나 세균이 옮는 것보다 손을 통해 옮아서 병에 걸리는 경우가 더 많다고 한다. 그래서 손만 잘 씻으면 병원 갈 일이 최소 70% 이상 줄어든다고 한다.

이제는 전 국민의 상식이 되었지만 올바르게 손 씻는 방법은 세계보건기구who에 의하면 비누를 이용해서 30초 이상 구석구석 꼼꼼하게 손을 씻는 것이다. 여기서 유의할 것은 손을 다 씻은 후에는 물기를 완벽히 제거해야 세균증식을 막을 수 있다는 사실을 염두에 두어야 한다. 그런데 실제로 우리가 작심하고 30초 이상 손을 씻다 보면 의외로 굉장히 긴 시간이라는 생각이 든다. 그것은 평소에 손을 대강대강 설렁설렁 씻는 것이 몸에 배어있기 때문이다. 조금 지루하구나 하는 생각이 들 정도로 손은 오랫동안 잘 씻어야 한다. 어떤 사람은 30초 동안 손 씻기를 지키기 위해 길이가 약 15초인 생일 축하 노래를 두 번씩 부른다는 우스개도 있다. 하여튼 돈이 거의 안 들고 단순한 행위인 손 씻기를 꾸준히 실천함으로써 우리는 건강하게 살 수 있다.

매일매일 찾아오는 최고의 선생님

얼마 전 일기를 쓰지 않았다는 이유로 초등학생에게 점심시간 외출을 제한하고 명심보감을 필사시킨 교사가 '혐의없음'의 처분을 받았다는 기사를 보았다. 경찰은 교사의 행위가 아동학대에 해당하는지 검토한 결과 명심보감 필사 강제 행위가 아동의 건강이나 복지를 해치거나 정상적인 발달을 저해할 수 있는 신체적·정신적 가혹행위라고 보기 어렵다고 판단한 것이다. 한마디로 기가 막힌다.

일기는 성공하는 사람들의 필수 덕목이라고 생각한다. 일기는 자신의 행동과 가치관을 한 번 더 들여다보고 반성케 하는 최고의 피드백 교사이기 때문이다. 어렸을 때 일기를 안 쓰면 선생님들이 혼내는 이유가 다 있다고 본다. 일기는 쓰는 사람이 자신의 활동과 생각을 규칙적으로 기록하는 것을 말한다. 일기는 주로 자신만을 위해 쓰게 되므로 발표하기 위해 쓰는 글과는 달리 솔직하다는 특징을 갖고 있다. 일기는 쓰는 사람의 성격이 드러날 뿐 아니라 사회적·정치적 역사를 바라보는 개인의 관점이 고스란히 나타난다.

김애리 작가는 『어른의 일기』라는 글에서 일기 쓰기는 지금 내가 서 있는 위치를 제대로 파악한 뒤 일상의 질서를 바로잡고, 나를 위한 미래를 계획할 수 있도록 돕는 최고의 도구라고 하였다. 나를 제대로 들여다보고, 행동을 변화시키는 확실한 방법은 기록하는 것뿐이기 때문이다. 매일의 습관과 태도, 그리고 마음 상태를 기록하고 점검하는 일, 내적, 외적 성장을 확인하는 일, 지금 나에게 최선이 무엇인지 답을 내리는 일은 모두 솔직하게 써 내려간 일기 속에 있다. 나이를 먹을 만큼 먹었는데도, 아직 '나'를 잘 모르겠다고 이야기하는 사람이 많다. 내가 진정으로 어떤 사람인지, 무엇을 원하는지 알 수 없다면 일기를 쓰도록 하자. 일기 쓰기란 엄청난 노력을 요구하는 일이 아니다. 하루에 단 몇 줄이라도 하루 동안 있었던 크고 작은 일들을 기록하는 적은 노력만 있으면 된다.

필자는 유년기부터 자의 반 타의 반으로 띄엄띄엄 일기를 쓰다가 결혼 이후에는 바쁜 일상에 밀려서 일기를 쓰지 않고 지냈다. 그러다가 교직 생활을 마감하면서 비교적 시간적 정신적 여유가 생기니까 내 인생 후반기를 의미 있게 보내고 있는가 하는 물음에 일기를 쓰고 싶어졌다. 처음에는 종이 일기장에 쓰다가 지금은 스마트폰에서 '다이어리'라는 일기 앱을 다운받아 매일 매일을 기록하고 있다.

나의 일기 내용을 분석해보니 주요 내용은 곧 나의 일상 자체였다. 가장 많은 비중은 내가 살고 있는 한국사회의 정치적 사회적 현상에 대한 관심과 전망이다. 사회 지도층인 정치인들이 공정과 상식이라는 좋은 뜻을 부끄러운 줄 모르고 개떼처럼 짖어 대는 것을 보면 나의 일기장은 분노와 절망감으로 사납게 메워진다. 그다음은 몸담고 있는 법인의 사업과 이와 관련된 업무처리 분야이다. 최근 들어 맹렬하게 몰입하여 운동하고 있는 생활 탁구도 거의 매일매일 기록되고 있다. 우리 사회를 따뜻하게 그리는 드라마인 '이상한 변호사 우영우'나 '우리들의 블루스' 등에 관한 감상도 많은 편이다. 다음으로 매일 중계하듯 쓰는 것은 응원하는 프로야구 '키움 히어로즈'의 경기 결과이다. 결과에 따라 매일매일 울고 웃는다. 요즈음은 시무룩할 때가 더 많다. 가끔은 드물게도 개인의 내밀한 성적인 욕망이나 금기시된 생각도 과감히 기록된다.

　다음은 최근의 몇 가지 일기 내용들이다.

2022년 6월 21일 (화)

　인사동에서 한국공무원문인협회 편집회의가 있었다. 제39호 《공무원 문학》 특집으로 'ESG 경영과 문학'이 어떻겠냐는 제안을 하여 내가 글을 쓰기로 하였다. 김애경 씨가 메일을 보내왔다. 정부의 탈시설 정책이 졸속으로 추진되고 있다는 의혹이 확산 중이라는 글이다. 그는 우리 수봉재활원에 40대의 딸을 두고 있는 거주 시설 부모로 조용하고 합리적인 분이다. 그런데 지금은 정부가 강제적으로 추진하고 있는 중증장애인, 특히 발달장애인의 탈시설 로드맵에 저항하여 거의 투사가 된 분이다. '전국장애인 거주 시설 이용자 부모회'에서 맹렬하게 활동하고 있다. 각계각층의 관계자를 찾아서 면담하고 시위하고 투쟁하는 어머니의 일상은 치열하다 못해 처절하다. 구체적으로 돕지 못하고 공감만 하는 내가 부끄럽다.

2022년 8월 11일(목)

드라마 '우리들의 블루스'를 보았다. 영주와 현이가 고등학생의 신분으로 임신을 하게 된다. 한 부모 아버지가 되어 아들과 딸을 키우는 부모의 마음과 오직 자신들의 입장만 고집하고 아버지가 져주기만을 바라는 철없는(?) 어린 자식들 간의 갈등이 잘 그려지고 있다. 하필 두 아버지는 절친하지만 쌓이고 쌓인 감정들로 원수지간 같은 사이이다. 오로지 딸자식 하나, 아들자식 하나 보고 살아왔는데 보수적이고 완고한 제주도 시장 바닥에 안 좋은 소문은 쫘악 깔렸다. 그러나 어쩌랴? 자식 이기는 부모, 아니, 아버지는 없다. 이 모든 갈등을 해결한 최종 언어는 "야! 우리 사돈하자"이다.

하하하! 시원시원한 우리 시대의 아버지들이다(2022년 9월).

디테일은 힘이 세다

지금까지 필자는 본 칼럼을 통해 돈 안 들이고 행복하기 위해서는 평소에 늘 많이 웃고, 음식은 가려서 천천히 적게 먹는 것이 좋다고 하였다. 그리고 손을 자주 씻어서 건강하고 위생적인 생활을 예방 차원에서 도모하여야 한다고 하였다. 아울러 화가 나는 일이 있더라도 '욱' 하면서 성질부리지 말고 참으면서 버티면 좋은 일이 생긴다고 하였다. 사실 말이 돈 안 들이고 행복한 방법이라고 하나 위에 언급한 것들은 지키기가 쉽지 않은 어려운 일들이다. 그러나 우리의 삶을 행복하게 변화하기 위해서는 황소가 뚜벅뚜벅 한 걸음씩 걸어가듯 매일매일 꾸준히 실천할 사항들이다.

우리는 흔히 위인은 스케일이 크고 대범하여 크고 중요한 일을 하는 사람이라고 생각한다. 반면 사소한 일에 집착하고 꼼꼼하면 깐깐하고 융통성 없는 사람으로 본다. 누구나 '자질구레한 일' 보다는 '원대한 일'을 좋아한다. 그래야 폼도 나 보이고 스스로 만족하기도 쉽다. 그러나 위대함은 작은 것에 대한 충심과 열정에서 비롯된다. 이것을 뒤집어 생각하면 '문제는 항상 작은 것에서 발생한다'는 생각도 가능하다. 한 개인이나 조직이 시행착오나 실패를 가져오는 주요 요인은 대부분이 디테일한 부분에서 세심한 주의를 기울이지 않았기 때문이다.

필자는 젊었을 때 수유리 아카데미하우스에서 열린 전국사회복지사 체육대회에서 아침체조를 맡은 적이 있었다. 모든 것을 완벽히 준비하였다고 생각하였으나, 혹시 몰라 새벽 일찍 체조 단상에 올라가 보니 아차! 초겨울 살얼음이 단상 위를 미끄럽게 깔고 있었다. 급하게 얼음을 걷어내고 모래를 뿌렸다. 미리 확인하지 않았으면 체조 도중에 미끄러지는 불상사가 발생했을 수도 있었다.

중국의 한비자는 '군자는 태산에 걸려 넘어지는 것이 아니라 작은 돌부리에 걸려 넘어진다'고 하였다. 인생을 늘 조심하면서 겸손의 미덕을 가지고 살아가라는 뜻이지만 한편으로는 사소한 것을 중시하고 신중하게 받아들이라는 뜻이다. 돌이켜보면 사소한 것을 챙기는 것이 큰 것을 챙기는 것보다 더 훌륭한 결과를 낳는 것을 볼 수 있다. 당장 힘을 발휘하지 않더라도 후에 큰 힘이 생겨서 돌아온다. 사소함이 비범함을 가져오기 때문이다. 그래서 '일은 세심하게 하되, 생각은 대범하게 하여야 한다.'

디테일에 집중한다는 것은 자기가 맡은 일에 '진지하게 몰입하여 접근하는 것'을 의미한다. 디테일은 지금 처한 환경과 상황, 그리고 상대방에 대한 배려와 이해, 공감을 최우선으로 생각하는 것이다. 상대방 중심의 서비스 철학이다. 성공한 사람과 실패한 사람 사이에는 어떤 차이가 있을까? 참신한 아이디어의 차이? 아니면 뜨거운 열정의 차이? 원대한 비전? 성공의 문턱에서 좌절하는 사람들은 도대체 무엇이 잘못된 것일까. 사실 개인의 지능과 체력에는 큰 차이가 나지 않는다. 기본적인 것은 누구나 다 갖고 있다. 그러나 미묘하고 작은 차이에서 성공과 실패가 나뉜다. 실패한 사람의 특징은 일을 처리하는 데 있어서 대충대충 한다는 것이다. 그리고 '이 정도면 어때?', '나만 그런가?', '다 그런데 뭘' 하는 자세를 보인다. 그러나 성공한 사람들의 특징은 사람을 대할 때에 정성과 진심으로 대한다. 그리고 주어진 일은 치밀하게 준비하고 확인하여 전 과정에 자신을 투입한다. 성공한 사람은 벽돌 한 장을 쌓더라도, 이력서 한 장을 쓰더라도, 카톡 문자 하나를 보낼 때도, 작은 나사못 하나를 박을 때에도, 커피 한잔 끓일 때에도 성심성의 전력을 다해 섬세하게 다가간다.

나에게 주어진 일들이 사소하고 하찮은 일로 보여서, 혹은 지금 맡은 일이 너무나 작게만 느껴져 의욕이 나지 않는다면 중국의 주은래 총리의 국수 이야기를 떠올리면 좋겠다. 중국인이 제일 존경한다는 주은래는 항상 "작은 일에 최선을 다해야 큰일도 이룰 수 있다"고 강조하였다. 그래서 자신의 비서들에게도 일의 세부적인 면까지 최대한 신경을 써야 한다고 말했고, '아마도', '대충', '그럴 수도 있다'는 등의 표현을 아주 싫어했다고 한다. 그에 관한 유명한 일화가 있다. 주은래는 외국 손님과의 만찬이 있는 날이면 항상 행사 직전에 주방을 찾았다. 그리고는 국수의 온도까지 확인하는 등 모든 준비 상황을 점검한 뒤 주방장에게 국수 한 그릇을 말아 달라고 부탁하였다. 손님을 초대했는데 자기가 배가 고프면 먹는 데만 급급하게 되어 손님을 성심성의껏 대접하지 못한다고 생각했기 때문이다. 그는 항상 연회에서는 먹는 시늉만 하면서 손님을 대접했다고 한다. 이런 세심함과 디테일을 챙기는 태도가 그를 중국 인민 모두로부터 존경받는 위대한 지도자로 만들었다.

휴렛 팩커드의 창업주 데이비드 팩커드의 말이다. "작은 일이 큰일을 이루게 하고, 디테일이 완벽을 가능케 한다."

저게 저절로 올 리 없다

몇 년 전부터 불한당처럼 마을 입구를 어슬렁거리던 낯선 손님이 마을을 찾아왔다. 그동안 흉작이 와도 우리는 먹다 남은 고기를 이웃과 나누지 않고 마구 버렸고, 키우던 암탉무리가 병이 들었다고 산 채로 땅에 묻었다. 위쪽 마을 사람들과는 수시로 패싸움을 벌여 많은 이가 다치고 죽었다. 독한 쓰레기를 태워서 그 찌꺼기를 맑은 모래가 보이는 강으로 흘려보냈다. 그러면서도 동구 밖의 대추나무가 저절로 붉어질 리 없다며 태풍과 천둥, 무서리와 땡볕을 낭만적인 마음으로 부른다. 도적처럼 찾아온 그를 보고 모두가 황급히 마스크를 뒤집어썼다. 작년만 해도 마을 이장이 주민에게 마스크를 쓰고 가게 문을 닫으라고 강요하는 건 말도 안 되었다. 설마 했던 일이 벌어졌다. 마스크를 쓰지 않거나 여러 사람이 모여 일을 하면 모두 죽는다는 경고가 마을 확성기를 통해 매일매일 공지되고 있다. 이 좋은 세상 우리는 죽기 싫다. 아니 살고 싶다. 어떻게 해야 이 어려움을 잘 이겨낼 수 있을까? 지혜를 구해줄 현자는 없는가?

코로나19로 인해 비대면의 시간이 길어지면서 주변 사람들 모두 지친 기색이 역력하다. 걱정과 불안으로 두려워하고 울분과 우울감은 커진다. 그럼에도 불구하고 우리는 살아야 한다. 코로나19는 평범한 일상을 무너뜨렸다. 바이러스는 사람을 차별하지 않는다지만 역설적으로 사람들은 서로를 차별한다. 재난은 긴급하고 총체적인 변화를 정당화한다. 기본적으로 위기의 속성은 가진 자들에게 유리할 수밖에 없다. 그래서 가진 자들은 그들의 기준에서 보아 이른바 잉여 인간들인 가난한 사람이나 장애인, 고령의 노인, 미혼모, 실직자 등 사회적 약자나 취약계층에 대해 지원과 분배를 적게 하거나 공격을 정당화한다. 코로나가 대구를 삼켰을 때 장애인과 장애인 지원 활동가가 직면했던 현실을 영화에 담은 조문영의 글을 보면 잉여 인간으로 표상되는 장애인들의 취약한 처지를 볼 수 있다.

선한 행위란 '이웃'이라는 정당한 자격을 지닌 사람들끼리 서로 주고받는 행위에 그쳐서는 안 된다. 코로나 같은 위기가 닥쳤을 때 가진 자들이 누리는 전통의 위계질서를 중심으로 주류 계층의 안전만 생각해서는 안 된다. 선善에는 선線이 없고, 사랑에는 담이 없기 때문이다.

바이러스와 인간의 공생관계는 자연스러운 우주의 질서이다. 인간이 풍요를 위해 교란시킨 생태계에서 인간의 편리를 위해 바이러스를 박멸시킬 수는 없다. 코로나를 이기려는 무용한 노력에 앞서 절제와 조화를 선택하는 지혜를 발휘하는 것이 바람직하다. 국회 미래연구원이 확인한 한국인이 선호하는 미래의 모습은 개인, 경쟁, 성장, 현재 중심이 아니라 분배와 공존, 공동체, 미래가 어우러진 사회였다. 공존의 미래를 모색할 싹은 이미 우리 마음속에 움트고 있다.

1920년 9월 8일 자 동아일보의 기사를 보면 '각지에 괴질. 6일에 705명'이란 제목을 단 기사가 있다. '스페인 독감'이었다. 1918년 발생한 스페인 독감은 전 지구에서 유행해 몇 개월 사이 2,000만 명가량이 죽었는데 우리나라에도 14만여 명이 사망한 것으로 알려져 있다. 이러한 괴질에 맞서 우리 조상들은 두려워 않고 당당히 싸워 이겼다. 당시 기사를 보면 부산에서 금은 세공업을 하는 전대현全大現과 정일 의원, 김용묵金容默 원장 등 많은 사람의 헌신적이고 희생적인 활동이 이어져 사람들은 서로를 위했으며, 스스로를 희생해서 이겼다(송종훈의 근대뉴스 오디세이에서). 100년이 지난 지금 우리는 전염병과 싸우고 있다. 중요한 것은 100년 전 우리 조상들은 괴질을 이겨냈다는 점이다. 따라서 코로나19는 반드시 극복될 것이다

코로나19는 우리 마을에 저절로 오지 않았다. 우리가 부른 것이다. 이 난폭한 무뢰한은 언제 마을을 떠날지 모른다. 그래서 아직 오지 않은 미래는 불확실한 정도가 한층 더 짙어졌다. 이 안개 속을 헤쳐나가는 최선의 방법은 서로가 연대하여 확실한 미래를 계획해서 만들어가는 것이다. 불필요해 보이고, 심지어 불가능해 보여도 큰 그림을 그리

며 차별하고 구별 짓는 방식보다는 포용과 연대를 강화하는 방안을 모색해야 한다. 익숙한 문법에서 벗어나 혁신적 시도를 할 때, 그런 용기를 보일 때 비로소 사회가 좋아진다.

넬슨 만델라는 '무엇이든 되기 전에는 다 불가능해 보인다'고 하지 않았는가? 코로나19는 공동체적 연대를 통해 극복해 나가야 하는 사회적 재난이니 사회구성원 모두가 함께 싸워야 한다. 취약함은 결함이 아닌 공동체의 토대가 될 수 있다. 인종이나 계층, 지역, 종교 등에 대한 혐오와 차별을 중단하고 인권과 연대의 관점에서 이 위기를 극복해야 한다.

우리 시민들은 거시적이고 사회 구조적인 해결은 전문가들에게 맡기자. 대신 이 어려운 시기에 울분과 분노로 하루하루를 보내는 상처받은 우리 이웃들에게 치유와 평화를 주는 따뜻한 손길을 주는 이웃이 되자. 우리들의 결집된 선한 집단지성은 코로나19를 관통하여 약자와 비주류의 이웃들에게 따뜻한 연대와 지지를 보낼 수 있다. 사랑하는 사람들이 없는 곳이라면 우주도 별 의미가 없는 곳이다. 인간이라는 소중한 별들에 대해 사회 통합적인 메시지를 제시하여 이웃에 대한 사랑과 나눔으로 가득 찬 아름다운 별로 만들자. 거칠고 위험한들 어떠하랴? 그까짓 것 불한당과 함께 걷자. 사랑을 품은 마음을 모아 비대면의 경계세계를 초월하는 사유의 공간을 공유하자. 그리고 우리 모두 살아있음에 감사하자. 어둠의 바탕을 통해 우리의 삶은 더욱 빛날 것이다(2021년 5월).

대수장군 풍이

『십팔사략十八史略』은 증선지가 중국 고대시대부터 송대까지 중국 4천 년의 역사를 알기 쉽게 정리한 중국 역사 입문서이다. 책 속에는 황제에서부터 시정잡배에 이르기까지 다양한 인간들의 지혜와 삶이 담겨 있다. 장대한 중국 대륙을 무대로 각양각색의 인간군들이 펼치는 파란만장한 역사는 한편의 대하드라마를 보는 듯한 소설적 재미를 제공한다.

십팔사략을 보면 장군 풍이馮異의 이야기가 나온다. 풍이는 중국 후한 광무제 때의 장군으로 별명이 대수장군大樹將軍이다. 그는 군사전문가로서 뛰어났을 뿐 아니라 강력한 충성심을 바탕으로 평소의 마음가짐도 매우 엄격하고 겸손하였다. 아마도 그의 가장 큰 개인적 덕목은 겸양의 경지까지 내려간 겸손한 마음가짐이라고 본다. 크고 작은 전투 후에는 으레 전공에 대한 논공행상이 벌어지게 마련이다. 그가 대수장군大樹將軍이라는 별칭別稱을 얻게 된 것은 매사에 겸손謙遜하여 모두가 치열하게 공을 논하는 자리에서 벗어나 빙긋이 웃으며 큰 나무 뒤에 몸을 숨기고 물러나 있었다는 고사에서 유래한다. 전투 후에 부하들의 직위체계를 정하려고 하자 모두가 "우리는 대수장군大樹將軍의 신하가 되고 싶습니다."하고 앞 다투어 희망한 이야기는 유명한 일화이다. 대수장군이라는 말은 후세에 매사에 겸손謙遜하고 말없이 수고하는 사람을 이르는 말이 된다.

옛말에 신인무공神人無功, 성인무명聖人無名, 지인무기至人無己라는 말이 전해오고 있다. 이는 신인神人은 아무리 큰 공을 세워도 자신의 공을 자랑함이 없고, 성인聖人은 아무리 큰 덕을 쌓았어도 자신의 이름을 자랑함이 없고, 지인至人도 역시 공덕을 짓고 쌓았어도 자신을 드러내지 않는다는 뜻이다. 평소 겸양한 마음가짐의 중요성을 설파한 글이라고 보겠다.

겸손은 경건하고 사려가 깊은 삶을 사는 사람에게 중요한 미덕으로 나타난다. 겸손은 자기 자신에 대한 진정성과 자부심을 갖지 못한 사람에게는 구현되지 않는다. 교만의 모습으로, 열등의식이나 비굴함으로 나타난다. 겸손은 참으로 자신 있는 사람만이 갖출 수 있는 인격이다. 딕 디보스는 겸양이 지니는 몇 가지 장점을 이렇게 이야기한다. "겸손은 다른 사람에 대한 존중심의 기초인데, 동정심이나 용기처럼 개인의 고결함과 자유의 보존에 반드시 필요하다. 겸손은 관대함과 친절한 수긍, 관용, 융통성 있는 견해를 갖게 하여 타인의 가능성 등 좋은 특성들을 기꺼이 보고자 하는 태도를 갖게 해준다. 겸손하게 우리 자신을 낮추는 것은 옳은 일의 일부이며 다른 사람의 관심사에 더 민감하게 반응하는 데 도움이 되며, 우리 자신에 대해 정직하게 해주고 우리를 진실하게 해준다. 우리가 다른 사람에게 정직하고 믿을 수 있는 사람이 되고 공정해지려면 겸손은 필수적이다."

이처럼 겸손은, 남의 말에 귀를 기울이고, 우리 삶의 좋은 것들에 대해 감사함을 느끼고, 사람이 저지르는 실수를 용서하는 데 필요한 확신을 준다. 어떻게 보면 겸손은 아첨을 하지 않으면서도 다른 사람들을 지원하고, 남의 기분을 상하게 하지 않으면서도 그들이 한 일을 바로잡게 하고, 생색을 내지 않으면서도 남을 격려하는 좋은 무기이다. 실제적인 면을 보더라도 겸손함은 처세와 인간관계에 있어 부드럽고 세련된 강력한 수단이다. 그래서 정치적이고 목표지향적인 사람들은 겸손의 중요성을 알고 겸손하기를 원한다. 아니, 겸손의 모양이라도 갖추기를 원한다. 모든 사람은 겸손하기를 원한다. 그러나 마음 같지는 않다. 겸손하게 행동하고 상대방을 존중하면 힘없는 자의 처세술 내지는 비굴함으로 보고 무시하고 깔보는 경향이 많기 때문이다.

따라서 힘을 갖춘 진정한 겸손함이 필요하다. 여기서 힘은 개인별로, 사회적 상황과 시대의 요구에 따라 다양한 모습으로 나타날 것이다.

머지않아 6월 지방선거가 있다. 지역사회를 둘러보면 많은 정치 지망생들이 선출직으로 선택되기를 희망하는데, 정말 국가와 국민을 위해 겸손히 일하겠다는 진정성을 가진 사람들이 정치현장에 많이 나타나기를 바란다. 사리사욕에 바탕을 둔 비열함과 중상모략, 권모술수가 수단으로 횡행하는 대신, 민의를 최고의 가치로 생각하고 겸손하게 정치를 하는 사람들이 선택되면 좋겠다. 최선을 다해 선거를 치른 후 논공행상의 현장에서 큰 나무 뒤에서 빙그레 웃는 모습을 보는 것은 기분 좋은 일이다(2010년 3월).

도광양회韜光養晦 드디어 때는 왔는가?

중국의 지도자 등소평이 생전에 자국민들에게 당부한 말 가운데 '도광양회韜光養晦'란 사자성어가 있다. "칼집에 칼날의 빛을 감추고 힘을 길러라"라는 뜻이다. 구체적으로는 칼 빛을 감추고 어둠 속에 실력을 기르면서 웅지를 펼 때를 기다린다는 뜻이다. 사회주의 체제가 붕괴해가는 주변 국가들을 보면서 중국이 나아갈 노선을 적절하게 제시한 말이라고 본다. 바꾸어 말하면 그러한 과정을 거쳐 이제 어느 정도 힘을 기른 만큼 그 빛을 슬그머니 내비칠 때가 됐다고 판단할 때도 쓸 수 있는 말이라고 보겠다. 멋있는 말이다. 사람의 생은 유한하다. 그 짧은 인생 동안 인간은 보다 나은 명예와 부귀, 그리고 자신의 뜻을 관철하기 위해 치열한 다툼을 한다. 어떻게 보면 도광양회는 중국인 특유의 깊이와 긴 호흡으로 목표를 위해 음험하게 뜻을 펴가는 당당하지 못한 면도 보인다. 그러나 조급하게 모든 것을 판단하고 흥분하기 쉬운 사람의 입장에서는 깊이 새길 대목이라고 생각한다.

개인적으로 나는 조급하고 감정변화가 심한 점을 단점으로 생각해

왔다. 그래서 나의 생활신조는 두 가지이다. 그 첫째가 날카로운 매의 눈으로 보듯이 사물을 빨리 판단하고 그 대신 움직임과 행동은 소가 걷듯이 묵직하자는 뜻인 '응안우보鷹眼牛步'이다. 그리고 두 번째는 '우공이산愚公移山'으로 옛날 자자손손 모두가 한 소쿠리씩 대를 이어 흙을 옮기면 언젠가는 태형산과 왕옥산 같은 큰 산도 없어질 것이라는 깊고도 웅대한 생각을 가진 우공의 이야기를 생각하며 스스로를 천천히 묵직하게 생활하자고 다짐해왔다. 그러나 잘 안 된다. 쉽게 흥분하고 가볍게 판단하고 감정을 쉽게 드러낸다.

도광양회를 이루기 위해서는 그야말로 절치부심의 노력과 각고가 필요하다. 깎고 깎아서 더 이상은 찾을 수 없는 뼛조각을 한탄할 정도로 노력하고 힘을 길러야 한다. 그러면서도 자신의 노력과 웅지가 위해를 가할 수 있는 힘이 있는 적에게 노출되어서는 안 된다. 중국은 지금 도광양회의 자세로 세계 패권 국가인 미국의 발톱을 실리적인 외교활동으로 잘 피하면서 신흥대국으로 나아가기 위한 실용주의 노선을 견지하고 있다. 이러한 중국의 자세는 우리가 본받을 자세라고 본다.

우리 모두가 가끔은 도광양회를 생각하고 자신의 칼날을 세워간다면 지금의 생활이 보다 의미 있는 시간으로 다가올 것이다. 야심과 희망에 주인은 없는 법이다. 큰 뜻을 품고 암중모색, 기회를 기다리는 사람에게는 언젠가 칼을 뽑을 때가 온다. 어려움과 굴욕을 인내하며 깊은 성공의 가능성을 모색하는 이들에게 야심 찬 뜻은 서서히 구체화된다.

피땀 어린 노력과 수많은 굴욕을 인내한 다음 이제는 되었다고 생각하고 슬그머니 '자신의 칼집'을 툭툭 건드려 보는 것은, 아니 그것을 상상하는 것은 얼마나 즐거운 일인가? 흠! 이렇게 글을 쓰는 것도 쉽게 나의 본심을 드러내는 것이니 어쩌면 진정한 도광양회의 자세가 아닐지도 모르겠다(2004년 11월).

칼날 위를 걸으며 버티다

언제부터인가 신문의 부고란을 유심히 살펴보는 버릇이 생겼다. 평소 알고 지내던 주위의 사람들이 한 사람, 두 사람 자신의 생의 마감을 알리고 있기 때문이다. 유명하고 영향력이 있는 사람은 큰 뉴스를 통해 자신의 죽음을 전한다. 이들의 부고란은 신문지면을 많이 차지하고 있다. 반면에 비교적 영향력이 적은 일반 대중들은 짧은 글로 자신이 살아온 나이와 살아있을 때의 직업, 그리고 남은 가족들, 발인장소와 일시에 대해 알리고 있다. 죽음을 알리는데도 고인의 생전의 영향력이 그대로 작용하는 듯하다. 전에는 이것이 남의 일인 양하여 간과하고 지나쳤는데 이제는 새삼 나의 일로 다가온다. 나도 언젠가는 인생을 마감하면서 짧은 글로서 나의 죽음을 고지하지 않겠는가?

얼마 전 아오키 신몬이 쓴 『납관부 일기納棺夫 日記』를 보았다. 납관부 일기는 아오키 신몬이 10여 년간 장례회사에서 납관부納棺夫로 일할 때 쓴 일기와 산문을 모은 책이다. 납관부는 요즘 우리 식으로 말하면 '장례 지도사'이다. 시신을 깨끗하게 닦은 후 수의를 입히고 여기저기 정갈하게 손질하고 단정하게 묶어 영원한 여행을 떠나도록 관에 넣는 염습을 하는 사람을 말한다. 사업에도 실패하고 문학가로도 별 볼 일 없던 저자는 우연히 아기 분윳값이라도 벌어오라고 바가지를 긁던 아내가 내던진 신문의 구인광고를 보고 납관부 일을 하게 된다. 항상 죽음과 마주하고 있으면서도 죽음으로부터 눈을 돌리고 일을 하는 자신을 보며, 아울러 죽음을 기피해야 하는 '악'으로 생각하면서 '생生'에 절대적 가치를 부여하는 현실의 모순을 보며 죽음에 대해 새로운 깨달음을 얻게 된다. 언젠가 저자는 심하게 부패한 독거노인의 시신을 수습하며 엄청나게 슬어버린 구더기들을 처리하느라 진땀을 흘린다. 빗자루로 연신 쓸어내면서 그는 죽은 이의 몸에서 생겨난 저 작은 생명체들도 단 며칠이라도 어떻게든 살아보겠다며 빗자루를 피해 구물구물 기어 다니는 모습을 보면서 죽음이란 죽음으로 끝이 아니라 생명과 떼려야 뗄 수 없는 끈을 가지고 있음을 깨닫는다.

"깨달음이라는 것은 여하한 경우에도 태연하게 죽을 수 있는 것이라고 여겼으나 잘못된 생각이었다. 깨달음이라는 것은 여하한 경우에도 태연하게 살아가는 일이었다."라는 옛 수행자의 말뜻을 체득하는 과정은 그의 죽음에 대한 성찰을 표현하고 있다.

죽음은 서민이든 권력자이든 간에 살아있는 모든 남녀노소가 피할 수 없는 인생의 과정이자 종결이다. 그래서 모든 사람은 죽음 앞에 평등하다. 사람들은 죽음은 자기와는 상관없는 미래에 예정된 자연적인 현상이라고 믿는다. 수명은 영어로 life expectancy라고 한다. 자기가 얼마 정도 살 것이라고 기대하는 것이 수명이라는 뜻이다. 그 기대를 사정없이 예측불가능하게 다가와 도적처럼 무너뜨리는 것이 바로 죽음이다.

평소 죽음을 생사일여生死—如의 자세로 담담하게 미학적으로 받아 들여온 필자는 불현듯 분기가 일어난다. 코로나 때문이다. 요즈음 전 세계를 공포로 지배하고 있는 코로나가 무서운 것은 강한 전파력과 확진자에게 붙는 낙인, 그리고 독감을 상회하는 만만치 않은 치사율 때문일 것이다. 코로나에 걸리면 죽음과 가까워진다는 두려움이 역설적으로 지금까지 살아온 우리의 삶을 성찰케 한다.

가끔가다 스스로 '지나치지 않은가?' 할 정도로 업무와 일상에 몰입하는 자신을 들여다본다. 혹은 '왜 사느냐?' 하는 인생의 의미가 서늘하게 다가와 뒤를 돌아보기도 한다. 숨 가쁘게 경쟁과 효율을 추구하는 바쁜 일상 속에서 의도적이라도 죽음을 생각하는 것은 정신없이 달려가는 우리의 삶에 조용히 정지신호를 보내는 것이 아닐까 생각한다. 아오키 신몬이 말하듯 죽음은 명리名利의 큰 산에 미혹된 헝클어진 우리의 마음에 존재의 근저를 들여다보게 하기 때문이다.

누군가 말하였다. 20대에는 묵자의 치열함으로 살고, 30대는 한비자의 엄격함으로, 40대와 50대는 공자와 맹자의 노련함으로 살고, 60대 이후에는 노자와 장자의 사상을 받아들여 여유와 유유자적, 무위로 살아가라 했는데, 불현듯 죽음을 생각하니 지금의 이 시간이 너무나 아깝고 귀하게 생각된다. 지금 이 순간 함께 뒤엉켜 살아가고 있는 생생한 사람 냄새나는 살맛을 느끼고 싶다. 이승에서 함께 뒹구는 개똥밭이 얼마나 좋은 것인가.

얼마 전에 작고한 요리연구가 임지호는 "인생은 칼날 위를 걸어가는 것과 같다."고 하였다. 한 치만 잘못 발을 내딛으면 날카로운 칼날에 몸을 다치게 된다. 그래서 우리의 삶은 매사에 조심조심 진중하게 걸어가야 한다고 하였다. 어떻게 보면 인생은 너무 조심스럽다. 그리고 바르게 살아가기 힘든 요소들이 많다. 그러나 이 조심성도 죽음을 앞당겨 대입하면 그렇게 크게 느껴지지 않는다.

여하한 경우라도 태연하게 살아가기를 원하는 아오키 신몬의 죽음에 대한 사념은 생과 사가 눈과 비가 함께 섞여서 내리는 진눈깨비로 표상되어 그가 살고 있는 다테야마立山 산악고을을 조용히, 그리고 끈질기게 내리고 있듯이, 필자도 비록 70을 바라보는 망칠의 노년기이지만 아직까지는 50대의 공맹처럼 치열하면서도 노련하게 이 어려운 시기를 버티면서 이기고 싶다(2021년 8월).

인생의 상수와 하수

필자는 바둑을 잘 두는 편은 아니다. 그러나 바둑은 인간이 고안한 게임 중 가장 오묘하고 깊이가 있는 지적인 운동이라는 것에 공감한다. 얼마나 깊으면 고대 바둑의 집대성인 바둑 고전서 『현현기경玄玄棋經』을 보면 그 이름에서 깊고도 깊다는 의미를 알 수 있다. 바둑은 두는 사람의 역량에 따라 이른바 상수와 하수로 나눠진다. 바둑 고수인 이창호의 예를 들면, 상수는 다음과 같은 특성을 보인다고 한다.

첫째, 상수는 일반적으로 실리와 세력 중 어느 한 편만을 추구하지 않고 그 절충형을 지향한다고 한다. 자신의 기풍을 고정하지 않고 늘 상황에 맞게 유연하게 대처해 실익과 힘을 지혜롭게 배분해 간다.

둘째는 두터움을 선호한다고 한다. 이것은 바둑 자체를 긴 싸움으로 내다보고, 충분히 자신의 힘을 구축한 다음 두터운 세력을 바탕으로 자신의 진영으로 들어온 상대방을 유리한 조건하에 부수어 간다.

셋째는 공격보다는 타개형이 많다. 여기서 타개란 주어진 여건을 바탕으로 문제를 잘 헤쳐나가는 것을 의미한다. 싸우지 않고 이기는 게 가장 상책이기 때문에 싸움 자체를 즐기거나 빠져들기보다는 주어진 여건과 상황을 잘 이용해 문제를 해결해간다. 이는 손자병법에서 가장 상책은 싸우지 않고 이기는 것이라는 것과 상통한다.

넷째는 강수보다는 정수를 추구한다. 강함은 그 자체가 힘이자 능력 이지만 잘못될 경우는 곧 부러짐을 의미하기 때문에 강하게 밀어붙이는 기세를 선호하기보다는 합리적이고 효과적이라고 인정된 정수의 길을 택해 뚜벅뚜벅 걸어간다.

다섯째는 수를 선택할 때 원리보다는 독창성을 즐긴다. 고수는 주어진 원리나 정수에 의존하지 않고 유연한 생각과 창의적인 시도를 즐기고 좋아한다. 이러한 특징 이외에 고수들은 성격적인 면에서 안정성과 동조성이 높았다. 그러나 하수의 경우는 충동성과 즉흥성이 높았다. 이같은 바둑의 상수와 하수의 특성들은 우리의 삶에 많은 시사를 한다고 본다.

우리는 상수처럼 인생을 길게 내다보며 순간순간의 만족이나 힘듦에 일희일비一喜一悲하지 않고 긴 호흡으로 자신의 두터움을 쌓아가야하겠다. 원칙에 충실하나 창의적인 사고와 행동을 추구하며 틀에 얽매이지 않은 유연한 사고로 어려운 여건들을 타개해 가야겠다.

물론 주위의 여건들을 자기화하는 높은 동조성과 안정적인 인성을 갖추면 더 좋을 것이다. 인생을 한편의 바둑에 비교한다면 지나친 억설일까? 숨 가쁘게 달려가는 현대인들을 보며 가급적 상수의 기풍과 자세로 살아가야겠다는 생각을 해 본다(2007년 5월).

왜 톱질하는가?

얼마 전 제주도 올레길을 5시간에 걸쳐 천천히 걸은 적이 있다. 평소 느리거나 지루한 것을 싫어하는 필자로서는 일행이 있어 할 수 없이 걷게 된 일정이었다. 격하게 땀 흘리고 운동량이 많은 것을 좋아하는 나로서는 고역이 아닐 수 없었다. 어느 정도 걷다 보니 주위의 아름다운 풍광들이 느릿느릿 나를 따라오며 제주도의 삶을 이야기하고 있었다. 우리나라도 이렇게 가까운데 좋은 곳이 있었구나 하는 생각에 맑은 공기를 크게 받아들이며 걸었다. 조금 지나니 제주도 해군기지 건설 예정지인 서귀포의 강정마을을 지나게 되었다. 낯선 여러 가지 색깔의 깃발과 구호판이 육지에서 바다로, 바다에서 육지로 각각 함성을 토해내고 있었다. 최근 제주도에서는 화순항 해군기지를 둘러싸고 찬반 '갈등'이 본격화되고 있다. 안보론, 경제론 또는 감성과 논리로 나뉘어 각각 찬반 토론과 주장을 펼치고 있는 것이다. 찬성하는 입장은 한반도 유사시에 기능할 해군기지의 전략적 목적과 기지 건설에 투하되는 향후 소비가 예측되는 경제적 효과를 강조한다. 반대하는 입장은 군사기지 유치가 제주도에 결정적인 형질 변경을 가져오고 결국 주민의 삶에 심대한 변형을 초래한다는 입장이다. 모두가 일리 있는 주장이라고 생각한다.

현존하는 세계적인 언어학자이자 사회운동가인 노옴 촘스키가 대단히 중시하며 언급한 사상이 있으니 곧 프라우트Prout이다. 프라우트 (Progressive Utilization Theory)는 '진보적 활용론'으로 해석되는데, 인도의 철학자이자 경제사회 이론가인 P. R. 사카르에 의해 계발되었다. 프라우트는 개인주의가 최고의 가치이며, 개인의 이익을 극대화함으로써 모든 이들이 혜택을 받게 된다는 자본주의의 환영을 무너뜨린다. 그리고는 글로벌 자본주의의 폐단을 적나라하게 지적하고, 앞으로 올 이상사회의 모델을 통합적 거시경제 모델로 제시한다. 운동의 목적은 '모든이들의 복지'를 지향하는 사회를 건설하는 것이다. 사회적 · 경제적 지역 및 그 지역 사람들에게 발전과 혜택을 주기 위해 고안된 시스템으로 사람들에게 최저생계를 보장해 줌으로써 인간의 세 가지 영역인 물질적, 정신적, 영적 측면을 지원하는 경제체제를 추구한다.

프라우트가 갖고 있는 여러 가지 비전 가운데 개인적으로 좋아하는 부분은 프라우트가 새로운 세상을 보는 비전을 단순히 정치적, 사회적, 그리고 경제적인 관계에 국한되지 않고, 교육, 남녀평등, 영성을 아우르고 있다는 것이다. 특히 환경을 파괴하지 않으면서 개발이 가능한 비전을 자급자족경제, 협동조합, 환경보존의 영역으로 확대한 것이 의미 있다고 본다. 생활 속에서 구체적으로 실천할 수 있는 많은 내용이 있지만, 특별히 소개하는 것은 '단순한 삶을 살라'이다. 경제가 하강할 때를 대비해 생활방식과 경제적 상황에 변화를 주는 것이 필요한데, 단순하게 사는 것은 이럴 때 유용하다. 예를 들어 본인과 가족에게 꼭 필요한 것만을 살 것, 사용하지 않고, 원하지 않고, 필요하지 않은 물품을 없앨 것, 비물질적인 행복과 가족들과 함께할 수 있음을 중요하게 여길 것 등이다. 이렇듯 프라우트에서 제시하는 제안들은 다양한 형태와 다양한 이름을 갖고 현재 세계 전역에서 수많은 사람과 지역사회에서 활용되고 있다. 프라우트가 지구촌에서 새로운 대안으로 제시되는 이유는 아마도 자신이 앉아 있는 나뭇가지를 톱질하는 것으로 비유되는 오늘날 사회제도가 갖는 모순 때문이라고 생각한다.

"이 세상의 모든 군대보다도 강한 것이 있다. 그것은 바로 때가 무르익은 사상이다." 이것은 빅토르 위고의 말이다. 바꾸어 말하면 '다른 세상'을 만드는 것은 가능하다는 뜻이겠다. 우리 모두가 노력한다면, 우리의 경제시스템은 보다 더 민주적이고 생태 보호적이며, 누구에게나 높은 삶의 질을 제공하는 체제로 나아갈 것이며, 우리의 마음은 착취와 무한경쟁의 사고방식에서 탈피해 이웃을 돌아보게 될 것이다.

프라우트의 관점에서 본다면 좋은 세상이란 육체적 또는 물질적인 면에서 개인이 타인이나 사회를 착취하지 못하도록 하면서, 동시에 누구나 물질적으로 최저생계 수준은 보장받는 사회이다. 이러한 물질적 조건은 궁극적으로 '차원 높은' 복지사회를 구현하는 필수사항이기도 하다. 프라우트 시스템이 인간을 위한 대안 제도로서 실행 가능성이 있다고 본다면 장애인의 평생 복지와 특수교육을 위해 일하는 우리로서는 한 번쯤 생각해볼 가치가 있다.

프라우트 시스템이 인간을 위한 대안 제도로서 가능할 것인가를 생각하며 내려오니 올레길의 해변 가에는 해군기지 결사반대라는 많은 구호가 깃발에 담겨 펄럭이고 있었다. 무조건 철수라는 붉은 구호가 그려진 커다란 철판 게시판에는 전투함대의 모양이 구멍으로 뻥 뚫려 있는데, 그 사이로 보이는 남녘의 바다 풍경은 평화롭고 잔잔하다 (2010년 3월).

고귀한 것들은 고요히 익어갑니다

구공탄, 아궁이, 큰 누님, 냇가의 추억, 추석 보름달, 그리고 배고픈 시절이나 회초리, 중학교 입학하던 날, 어머니 회갑연, 국민학교 풍금 소리와 같은 글들을 보면 고향이 연상됩니다. 고향은 태어나 자라난 곳이며 늘 마음으로 그리워하거나 정답게 느끼는 곳입니다. 누구에게나 고향에 대한 그리움이 있습니다. 유년기 힘들었던 시골을 떠나 도시로 진출한 경쟁 사회 속에서 잠시 나를 내려놓고 주위를 돌아볼 때가 있는데 우리 마음은 자연스럽게 잠시 잊고 살았던 고향으로 향합니다.

얼마 전 백석 시인의 '고향故鄕'이라는 시를 우연히 읽었습니다. 조금 길지만 소개합니다.

나는 북관北關에 혼자 앓아누워서/ 어느 아침 의원醫員을 뵈이었다/ 의원은 여래如來 같은 상을 하고 관공關公의 수염을 드리워서/ 먼 옛적 어느 나라 신선 같은데/ 새끼손톱 길게 돋은 손을 내어/ 묵묵하니 한참 맥을 짚더니/ 문득 물어 고향이 어데냐 한다./ 평안도 정주라는 곳이라 한즉/ 그러면 아무개 씨 고향이란다/ 그러면 아무개 씨 아느냐 한즉/ 의원은 빙긋이 웃음

을 띠고/ 막역지간이라며 수염을 쓸는다./ 나는 아버지로 섬기는 이라 한
즉/ 의원은 또다시 넌지시 웃고/ 말없이 팔을 잡아 맥을 보는데/ 손길은 따
스하고 부드러워/ 고향도 아버지도 아버지의 친구도 다 있었다.

필자는 부모님이 월남한 이북 2세로 실향민입니다. 평북 용천군 외
상면 000번지는 저의 원적元籍으로 평생 잊지 못하는 주소입니다. 백석
의 시를 보니 평안도 정주 이야기가 나옵니다. 돌아가신 아버지가 평소
홍경래 이야기를 자주 하면서 역사적인 정주성 함락을 안타까워한 모
습이 생각납니다.

얼마 전 여러 사람으로부터 태어난 고장에 대한 글을 받은 적이 있습
니다. 몇 분을 소개합니다.

강의중 님은 1951년생으로 보성 벌교가 고향입니다. 특수학교 교
장으로 퇴임 후 고향에서 여러 가지 봉사활동을 하고 있습니다. 벌교
가 나쁜 의미로 주먹이 센 곳으로 잘못 알려진 연유를 알려주면서 일
제 강점기 때 우리 조선인을 괴롭히던 일본군 헌병을 의협심으로 때
려죽인 한 청년의 이야기에서 와전된 연유라고 하였습니다.

박광현 님은 1935년생으로 개성시 고려동에서 태어났습니다. 17
세 소년 때 남하하여 지금은 큰 무역회사를 경영하는 성공한 사업가
입니다만 그의 마음은 늘 고향 개성에 가 있습니다. 그는 자서전 『고
리고개에서 추리醜李골을 거쳐 뚝섬나루까지』에서 개성인의 특징으로
"자유주의 정신이 강하나 전반적으로 보수적이며, 뚜렷한 주체성, 절

약과 검소, 신용과 신의 중시, 청교도적 결벽성, 비축과 저축, 철저한 자립정신, 협동 정신과 상호협력에 바탕을 둔 철저한 자립정신"을 말하며 고향에 대한 포괄적인 정서적 접근을 하였습니다.

하순명 님은 고향이 진도인 여류시인입니다. 진도는 진돗개와 강강수월래, 명량대첩축제 등으로 알려져 있습니다. 세방낙조로 유명한 다도해의 한 섬입니다만 역사적으로 호국과 저항의 지역으로 알려진 예향의 고장입니다. 최근 하순명 시인은 진도의 왜덕산倭德山을 소개하며 명량해전 당시 전사한 왜군들의 100여 시신을 진도 백성들이 잘 안장해서 '조선이 왜구에게 덕을 베풀었다'는 뜻으로 왜덕산이라 불렀다고 합니다. 그동안 반일감정 등으로 쉬쉬하다가 진도문화원 박주언 원장의 노력으로 무덤들을 확인하고 최근에는 한일 합동 왜덕산 위령제가 진도군 고군면 현장에서 엄수됐다고 합니다. 낯선 땅에서 건너와 온갖 만행을 저지른 타 지역의 군인들을 고향 땅에 안장해준 진도군민의 높은 정신이 돋보입니다.

조미영 님은 함경북도 청진에서 2002년에 한국으로 온 탈북민입니다. 한국에 정착한 지도 벌써 20여 년이 넘어가고 있습니다. 그의 고향에 대한 사랑은 (사)통일미디어에서 운영하는 '조미영의 청춘 통일'이라는 라디오 방송을 통해 북한에 있는 친구들에게 소식을 전하고 탈북한 분들과 북녘 고향에 대한 감성을 공유하는 것입니다. 추석이나 설날에 특집에 참여한 탈북민들의 이야기를 듣거나 탈북민들이 라디오를 통해 고향의 그리운 사람들에게 보내는 편지글을 보면 가슴 아프고 안

타깝습니다. 남북한은 정치적인 이해관계를 떠나 남북한의 이산가족 상봉과 교류만큼은 반드시 해결하여야 한다고 봅니다.

이러한 고향에 대한 절절한 그리움과 애틋함, 그리고 고향의 발전에 도움이 되고 싶다는 뜻을 모아 마침 금년 2023년부터 '고향 사랑 기부'라는 새로운 제도가 선을 보였습니다. 지방자치단체에 대한 자발적인 기부를 통하여 건전한 기부문화를 바탕으로 지역경제를 활성화하고 지역 현안에 대응하려는 취지입니다. 고향을 생각하는 사람들이 지자체에 기부할 수 있는 기회를 열어줌으로써 지역의 재정 확충에 기여하고 지역소멸 등 현안을 해결하겠다는 것이지요.

뜻있는 여러분들의 적극적인 참여를 기대하며 '고귀한 것들은 고요히 익어가고'라는 박노해 시인의 글로 마무리합니다(2023년 11월).

우리가 아름다운 지구별을 지키자

정말 위기의 시대인가?

"때로 질병은 우리가 선택한 삶이 우리 자신에게 맞지 않다는 신호가 된다." 이는 수잰 오설리번이 한 말입니다. 불과 2, 3년 전에 코로나 팬데믹이 왔을 때 우리는 뭐 얼마 가지 않아 지나갈 가벼운 풍토병으로 생각했습니다. 그러나 그 위력은 컸습니다. 지금까지 당연한 것처럼 살아온 인간의 삶의 방식에 근본적인 의문을 던졌으며 앞으로 어떻게 살아남느냐 하는 방법론적 추구까지 하게 되었습니다.

이런 관점에서 본다면 지금 세계는 위험할 정도로 급변하고 있습니다. 지구 생태계는 기후 온난화와 자원의 고갈, 인구팽창이라는 다양한 위기와 함께 정치적, 이념적, 세대 간 갈등이 양극화의 수준으로 치닫고 있습니다. 일상에서 사용하고 난 폐기물은 전 지표를 덮고 있습니다. 환경파괴로 공기와 물, 먹거리는 점점 더러워지고 있습니다. 머지않아 모두가 생수처럼 산소 캔을 들고 다니는 세상이 올지 모릅니다.

혹자는 이렇게 묻습니다. "만약에 우리가 냉전에 들인 돈만큼 기후 위기에 대응하는 데 돈을 들였더라면 지금의 세상은 어떤 모습일까? 민족과 이념, 종교, 계급 간의 갈등으로 야기된 각종 전쟁에 과학기술을 이용했던 만큼 우리가 자연을 살리는 데 노력했다면 우리는 더 좋은 환경서 살고 있을 것인가?"

문제는 누구나 무엇이 옳고 그른지 분명한 해결책과 방법을 알고 있는데도 불구하고 안 하고 있다는 사실입니다. 폭력보다 평화가 좋다고 하면서 인류가 선택한 방식은 '공존'보다 '지배'였습니다. 자연과 환경을 파괴하고, 약한 여성과 노인을 유린하고, 유색인종과 타민족을 지배하고, 수많은 동물과 식물을 멸절해 왔습니다. 사회적으로는 젠더, 언어, 계급에 대한 차별이 증오와 혐오로 발전하는 것을 당연시합니다.

해법은 없는가?

인류학자들은 요즈음을 인류세가 직면한 최고의 위기 시대라고 합니다. 그래서 위기의식을 느낀 인류가 많은 해법을 내놓고 있습니다. 1987년 UN에서는 '지속가능발전'이라는 개념을 처음 제기했습니다. '지속가능발전'이란 '미래 세대가 자신의 필요를 충족할 수 있는 능력을 손상시키지 않으면서 현재의 필요를 충족시키는 개발'로 정의됩니다. 이것은 사회 및 환경 균형의 보호와 경제 발전을 조화시키는 것을 추구합니다. 2004년 유엔 글로벌 컴팩트 보고서에서는 ESG라는 용어를 공식적으로 사용하면서 전 세계적인 기후 변화 폐해와 팬데믹과 같은 사회적 불안요소에 대한 대안으로 ESG 경영을 내놓습니다.

ESG란 'Environment(친환경)', 'Social(사회적 기여)' 'Governance(투명한 지배구조)'의 머리글자를 딴 단어로 기업 활동에 친환경, 사회적 책임경영, 지배구조 개선 등 투명경영을 고려해야 지속 가능한 발전을 할 수 있다는 철학을 담고 있습니다. ESG 경영은 지금까지 기업의 경영목표는 단순히 이윤추구에 있었으나, 앞으로는 환경을 생각하고 (Environment), 사회적 약자에 대한 지원 등 사회공헌 활동과 같은 사회에 긍정적인 역할을 하는 경영방식을 도입하여야 하고(Social), 주주들을 우선한 지배구조를 개선하여 법과 윤리를 철저히 준수하는 경영 활동을 말합니다(Governance).

2022년이 되자 우리나라 기업들이 앞다투어 ESG 경영을 선포하고 대대적인 조직개편을 하였습니다. 그리고 친환경기술의 개발과 도입, 조직 내 청렴 문화의 정착, 사회 소외 계층을 위한 일자리 창출 등 다방면에서 ESG 경영 로드맵을 세우고 전략을 실행 중인 것을 볼 수 있습니다. ESG가 기업들에게 긴장감을 준 큰 이유는, ESG의 활동 결과를 전 세계 600여 개 평가 기관들이 등수를 매기기 때문입니다.

미래사회에 조응照應하는 문학인의 책무

문학은 시대의 거울이며, 작가는 하나의 작은 실천적 주체입니다. 지금까지 그래왔듯이 문학인은 자기 문학 세계를 성찰하는 가운데 인간의 본성을 탐구하고, 몸담고 살아가는 삶의 현장과 앞으로 다가올 세계를 목적의식을 가지고 선도해야 합니다. 오늘날처럼 이 위기의 시대에 문학인은 문학의 목적을 새롭게 설정하여 모두가 공감하는 한국문학의 지향점을 찾아가야 합니다. 새로운 방향성 설정에 따른 문학인의 책무에 대해 다음과 같이 제언합니다.

중국 작가 옌롄커는 오늘날 이 시대는 인터넷과 과학기술의 시대로서 또 다른 무언가에 속해 있다고 생각합니다. 그는 문학은 그저 이 시대의 주변화한 조연에 지나지 않는다고 하여 문학은 더 이상 18세기 말에서 1970년대에 이르는 시기처럼 세계의 무대에서 문화의 기둥이자 주연으로 기능하지 못한다고 하였습니다. 그러나 그는 현재의 지구촌을 위기라고 진단하고 전쟁이나 역병의 재난이 닥쳐왔을 때 작가들은 기꺼이 '전사戰士'나 '기자'가 되어야 할 때라고 하였습니다. 아울러 현실을 직시하고 사실을 왜곡하지 않고 바르게 써 내려갈 것을 요구하였습니다. '총소리가 났는데 개선장군의 폭죽'이라 쓰는 작가들은 문학인이 아니라고 하였습니다. 옌롄커가 두려워한 것은 문학인들이 역사 속에서 문학의 배역이 대체되거나 문학이 무능하고 무력한 것에 대해서 박수를 친다는 것이었습니다.

그렇습니다. 지금 우리 문학인들은 기꺼이 전사戰士가 되어야 할 때입니다. 우리의 역량을 총동원하여 지구의 위기를 부지런히 알리고, 대비책을 공유하고, 해결책을 모색하는 최전선의 투사로 우뚝 서야 합니다. 문학인은 전사戰士의 패러다임을 가지고 지구위기를 대처해 가면서도 한편으로는 문학 본연의 결이 되는 공감과 연대, 화해와 돌봄의 가치를 추구하는 마인드를 가져야 합니다.

아놀드 토인비는 오늘날처럼 과학에 대한 신앙으로 인하여 종말의 위기에 처한 현대인을 구원할 수 있는 것은 자연에 대한 신앙이라고 하였습니다. 자연환경이 급격한 기후재난으로 파괴되고 있는 것은 문학인의 자연에 대한 신앙이 파괴되고 있는 것과 같다고 봅니다. 문학인이 싸울 줄 아는 선도자의 투지를 갖춘 가운데, 한편으로는 더 따뜻한 세상을 만들기 위해 자연환경과 이웃에 대한 공감과 소통, 관용의 마인드를 갖추어야 한다는 것은 이 시대를 맞이하는 문학인의 새로운 패러다임입니다.

ESG를 생활화하는 문학인

일상생활에서 ESG를 생활화하여야 합니다. 아주 작고 소소한 일들이지만 막상 생활 속에서 실천하기가 불편합니다. 나 먼저 실천하여야 합니다. 주로 환경과 에너지 절감 문제와 관련하여 몇 가지 예를 들어보겠습니다.

* 조금 다리가 아프고 시간이 걸리더라도 엘리베이터를 타지 않고 계단 이용하기
* 버스나 전철 등 대중교통을 이용하면서 다리 근육 키우기
* 불필요한 메일은 즉각 즉각 삭제하거나 스팸 걸기
* 가급적 채식 중심의 소식小食을 하며 음식물 남기지 않기
* 겨울철에 실내온도 낮추고 내복 껴입기
* 종이컵 대신 개인 텀블러 사용하기, 아울러 하루에 마시는 커피 횟수를 줄이기
* 질병 예방 차원에서 부지런히 손을 씻되 손수건을 사용하기

* 퇴근 및 취침 전에는 무조건 불필요한 플러그 빼기
* 중고 마켓 플랫폼(당근마켓, 중고나라 등)을 적극 활용하여 필요한 물건을 사고 팔기
* 문학인의 모임 등에 '제로 웨이스트(플로깅)' 활동하기
* 텃밭이나 화분 등을 이용해 간단한 먹거리나 반려식물, 공기정화 식물을 키우기
* 장바구니가 달린 자전거를 타고 시장을 보거나 운동하기

프란치스코 교황은 2022년 7월 프라하에서 열린 EU 청년 회의에서 "우리는 지속가능성을 우선시하여야 한다. 그리고 많은 불필요한 소비를 줄이는 것이 시급하다. 환경보호를 위해서 화석연료 사용을 줄이고 자기 파괴적인 육류 소비를 줄이라"고 하였습니다. 어떻게 보면 오늘날 우리가 무엇을 먹는지에 따라 지구의 미래가 결정된다고 볼 수 있습니다. 한 사람이 일주일에 단 하루만 채식을 실천해도 1년에 나무 15그루를 심는 효과가 있다고 합니다. 그런 점에서 일상에서 온실가스 배출을 줄일 수 있는 가장 효과적인 실천은 채식이라고 볼 수 있습니다. 채식 활동과 더불어 조금 더 우리의 활동 범위를 넓혀본다면 해외 여행 시 '탄소 발자국 줄이는 여행'을 하거나, ESG 경영을 하는 기업과 연대하여 우리들의 문학 활동에 다양한 지원방안을 이끌어 내는 것도 문학인이 할 일이라고 봅니다. 앞에서도 언급하였지만 각 기업은 ESG 경영의 실천지수에 따라 세계적인 평가 기관들이 순위를 매기기 때문에, 우리가 실천 가능하고 효율적인 ESG 활동을 제시한다면 여러 기업으로

부터 재정적 지원을 위시한 다양한 지원을 이끌어낼 수 있습니다. 지금 기업은 막대한 ESG 경영 예산을 책정해 놓고 사회공헌 활동을 준비하고 있는데, 우리 문학인들이 이에 적극적인 마인드를 가지고 부응한다면 지구를 살리는 활동에 큰 역할을 함께 할 수 있습니다.

정의롭고 따뜻한 세상을 준비하자

앞으로 더욱 깊어질 기후 위기 시대를 살려면, 더 따뜻한 세상을 준비해야 합니다. 현재와 같은 방식의 삶으로는 기후 위기의 재앙보다 더 큰 사회적 혼돈을 경험하게 될지도 모릅니다. 천민자본주의에 의한 치열한 배금주의 경쟁 사회와 계층 간, 종교 간 민족 간의 혐오와 차별, 갈등 등으로 지구촌은 살벌하고 삭막한 세상이 되었습니다. 이제는 따뜻한 사람이 그리운 시대가 되었습니다. 비판보다는 믿어주고, 신뢰와 공감으로 서로를 이해하고 채워주는 사람, 그러한 사람들로 꽉 채워진 정의롭고 공정한 정 많은 세상을 만들어가야 합니다. 지금까지 저는 다가오는 암울한 미래에 대응하여 현명하게 살아가야 하는 우리 문학인의 책무에 대해 말했습니다. 우리 모두 강건한 기후 전사가 되어 따뜻한 세상을 열어가는 문학인이 되기를 소망합니다.

누구에게나 햇빛과 비를 내리는 아름다운 별을 바라봅니다
이 별은 나이든 동물의 얼굴처럼 쇠락해가고 있습니다
땅 위에 살아가는 모든 것들을 온전하게 보듬고 싶습니다

일상생활에서는 친환경적으로 살고

이웃과는 힘을 모아 생태적 삶을 일구겠습니다

고통의 날, 깊게 어두워져 가는 길들을 걸어가며

우리들이 밝히는 일렁이는 불꽃 사이로

맑은 물 흐르고 꽃피는 대지의 내음을 맡습니다

(2022년 11월)

제 2 부

어머니는 운이 좋으십니다

"우야, 누구든지 퇴임하는 거란다.
너의 아버지도 퇴직하셨잖니?
이제 마음 편하게 건강하게 좀 쉬렴."
이러한 뜻이었는데 혼미한 정신 가운데서도
퇴직을 한 아들에 대한 걱정이
모든 것을 물리치고 단호하게 나타난 듯하다.

어머니는 운이 좋으십니다

어머니는 운이 좋으십니다
이렇게 눈이 오는 날 산에 오셨으니까요
어머니는 운이 좋으십니다
눈이 와서 까마귀가 오지 않습니다

어머니는 행운이셔요
이 못난 맏아들이 튼튼한 다리로 이곳
골짜기까지 업고 오지 않았습니까?

어머니
이제 이빨 수는 세지 마셔요
산신령님이 당신의 몸을 안고 가십니다

이제 산을 벗어났으니 말씀하셔도 좋습니다
나를 두고 가서 슬프다고

그리고 너 이놈!
다리 아프지 않느냐고 말입니다

화장실

아버님은 고향이 이북이었습니다. 월남하여 젊은 나이에 국민학교 교장선생님으로 성공한 사실이 조금은 부담스러웠나 봅니다. 앞뒤 가리지 않고 달리다 고생도 많이 하고 주위와 다투기도 하셨습니다.

그런 용맹한 아버지가 무서워한 것은 딱 한 가지였습니다. 겨울밤 마당을 가로질러 재래식 화장실을 가실라치면 시골의 이름 모를 샤먼들이 무서웠습니다. 그래서 어린 나를 꼭 화장실 앞에 세웠습니다.

볼 일이 길어질수록 나는 얼어붙은 밤하늘을 쳐다보며 정령들의 숨길이 사라지도록 벌벌벌 떨며 조심조심 눈앞의 어둠을 지워갔습니다.

지금 생각하니까 나는 바보였습니다. 깨워도 일어나지 않은 동생을 탓하며 아버지는 늘 이 말을 하셨지요.

"충이란 놈은 불효한 놈이야…." "우야는 충신이로고…."

너는 '효자'란 말에 나는 자리에서 벌떡 일어나 무서움을 의무감으로 바꾸었습니다. 그리고는 문을 나서 장승처럼 화장실을 지켰습니다. 아버님은 오래전에 돌아가셨습니다. 그리고 그 동생도 몇 년 전에 사고로 하늘나라로 올라갔습니다. 매일 밤을 내복 차림으로 서 있던 그때가 그립습니다.

어머니의 난닝구

지금 어머니는 88세로 비교적 정정한 편이다. 몇 년 전부터 치매 초기 단계가 와서 모두가 조심조심 지켜보고 있다.

나의 어머니를 생각하면 가장 먼저 떠오르는 생각이 생활력 강한 감수성 많은 여자라는 것이다. 이북에서 월남한 아버지를 만나 중매결혼을 하였는데 경상도 곳곳을 젊은 국민학교 교장의 아내로 다니며 힘든 전근 생활을 하였다. 낡은 관사나 사택에서 슬하에 주렁주렁 매달린 8남매를 먹여 키우느라 힘들었고, 정치한답시고 감옥을 들락날락하는 큰아주버니와 시어머니가 있는 큰집의 생활비까지 대느라 어려워하였다. 당시 8,000원가량 하는 월급의 태반이 서울로 올라갔으니 어머니의 고통은 지금도 다 헤아리기 어려운 것이었다. 매월 25일 저녁은 부모님이 크게 싸우는 날이다. 효심이 큰 아버지는 무조건 월급을 툭 떼어 큰집으로 보내려 했고 어머니는 조금이라도 남기려고 애원하였다. 결국 흐느끼는 어머니의 모습을 보고 어머니의 판정패로 끝났음을 알 수 있었다. 8남매의 장남인 어린 나는 혼자 이불 속에서 조용히 울었다. 나는 앞으로 결혼하면 아내에게 무지하게 잘해주어야지 하는 각오를 다지곤 하였다.

많은 아이를 살피는 것만으로도 힘에 부칠만한 어머니는 한시도 쉼 없이 무엇인가 일을 하였다. 사택의 조그만 채마밭에서 온갖 농작물을 키우며 벌까지 기르느라 여름이면 뙤약볕 아래 눈을 뜨기 힘들 정도로 땀을 흘렸다. 그리고는 아궁이 옆에 앉아 이리저리 맛깔나게 음식을 만들어 식구들을 걷어 먹인 생각이 난다. 상을 차릴 때에도 반찬통을 통째로 놓는 법이 없었다. 맛도 맛이려니와 일일이 예쁜 접시에 보기 좋게 담아내는 솜씨는 남달랐다. 식구 많은 집의 단출한 상차림이 아니었다. 손이 재발라도 부산하거나 번잡해 보이지 않았다. 어머니는 겨울이면 손바느질과 뜨개질로 옷을 지어 아이들에게 입혔다. 뜨개질은 아직도 어머니의 소일거리가 될 정도로 평생 함께한 일이다. 그런 어머니는 정작 자신의 옷은 번듯한 것이 없다. 집에서 볼 수 있는 대부분의 옷은 주로 아버지가 입던 옷들과 아이들이 커가면서 자연스럽게 마련된 아이들의 옷들이었다. 특히나 여름옷은 늘 아버지의 구멍이 숭숭 난 커다란 난닝구였다. 지금도 땀에 흠뻑 젖은 난닝구를 입은 어머니의 모습이 눈에 선하다. 버리기 아깝고 커서 시원하다고 하였다. 그러면서도 틈틈이 그 당시로는 귀한 낡은 전축에 엘피판을 올려놓고 사라사테의 지고이네르바이젠을 듣거나 해리 벨라폰테의 노래들을 따라 흥얼거렸다. 클래식을 즐겨 듣던 어머니의 얼굴에는 땀방울과 함께 미소가 번졌다. 레코드판을 선물이라도 받으면 금세 얼굴에 생기가 돌았다.

1992년 아버지가 퇴직하고 나서 어머니는 시골 생활을 정리하고 서울에 올라와 서울살이를 시작하였다. 공직생활에 익숙한 생활패턴이 깨어진 탓인가 줄곧 무력감에 시달린 아버지는 얼마 후 혈관성치매로 고생하다 돌아가셨으니 이 또한 어머니에게는 남다른 아픔이었다. 활달한 어머니는 아버지가 돌아가신 후 퇴직금으로 사업을 하겠다고 하였다. 지금의 내 나이 정도로 사업을 시작하기엔 늦은 시기였지만 그 당시 나는 별다른 반대를 하지 않았다. 어머니는 국내 유명한 의류 프랜차이즈 사업에 뛰어들어 성공하는 듯했으나 결국은 큰 실패로 끝나 지금도 그 부담이 여러 사람에게 남아있다.

이런 어머니가 40이 넘은 아들을 사고로 잃었다. 내 동생은 그 당시 문화공보부의 사무관으로 근무하던 전도양양한 공무원이었다. 주말이면 장애인 딸이 생활하고 있는 충북의 제천 시설로 가곤 했는데 그곳 운동장에서 함께 놀다가 목이 부러지는 큰 사고를 당하였다. 전국적으로 알려진 비극적인 일로 많은 사람이 애석해하였는데 한 달여 동안 병원에서 전신 마비 상태로 투병하다가 결국은 하늘의 별이 되었다. 매일매일 조금씩 가까이 찾아오는 죽음을 두려워하는 동생에게 어머니가 한 말이 기억난다. "충아, 죽는 게 겁나지?" 말을 할 수 없는 동생이 커다란 눈을 껌벅거리자 어머니는 말없이 손을 꽈악 잡았다. 무슨 말이 필요한가? 먼저 보내어야 하는 자식의 두려움과 바램을 알고는 있으나 어쩌지 못하고 있는 엄마의 마음을 그렇게라도 표현하고 싶었나 보다. 그날 병원 밖을 나와 맞이하는 눈부신 5월의 청명한 햇살은 너무나 싫고 싫었다.

어머니는 현재 나의 전 직장 가까운 곳에서 결혼하지 않은 동생들과 함께 살고 있다. 틈틈이 들러 근황을 살피는데 어느 날은 아들인 나를 보고 갑자기 "어서 오셔요. 식사하셨어요?" 하고 묻는다. 가슴이 서늘하다. 아마도 돌아가신 아버지로 착각하는 듯하였다. 어느 날은 어머니가 소리 소문 없이 가출하셨다. 저녁 늦게 경찰의 도움으로 집에 왔는데 걱정하는 우리를 보고 너무나 당당히 말하였다. 자기는 어렸을 때부터 길을 잃으면 무조건 지서를 갔다고, 그러니 걱정할 필요가 없다고 하였다. 인지능력이 조금씩 나빠지는 것 같아 구피와 같은 열대어를 키우는 어항을 사다 놓았는데 곧잘 고기들과 대화를 한다. 이놈들이 가까이 가면 먹이를 달라고 우르르 몰려온다고 좋아한다. 그 모습이 좋아서인지 시도 때도 없이 사료를 줘서 고기가 모두 비만한 뚱보들이다.

나는 얼마 전 장애 학생을 교육하는 특수학교에서 38년간의 근무를 끝으로 명예퇴직을 하였다. 그동안 교장실에서 즐겨 듣던 오디오를 어머니에게 드렸다. 기존의 것에 비해 음질도 좋고 반복기능도 있으니 참 좋다고 하였다. 몇 번씩 되풀이하여 작동방법을 일러드려도 잘 몰라 되묻는다. 그래도 너무 크게 들으면 이웃 사람들이 싫어한다고 하면서도 아는 곡이 나오면 예전처럼 곧잘 흥얼거린다. 가끔 전화가 온다. 누가참 좋은 전축을 선물했는데 너무 좋다. 혹시 네가 준 것이냐?

3년 전 나는 위암 초기로 간단한 수술을 받았다. 이번에도 혹시 불필요한 충격을 받을까 봐 퇴임식을 알리지 않았는데 미처 정리하지 못한 짐과 교장 명패가 어머니가 사는 아파트로 먼저 가게 되었다. 늦은 밤에 어머니가 전화를 하였다. 평소와 달리 음색과 톤이 너무나 분명하고 단정하다. "우야, 누구든지 퇴임하는 거란다. 너의 아버지도 퇴직하셨잖니? 이제 마음 편하게 건강하게 좀 쉬렴." 이러한 뜻이었는데 혼미한 정신 가운데서도 퇴직을 한 아들에 대한 걱정이 모든 것을 물리치고 단호하게 나타난 듯하다.

자식이 어려울 때, 힘들다고 생각될 때 어머니는 꼭 필요한 얘기를 들려주는 존재이다. 어머니! 이제는 헌 난닝구는 입지 말고 마음 편히 좋아하는 클래식 많이 듣고 오래오래 사십시오(2016년 3월).

　*어머니는 2021년 5월 하늘의 별이 되어 우리 곁을 떠났습니다.

너도 곧 내일 모레다

전대미문의 눈에 보이지 않은 코로나19라는 바이러스는 이 별에 사는 모두에게 삶과 가치관에 대해 새롭게 성찰하는 시간을 주고 있다. 그렇지 않아도 슬슬 나이가 들어가면서 인생이 무엇인가를 생각하게 되고, 의미 있는 일과 늙어감, 죽음에 대해 사유하게 되는데 현재의 사회적 분위기는 우리를 좀 더 깊은 사유의 세계로 이끈다.

흔히 노망이 들었다고 하는 치매에 걸린 사람이 점점 많아지고 있다. 암보다 무섭다는 지금 우리나라의 치매 인구수는 얼마나 될까? 중앙치매센터가 발간한 '대한민국 치매 현황 2018'을 보면 65세 이상 노인 인구 중 치매 환자는 70만 명이 넘는다. 치매 유병률은 10%로 나타났다. 65세 이상 노인 10명 중 1명꼴로 치매를 앓고 있는 셈이다. 추정 치매 환자 중에서 알츠하이머형 치매가 약 76%로 가장 많고 그다음으로는 기타 유형, 혈관성 치매 순으로 많다. 이처럼 고령화 사회에서 치매는 더 이상 남의 이야기가 아니다.

우리나라는 〈치매 국가책임제〉를 실시하여 전국 256개 치매안심센터에서 치매 관리사업과 치매 환자에 대한 통계 및 정보를 제공하고 있는데, 전문가들은 치매 환자가 점점 늘어나서 2020년에는 약 84만 명이고 30년에는 136만 명 그리고 2040년에는 300만 명이 넘을 것으로 예상하며 대비책을 강구해야 한다고 말하고 있다.

제주특별자치도 광역 치매 센터 박경희 사무국장에 의하면, 치매는 정상적으로 생활해오던 사람이 다양한 원인의 뇌 손상과 뇌 질병으로 인해서 후천적으로 기억력이라든지, 언어능력, 판단력과 같은 여러 영역의 인지기능이 떨어져서 일상생활에 상당한 지장이 나타나는 상태를 말한다. 그는 선천적으로 치매를 안고 태어난 사람들은 별로 없다고 하며 치매를 황폐와 폐허의 차이로 설명한다. 황폐는 원래부터 부족하고 피폐한 집의 모습이지만 폐허는 누군가가 집을 짓고 살다가 그 주인이 떠나면 폐허가 된다는 것이다.

필자는 90세에 가까운 어머니가 계신다. 어머니는 생활력이 강한 황해도 개성 여인으로 씩씩하고 총기가 넘쳐 슬하의 8남매를 악착같이 잘 길러낸 분인데, 요즈음 많이 흔들리고 있어서 불안하게 지켜보고 있다. 어느 날 출근하는 필자에게 깍듯이 존대하면서 잘 다녀오시라고 하신다. 아마 돌아가신 아버지를 남편으로 착각하신 것 같다. 당황한 가운데 잘 다녀오겠다고 인사를 하면서도 가슴은 많이 무거웠다. 아직까지는 이른바 '착한 치매' 유형으로 주위에서는 그나마 다행이라고 위로 아닌 위로를 하지만 날이 갈수록 식사량은 줄어들고 몸의 근육은 말라가고 있다. 이제는 당신의 8남매 장남인 필자도 잘 못 알아보신다.

얼마 전 보았던 일본 영화 '소중한 사람'이 떠오른다. 이 영화는 치매에 대한 편견과 싸워 치매를 이해하고 이에 대처하는 새로운 관점을 보여준 작품으로 '토모에'라는 며느리가, 치매를 앓기 시작하는 홀로 사는 시어머니를 대하면서 겪는 괴로움과 변화의 과정을 그린 영화다. 일반적으로 한 가정에 치매에 걸린 사람이 존재하면 모든 일상이 헝클어지며 집안의 분위기는 거칠고 험악해지면서 내부적으로 붕괴되는 수순을 거친다. 이 영화도 그렇게 이어지다가 시어머니와 며느리가 새로운 관계 형성 속에서 서로를 '소중한 사람'으로 생각하게 되는 과정을 보여준다.

치매 환자를 대할 때 가장 중요한 것은 치매를 '있는 그대로 받아들이고 같이 나아가는 것'이라고 한다. 바로 가족과 주위 사람들의 '마주보려고 하는 이해의 시선'이다. 흔히 치매라고 하면 올 것이 왔다고 생각하고 우리와 동떨어진 다른 세계에 있는 사람으로 인식하여 같은 시선으로 보려고 하지 않는데, 그 순간부터 '관계의 악화'는 시작된다. 같은 시선으로 같이 걸어가도록 노력하지 않으면 어떠한 정성과 최첨단의 처방도 소용이 없는 것 같다.

치매 초기 단계의 일이다. 어머니가 사시는 곳은 이사 온 지 얼마 되지 않은 낯선 곳이다. 하루는 갑자기 어머니가 앞 베란다의 화단을 내다보시며 "작년에 이곳에서 목사님과 예배를 봤다"고 하신다. 그래서 "예, 올봄에는 저도 같이 예배를 보러 가겠습니다" 하니 어머니는 "그래, 올해는 애비도 함께 예배를 보면 좋겠구나" 하신다. 뜬금없는 소리라며 핀잔을 하였다면 대화는 더 이상 나아가지도 않고 서로 간의 벽은 더 높아졌을 것이다. 비교적 좋은 상태였을 때 어머니는 손뜨개질로 털모자를 짜거나 자질구레한 물건을 요모조모 정리하는 '자신만의 일'을 하신다. 비록 만드신 모자나 조끼가 투박하고 깔끔하지 않더라도 젊은 날의 솜씨가 살아있다고 칭찬을 하며 충분히 인정을 해드린다. 어머니는 기분 좋은 얼굴로 또다시 '자신만의 일'을 하느라 분주하다. 이렇게 만들어진 예쁜 털모자는 나의 자랑이자 어머니의 자부심이다.

요즈음은 점점 컨디션이 안 좋아서 주위 사람들의 얼굴과 이름도 잘 모르신다. 얼마 전 생신을 맞이해 쉽게 식사할 수 있도록 치즈 크림을 넣은 계란찜을 해드렸다. 어머니의 후각 기능은 거의 없는 편이고 맛에 대한 표현도 없다. 별로 기대하지 않고 맛이 어떠냐고 물으니 잠시 음미하시더니 "그저 그래" 하신다. 순간 가슴이 서늘해졌다. 아무 의미 없는 반응만 있을 거라 생각했는데 어머니는 뚜렷이 자신의 감정과 느낌을 말씀하셨다. 우리는 어머니의 남은 가능성과 생명력에 대해 지레짐작으로 다른 세계에 사시는 별개의 하찮은 존재로 본 것이다.

머지않아 어머니의 병세가 악화되면 병원이나 요양원을 찾게 될지 모른다. 이른바 마지막으로 시도하는 '외부적 도움'을 받는 것이다. 상황이 악화되거나 최소한의 문제가 해결되지 않을 경우는 맹목적인 효심으로 끌어안는 것보다는 잘 모시지 못한다는 죄의식과 싸워가며 전문적인 조언과 도움을 받을 수 있는 객관적인 치료방안을 생각할 필요가 있다고 본다. 치매와 늙어감 그리고 죽음에 대해 이제는 담백하게 맞서야겠다. 우리 모두 시간의 차이만 있을 뿐이지 앞서거니 뒤서거니 모두 하늘의 별이 되어 우주의 먼지로 만나서 떠돌지 않을까?

며칠 전 TV 속에서 한 할머니가 치매로 돌아가신 시어머니를 회상하며 살아생전에 그렇게 간호를 잘해드리다가 힘에 부쳐 조금 홀대하였더니 그 시어머니가 이렇게 말하며 돌아가셨다고 울먹인다.

"너무 그러지 말아라, 너도 곧 내일 모레다"(2020년 5월).

1분간의 보훈寶訓

헬러孃의 一分間寶訓을듯다

돌아가신 어머니는 고향이 이북 개성입니다. 가끔 개성의 호수돈고 녀에 다닌 학창시절 얘기를 하시며 추억에 잠기곤 합니다. 호수돈고녀 는 1899년 미국의 여선교사 캐롤이 설립한 학교로 우리나라 근대 여 성 중등교육의 효시로 보면 되겠습니다. 신여성 교육을 위해 훌륭한 선 생님들이 기독교 정신을 바탕으로 독립정신과 민족사랑 의식을 고취했 다고 합니다. 또한 다양한 최신식의 시설을 갖춘 화강암의 예쁜 건물은 학생들의 자부심을 한껏 올려주었다고 합니다. 겨울이 되면 운동장에 물을 가득 채워 자연스럽게 조성된 운동장 빙상에서 전교생이 스케이트를 탄 이야기도 들려주었습니다. 음악 시간에는 베버의 '마탄의 사수射手'를 합창한 시간이 그렇게 좋았다고 합니다. 그때 이후 어머니는 시간만 되면 클래식 음악을 듣는 애호가가 되었습니다. 그러던 어머니는 신사참배를 거부한 동맹휴학 건으로 퇴교 조치를 당했습니다. 살아 계실 적에는 이런 얘기를 하시며 아득한 청소년기의 투쟁심과 결기를 조용히 나타내곤 했습니다.

큰아들이 특수학교에서 근무함에도 불구하고 평소 어머니는 장애인이나 특수교육과 같은 말을 거의 하지 않았습니다. 이유는 잘 모르겠습니다. 그런 어머니가 어느 날 지나가듯이 헬렌 켈러를 안다고 합니다. 아니 직접 봤다고도 합니다. 조금 놀라서 어머니에게 놀리지 말라고 하니까 그냥 만난 적이 있다고 하며 더 이상 말은 없었습니다.

얼마 전에 우연한 기회에 귀한 자료를 보았습니다. 평소 같은 호수돈고녀 출신이라서 어머니와 교류가 있는 지인의 집을 방문했는데 중학교 졸업 앨범에서 한 장의 낡은 사진과 기사 스크랩을 발견했습니다. 어딘지 모르게 익숙한 장면이었습니다.

기사 제목은 '켈러 양의 1분간 보훈을 듣다'입니다.

볼 수도, 들을 수도, 말할 수도 없는 삼중고三重苦의 장애인인 헬렌 켈러는 전 세계를 돌며 장애인 복지와 반전反戰을 외치던 사회주의자였습니다. 그녀는 1937년 7월에 식민지 조선을 잠깐 방문합니다. 서울에서 강연을 한 후 평양으로 향하는 기차가 개성역에 1분 동안 잠시 정차한다는 소식을 들은 호수돈고녀에서는 급히 교내 방송을 통해 전교생을 개성 기차역으로 모이게 했습니다. 개성역에 잠시 정차했을 때 그녀는 그 시간을 놓치지 않고 객차 뒤쪽에서 강연을 합니다. 켈러의 비서 폴리 톰슨은 손가락을 펼쳐 켈러의 입술과 목에 대고 입술과 목의 진동을 감지해 그녀의 말을 영어로 변환합니다. 그리고 다른 한 손을 켈러의 손바닥에 대고, 무선 전신을 치듯이 손가락으로 두들겨 주위의 상황을 전달합니다. 나중에 언론이나 당시 호수돈고녀 교사 류달영의 회고에 의하면 그의 메시지는 다음과 같았습니다.

"이 세상을 향상하게 하는 것은 오직 사랑뿐이며, 사랑이 없는 국가와 사회는 퇴보할 뿐이다." 한편 제가 본 사진과 그 아래 또렷이 기록한 메시지의 내용은 '앞으로 향하여 나아가라'이었습니다.

엄혹한 식민지배하에서 배우고자 하는 우리 청년들의 기개와 순수한 열정들이 한 장의 흑백사진 속에서 불꽃처럼 다가옵니다.

고종의 똥자루

제가 아주 어렸을 때 아버지께서는 8남매의 우리에게 이것저것 많은 이야기를 해 주셨습니다. 지금 이야기하고자 하는 내용은 그중에서도 가장 강렬하게 기억되는 이야기입니다.

이야기는 이러합니다. 일본을 위시해 서구 열강이 호시탐탐 조선을 노리는 엄혹한 구한말에 어린 고종이 조선의 왕위를 계승하기로 결정이 되었습니다. 어린 고종은 세상 물정 모르는 유약한 존재인데 정치적 결정에 의해 본인의 의사와는 무관하게 왕위 계승자로 발탁된 것이지요. '면장도 논두렁의 정기를 받아야 된다.'라는 어른들의 이야기가 있지 않습니까? 아무나 왕이 되지 않습니다. 그래서 한양 도성의 내놓으라 하는 이른바 사주 관상 전문가들이 총동원되었습니다. 즉 앞으로 조선 천하를 지도할 사람에게 이른바 왕재王才가 있나 없나를 알아보려는 것이었지요. 그런데 아무리 살펴보아도 지도자로서의 자질이 보이지 않습니다. 얼굴이 영민하고 준수하여 골상학적으로 우수한가? 하였더니 그렇지 않았습니다. 인상은 이목구비가 흐리멍덩하고 눈에는 안광이 없습니다. 신체 건강하고 단정하여 정무를 집행할 체력적인 뒷받침이 있나를 살펴보니 그것도 기대 이하였습니다. 걸어가는 모습을 비밀리에 관찰하였더니 양손을 툭툭 가볍게 털어가며 아장아장 걷는 스타일이었습니다. 좌중을 압도하는 힘이 있는 목소리도 들을 수 없었습니다. 힘은커녕 말끝이 흐리고 웅얼거립니다. 혹시나 해서 필체를 살펴보아도 한 국가를 지도할 웅휘한 기개를 담은 강건한 서체가 아닙니다.

그렇습니다. 아무리 찾아보고 살펴보아도 한 국가를 잘 이끌어갈 지도자로서의 특별한 능력과 장점은 보이지 않았습니다. 그래서 많은 고민이 오갔습니다. 구한말이라는 격동기를 살아가는 백성들의 입장에서는 좋은 지도자를 만나야 평화로운 삶이 보장되지 않겠습니까? 지금 조선은 절체절명의 위기에 있습니다. 미국과 러시아, 중국, 일본, 기타 서구 열강들이 호시탐탐 조선을 차지하기 위해 온갖 수단을 총동원합니다. 국제사회에서 외교적으로 고립시킵니다. 군대를 해산시키고, 식량을 합법적으로 수탈하고 토지를 강제로 매입합니다. 철도 부설권과 광산 채굴권을 요구하며 국가 기간산업을 강도처럼 점유합니다.

조선 백성들은 평범하고 심약한 지도자 밑에서는 아무런 희망과 비전도 기대할 수 없습니다. 그래서 왕재 평가단은 절망적인 심경으로 마지막 단계로 어린 고종이 볼일을 보는 화장실까지 따라가 보았습니다. 그랬더니 아! 이게 웬일입니까? 어린 고종이 매화틀에 앉아서 볼일을 보는데 그 똥자루가 얼마나 굵고 단단한지 모릅니다. 그리고 그 떨어지는 기세가 엄청났습니다. 애기 팔뚝만 한 굵은 똥자루가 그냥 '툭, 툭'

소리 내며 힘차게 떨어지는 것이었습니다.

고종은 자기를 주시하는 백성들에게 '나도 왕이 될 자격이 있다'라고 굵은 똥자루의 기세로 힘차게 외치는 것 같았습니다. 이 일 이후 비밀 평가단을 위시한 조선의 백성들은 두말없이 고종을 그들의 지도자로 인정하고 따랐다는 이야기입니다.

저는 어른이 되어서야 아버지가 들려준 이 우화적인 이야기의 의미를 약간은 알 것 같습니다. 아마 그 뜻은 이렇다고 봅니다. 우리 모두에게는 한 가지 이상의 고유한 장점과 특성이 있는데 그것을 잘 살리면 한 인간으로 개성적인 삶을 살아가면서 자아실현이라는 삶의 목표를 영위할 수 있다는 것입니다. 우리에게는 누구에게도 뒤지지 않는 특·장점을 가지고 있습니다. 우리 스스로도 미처 모르고 있거나 간과하고 있는 무한한 가능성과 잠재력을 발견하고 이를 바탕으로 내가 하고 싶은 일들을 시원시원하게 해나가야겠습니다.

세상은 나의 것입니다. 나의 똥자루는 과연 굵고 힘찬가? 아니면 시원찮게 삐질삐질 눈치 보며 나오는 가늘고 약한 똥자루인가? 오늘 이후 조금 냄새가 나더라도 자신의 똥자루를 한 번쯤은 자세히 살펴보시길 바랍니다.

어머니의 고향 개성을 다녀오다

내일이면 근 20여 년을 산 이곳 인천을 떠나 수원으로 이사를 가는 날이다. 이것저것 정리를 하다 보니 많은 물건이 쏟아져 나온다. 갑자기 내린 수도권 일대의 폭설로 이사 갈 때의 교통 사정도 조금은 걱정이다. 요즈음 여러 가지 바빠서 전혀 글을 쓰지 못했는데 그 와중에 불현듯 컴퓨터 앞에 앉아 있는 나를 발견하게 되었다.

지난 1월 9일 개성을 다녀왔다. 작년 여름에 금강산을 다녀온 후 북녘땅은 두 번째인 셈이다. 개성은 어머니의 고향이다. 돌아가신 아버지의 고향은 폭발사건으로 유명한 평안북도 용천이니 나의 원적은 평북 용천이다. 경기도 특수학교 교장 선생님들의 동계 현장직무연수를 계획할 때 개성방문을 연수 목적으로 삼은 것은 아마 어머니의 고향을 가볼 수 있다는 기대가 컸다고 본다.

북한 지프가 선도한 남측 관광버스

개성 연수는 당일동안 주마간산 격으로 고려왕조를 중심으로 한 한반도의 과거와 작금의 분단 현실, 그리고 남북의 상생 가능성인 개성공단을 한꺼번에 둘러볼 수 있는 좋은 기회이다. 핸드폰에 오전 3시 30분을 입력하고 지친 몸을 뉘었다. 서울과 개성은 물리적으로 비교적 가까운 편으로 60㎞ 정도이다. 새벽같이 일어나 시원하게 뚫린 자유로를 휙휙 달리니 6시 30분에 임진강역에 도착하였다. 바람이 꽤나 차갑고 사방은 어둡다. 도라산 '출입사무소'는 '출입국'이라는 용어 대신 '출입사무소'라는 용어를 사용하는데, 이곳에서 여권이나 비자 기능을 하는 방북증을 발급받았다. 오전 8시 30분께 버스를 타고 경의선 도로를 이용해 군사분계선을 넘었다. 남측 한국군 지프가 맨 앞에서 선도해 남쪽 철책 통문과 군 초소를 통과하였다. 조금 지나 선도 차량인 국군 지프가 군사분계선 직전에서 한쪽 갓길 옆으로 빠지면 북쪽에서 대기하고 있던 북한군 지프가 버스 행렬 앞에서 차량을 선도한다. 붉은 별이 그려진 북한군 지프가 남한 관광버스 대열을 에스코트하는 것이다.

성장 동력의 가능성 개성공단

북측 출입사무소에서 간단한 수속을 마치고 다시 버스를 타면 바로 앞에 개성공단이 보인다. 개성공단은 남북 모두에게 화합을 통한 상생의 가능성을 보여주는 역동적인 청사진이자 미래의 성장 동력이다. 완공된 개성공단의 크기는 분당 신도시의 5배 규모, 일산 신도시의 6배 규모라고 하니 그 규모는 어마어마하다. 지금도 개발이 한창이지만 2015년 개성에는 남한의 경남 창원시 규모 도시와 창원공단 같은 대규모 공단이 들어선다고 한다. 개성공단은 통일된 조국의 미래 모습을 보여준다. 한쪽이 다른 한쪽을 일방적으로 돕는 게 아니라, 분단된 남북이 각자 갖고 있는 장점을 활용해 서로에게 도움이 되는 사업을 벌이는 것이다. 남한은 기업의 새로운 활로로 자본과 기술을 제공하고, 북한은 토지와 우수한 양질의 노동력을 공급해 기술습득과 취업, 경제 활성화를 도모하니 서로가 필요에 의해 개성공단을 합자했다고 보면 된다.

남루하나 강력하게 다가온 북한 주민들

내가 탄 1호차 버스에는 개인 자격으로 탄 몇 분과 전라도 광주에서 올라온 초등학생 등 모두 30여 명이 탑승하였는데, 개성공단 한가운데를 통과해 개성 시내로 들어가니 개성공단 둘레에는 연두색 철망이 둘러쳐 있고, 곳곳에 북한군 경비 초소가 있다. 안내원 선생님이 개성공단을 벗어나면서 정면에 보이는 송악산에 대해 설명을 한다. 임신한 여자가 누워서 머리칼을 내리고 있는 모양새라고 하니 개성은 송악산 품에 안겨있는 오래된 도시이다.

드디어 개성 시내 변두리에 들어왔다. 황석영의 '사람이 살고 있었네'라는 말이 실감 날 만큼 그들은 적은 수이지만 남루하게, 그러나 강렬하게 다가왔다. 북한에 왔다는 것을 실감한다. 거리엔 '심장을 바쳐 뜻을 이루자, 조선노동당 만세' 같은 붉은색 구호판이 걸려있고 3~5층짜리 회색빛 낡은 벽돌과 기와로 만들어진 건물들이 보인다. 건물 창문을 통해 숨듯이 지나가는 우리 관광 차량을 향해 손을 흔드는 북한 사람들의 모습을 보며 마음이 답답하다. 변두리를 통과하여 개성 시내에 들어서니 길도 넓어지고 건물 층수도 높아진다. 아파트 같은 집들도 있고, 채소가게인 남새상점, 책방, 천연색사진관, 리발관 간판을 단 상점들도 있다. 소학교는 방학이라는데 어린아이들이 나와서 교문 앞을 청소하고 있다. 어릴 적 방학 중에 국민학교에 나와서 당번 활동을 하던 나의 60년대 모습이 고스란히 기억 속에 재현되고 있었다.

70년대 초에는 북한의 국력이 남한을 앞질러 한때 위협적인 존재였다는 것이 실감이 나지 않았다. 흰 고양이든 검은 고양이든 국민을 따뜻하게 배불리는 데에는 일단 자본주의의 경쟁과 실용노선이 판정승을 거둔 모습이다. 그동안 순박한 북쪽의 동포들을 힘들게 통치해온 북측의 지도자들에게 책임을 추궁하고 싶다. 개성 시내에 들어서면 거리를 다니는 사람들이 부쩍 많아진다. 두툼한 파카나 점퍼로 몸을 감싼 사람들, 인민복 차림으로 자전거를 타고 가는 남정네들이 보이고 어디서든 천진하고 귀여운 어린이들이 관광버스가 지나가면 손을 흔들어준다.

벌거벗은 겨울 산을 따라 박연폭포를 찾다

박연폭포는 서경덕, 황진이와 더불어 송도삼절의 하나로 꼽히는 곳이다. 개성의 외곽에 있는 박연폭포를 향해 40여 분을 달렸다. 박연폭포 가는 길은 편도 1차선인데 조금 험한 산길이다. 길 양옆이 모두 민둥산이다. 부족한 식량을 얻기 위해 산꼭대기까지 밭을 만든 다락 밭도 보인다. 벌거벗은 산을 바라보며 옆자리에 앉은 교장 선생님과 '학교숲' 운동을 해야겠다고 농담을 하면서도 나의 마음에는 벌거벗은 겨울 산처럼 찬바람이 인다. 여름엔 폭포가 장관이라고 하는데 겨울이라 수량이 적고 큰 물줄기가 하얗게 얼어붙어 기대보다는 못하다. 금강산의 비룡폭포를 생각하니 대강 높이가 한 30여m 정도인 작은 폭포이다. 얼어붙은 폭포 앞까지 가서 사진을 찍었다.

대처승이 설명하는 관음사

박연폭포 위 산길을 20분가량 걸어가면 관음사가 나온다. 970년 법안국사가 대웅전의 천연 굴속에 관음보살상 한 쌍을 가져다 두고 그 굴이름을 관음굴이라 부른 데서 유래했다고 하는데 풍광이나 규모 등은 그저 그렇다. 관음사 가는 산길에는 북측 젊은 여성들이 간이매점에서 한복차림으로 찬바람을 맞아가며 커피와 음료, 기념품 등을 파는데 하나라도 더 물건을 팔려고 애를 쓰는 그들을 보며 여러 가지 생각이 들었다. 관음사의 주지 스님은 붉은색 가사를 입은 대처승으로 입심이 좋다. 절의 유래와 민족과 통일 등에 대해 청산유수처럼 설명한다. 세속적이고 정치지향적인 것 같아 부담 없이 대하며 함께 사진을 찍었다. 북한의 불교는 1980년대부터 문화유산 보존 및 인민들의 문화휴식처 제공 차원에서 본격적으로 그 틀을 갖추기 시작했는데, 최근에는 해외 관광객 유치 차원에서 사찰이 대거 복원되는 등 양적인 확대 활동이 재개됐다고 한다.

13가지 반찬과 전기사정

점심 식사는 개성 시내 한복판에 있는 북한 식당인 민속여관에서 먹었다. 밥상은 '개성 13첩 반상기'가 나온다. 놋그릇에 담긴 쌀밥과 신선로, 닭고기 국, 생선, 더덕, 돼지고기조림 등 13가지 반찬을 담았다. 조미료를 사용하지 않아 담백하고 속에 부담이 없는 음식이 마음에 들었다. 황석영의 자전적 요리소설인 『맛있는 세상』을 보면, 음식은 단순히 한 개인의 혀의 미각적 경험이 아니라 소통의 매개이자 인생을 바라보는 태도에 영향을 주는 최초의 동기라고 하였다. 그런 점에서 오늘 개성의 13가지 음식 맛들은 불현듯 잊고 있었던 어머니의 손맛과 사랑을, 그리고 그녀의 신산했던 삶의 기억들을 스멀스멀 나의 혀를 통해 살리고 있었다. 나는 이제 단절된 50년의 세월을 음식 매개로 하여 시방 누구의 자식임을 느끼고 있다. 혹시나 해서 살펴보았지만 개성물경단과 설날에 나온다는 조랭이떡은 찾을 수 없었다. 자극적인 맛에 익숙한 일부 남쪽 사람들은 밋밋하다는 불평도 한다. 동행한 옆자리의 남도 초등학생들은 음식을 거의 다 남겼다. 라면을 찾는 어린 학생들에게 이 음식들은 정말 귀하고 좋은 먹거리라고 얘기하면서 무언지 모를 불편한 심정으로 앞에 나온 개성 소주를 많이 마셨다. 대부분 음식이 미지근하거나 식었다. 하지만, 모든 것이 부족한 북한 형편에서 매일 300명가량의 남한 관광객에게 13가지 반찬을 갖춘 점심상을 준비하는 데 여간 애를 먹지 않는다는 후문이다. 한꺼번에 300명분의 음식을 차릴 식재료와 주방기구를 갖추지 못한 때문이다. 식당 안은 많이 어두웠으며 심지어 식사 중에 잠깐 전기가 나가는 것은 북한의 현 경제 사정을 잘 보여주는 것 같았다.

고려 성균관의 쇠 부처

식사 후에 걸어 나오며 북측의 안내원에게 어머니가 다닌 개성의 호수돈고녀의 위치에 대해 물어보았다. 잘은 모르지만 이곳에서 제법 먼 곳에 있다고 한다. 이번 여름방학 때는 어머니를 모시고 다시 개성을 찾으리라 생각했다. 숭양서원을 찾았다. 숭양서원은 고려 말 충신 정몽주가 살던 유서 깊은 곳으로 1573년에 서원이 됐다고 한다. 우리나라에서 가장 오래된 서원 중 하나로 정몽주의 유적, 화상, 지팡이, 의상, 필적 등이 보관되어 있다.

숭양서원을 보고 나서 3분 거리에 있는 선죽교로 갔다. 선죽교는 아시다시피 고려의 충신 정몽주가 이방원이 보낸 자객의 철퇴에 맞아 숨진 곳으로 다리 가운데에 붉은 핏자국이 남아 있어 더 유명한 곳이다. 실제로 가보면 선죽교는 실망스럽게도 작은 돌다리에 불과하지만 정몽주의 죽음으로 표상되는 고려의 멸망과 조선의 건국, 현대에 들어와 우리 민족의 해방과 분단, 그리고 오늘의 방문처럼 길고 긴 역사의 흐름을 담고 있는 담론의 공간으로 생각하면 좋을 듯하다. 마지막 개성관광 코스는 고려 성균관이다. 북한은 고려 시대 최고 교육기관인 성균관을 박물관으로 활용했다. 입구에는 500년 넘은 은행나무 두 그루와 450년 넘은 느티나무가 서 있다. 정식 이름은 고려박물관이라고 한다. 이곳 역시 전기사정이 좋지 않아 전시된 유물을 볼 때 어둡다 할 정도로 조명이 좋지 않았다. 그나마 몇 개 있는 전구도 밝게 하기 위해 커버를 씌우지 않았다. 전시된 물품의 보관 상태와 재질도 조악하다 못해 화가 날 정도로 빈한하였다. 적조사의 쇠 부처가 전시되어 있었는데 어두운 곳에 좌정한 쇠로 만든 검은 부처님은 그 미소까지 스산하고 춥게 느껴졌다. 마침 바깥 날씨까지 왜 이리 을씨년스러운가? 북측이 남측관광객에게 개방할 정도로 자신 있는(?) 개성이 이 정도니 다른 지방 도시와 시골은 어떠할까 미루어 짐작이 갔다.

북한의 특수교육

우리나라 특수교육은 조선 말기의 기독교 선교사들에 의해 북한의 평양을 중심으로 시작되었다. 1894년 미국 감리교의 의료선교사 R.S. 홀은 한국 최초로 평양여맹학교를 설립하여 점자를 가르쳤고 1903년 선교사 A.F. 모펫 부인은 남맹학교를 세웠다. 그 뒤 홀은 다시 1909년에 평양농아학교를 세운 뒤 여맹학교와 합병하여 평양맹아학교를 설립하였다. 이처럼 북한은 우리나라 특수교육의 출발점이자 모태인데 힘들게 생활하는 주민들을 보니 북한의 특수교육을 생각하지 않을 수 없다. 미루어 짐작하건대 매우 힘든 여건하에 장애 학생 교육이 추진되고 있지 않을까 생각하였다. 에이블뉴스와 대북장애인 지원사업을 펼치고 있는 등대복지회에 의하면 북측에도 남측과 마찬가지로 장애인 교육을 위한 특수학교가 존재한다. 남측과 다른 점이 있다면 시각장애인학교와 청각장애인학교만 있다는 것이다. 다른 유형의 장애인들은 통합교육을 원칙으로 발달장애 학생들을 위한 특수학교는 없다고 보겠다.

총 11곳의 특수학교가 있는데, 그중 8곳은 청각장애인학교이고 3곳은 시각장애인학교이다. 이곳 학교들의 특징은 장애 학생들이 전원 기숙사 생활을 한다는 것이다. 남측과 마찬가지로 취업을 위한 과목도 가르치고 있다는 점도 눈에 띈다. 내년부터는 사회복지공동모금회의 지원을 받아 5곳의 특수학교에 농기계와 콩, 우유, 기계 등을 보낼 예정이라고 한다. 북측의 특수학교들은 학교별로 농지를 소유하고 있는데 제대로 된 농기계가 없어 자급자족을 하지 못하고 있는 실정이기 때문이다. 5곳 이외에 나머지 특수학교는 등대복지회가 자체적인 재정을 마련해 지원할 작정이다. 북측의 특수학교들은 공통적인 어려움을 겪고 있는 것이 있는데, 그것은 바로 학교시설이 노후화됐다는 점이다. 북측의 장애 학생들의 특수교육이 가능하도록 특수학교의 환경을 조성하는 시급한 시점인 것이다. 이 같은 사실은 북측의 '조선장애자보호연맹중앙위원회'에서 전한 것이다.

북측의 특수교육은 남측 학자들의 학문적 연구대상이기도 하다. 서울대 김동일 교수와 배성직 전 안동영명학교 교사는 지난 2001년 북한의 특수교육을 주제로 논문을 발표한 바 있다. 이는 북측 특수교육과 관련한 유일한 논문이다. 참담한 실정에 있는 일반 주민들을 보니 장애인을 위한 특수교육은 엄두도 나지 않겠다는 생각에 가슴이 답답하였다.

영악함과 순박함을 걱정하다

성균관을 둘러보고 나니 오후 4시 가량이다. 이제는 남쪽으로 내려갈 시간이다. 개성 시내에서 개성공단을 거쳐 오후 4시 30분께 북쪽 출입사무소에서 수속을 밟고 버스를 타고 오후 5시께 남쪽으로 내려오면 군사분계선에 땅거미가 깔린다. 말을 타고 대강 살펴본 주마간산, 아니 관광버스를 타고 둘러본 개성의 하루였다. 넘치는 물자로 허덕이는 남측의 백성들은 보다 나은 경제성장을 위해 실용과 이윤을 추구하고 있고, 한쪽은 그 정신적 만족감과 행복지수가 어떤지 모르지만 최저의 낙후된 생활환경에서 살고 있다. 섣부른 우려인지 모르지만 영악하고 이기적인 자본주의의 물결이 북측의 순박한 백성들을 물질 만능의 사상으로 지배하지 않았으면 좋겠다고 생각하였다. 어머니의 고향을 찾은 개성방문은 유익하나 가슴 무거운 짧은 연수였다(2008년 1월).

제3부

내 인생의 일자진

결국 최고의 술맛은
사랑하는 사람과 함께 마시는 술이 아닐까?
문득 남도에서 한 지인이 보내온 글이 생각난다.
'흔들리는 대숲 소리를 바라보며
함께 소주 한잔하지 않으시렵니까?'

내 인생의 일자진一字陣

1

너는 나의 삶을 크게 밀고 거칠게 썰어가는 물결이다
그 물길을 따라가니 허기지고 기진하다
조선 아낙네의 저녁밥 냄새가 단번에
단번에 떠오르지 않으니
누가 내 여인을 햇살처럼 지워 가는가?
내일은 출정이다
너는 받으라 한 사내의 이 완강한 기별을
산 것의 뜨겁고 입 다문 울음을

2

살아있음을 업신여기듯 날비린내가
가득한 바다 너머 꿈틀거리는 적들을 보았다
비켜나고 싶은데 그들의 공격은 집요하다
사납고 거대한 이 막막한 물바람 앞에
나는 외롭게 바다 너머를 본다
학익진이면 어떻고 일자진이면 어떠하랴
언젠가는 분명히 장렬하게 죽을 것
가망 없는 군주君主를 생각하며
나의 붉은 충절은 산산이 베어져 바다에 흩어진다

온갖 풀이 살랑거리네

얼마 전 학생들에게 슈바니츠의 '교양'에 관해 강의를 하다가 감명 깊게 읽은 책에 대해 물어본 적이 있었다. 성서, 사람의 아들, 분노의 포도 등 여러 가지가 나왔다. 한 학생이 만화를 이야기하길래 만화는 교양 도서로 보기에는 조금 부족하지 않은가 하였더니 섭섭해하였다. 실제로 만화를 즐겨보는 편인 나도 조금 미안해서 만화도 경우에 따라서는 '유익한 책'이다라고 말한 생각이 난다. 평소 이두호와 허영만의 만화 세계를 좋아하는 나에게 이번 휴가는 아키라 오제AKIRA OZE의 만화 세계로 인도하였다.

이번에 소개하는 아키라 오제AKIRA OZE의 '명가의 술'은 나츠코라는 23세의 양조장 집 딸이 죽은 오빠가 남긴 '다츠니시키'라는 환상의 쌀을 부활시켜서 일본 최고의 술을 만드는 과정을 그린 만화이다.

오빠의 유지에 따라 처음으로 무턱대고 곡괭이를 들고 논을 만들어 다츠니시키를 키워나가는 주인공에게 온갖 어려움은 당연하게 밀려온다. 그러나 주인공은 뜻이 맞는 사람들을 모아서 유기농을 추구하는 재배회를 조직하는 등 역경을 헤쳐나간다.

그의 궁극적인 목적은 오빠가 남긴 최고의 술이라는 '음양주 NO'의 맛을 재현하는 것이다. 그러나 술을 만들어가는 과정에서 그는 점차로 인간적으로 성숙해져 가고 양조장 경영마인드도 쌓아가는 등 새로운 모습으로 변화해간다. 그리고 오빠의 술을 만들겠다는 애초의 목적에서 점차로 그 누구도 흉내 내지 못하는 자기 자신만의 술인 '나츠코'의 술을 만들기 위해 노력한다. 그 결과 부분적으로 되살아난 음양주의 느낌은 한마디로 '깨끗하다'였다. 그러나 나츠코는 뭔지 모르지만 미진하여 이 정도의 맛으로는 만족하지 못한다. 그가 애써서 얻은 최고 수준의 술은 다양한 미주의 조건을 다 갖추고 있으면서도 힘 있고 따뜻하게 사람 마음에 직접 호소하는 맛을 가진 것이다.

그러면 과연 최고의 술은 어떠한 맛을 지닐까?

작가는 여러 등장인물을 통해 최고의 술은 탄성이 나오는 술보다는 감동이 오는 술이며 힘이 있으면서도 깔끔하고 질리지 않은 술이라고 한다. 좀 더 상세히 설명하자면 맛이 있으면서도 질리지 않고, 깔끔하면서도 풍부하고, 달고 맵고 강하면서도 섬세하고, 그리고 그것들이 절묘하게 균형 잡힌 술, 거기에 기술자의 자부심이 넘치는 술이라고 표현하고 있다. 이러한 일본주를 만드는 장인들의 정신은 거의 '목숨을 건다'의 수준이다. 술을 만드는 과정 과정에는 이들의 혼과 백이 처절하게 서려 있다. 오죽하면 이른바 '경면'이라고 하여 술 만드는 비법을 터득하면 술밑에 커다랗고 티 하나 없어서 사람 얼굴이 비칠 정도의 투명한 큰 거품이 생긴다고 하였을까?

고향을 떠나 근 10여 개월을 양조장에서 혼신을 쏟는 이들의 애환은 다음과 같은 시로 나타난다. '에치고를 나올 땐 눈물이 났지만, 지금은 에치고의 바람도 싫어라' 이러한 술의 예술가들에 의해 전후의 일본주는 어려운 벼농사의 감산정책을 뚫고 화려하게 부활하지 않았나 본다.

주인공이 그토록 주장한 유기농법에 대해서 잠깐 설명하고자 한다. 유기농법은 1987년 실제로 있었던 후루노의 오리유기농법에 근거하여 쓴 것이다. 후루노는 일석만조의 세계를 주장하며 완전 무농약 유기농사를 지향하였다. 그는 누구라도 당장에 농약을 안 쓰고 농사를 지을 수 있다고 하며 오리와 벼가 공존하는 세계를 만들었다. 이러한 농법은 새끼 때부터 소중히 키워 논에서 잡초를 뜯어 먹으며 성장한 오리를 무와 파가 제맛이 나는 가을 무렵에는 탕으로 해 먹을 수 있다는 낭만도 있다. 그러나 반년에 걸쳐 애착도 가고 무엇보다도 고마운 그 생명을 죽여 먹는 잔혹함은 '인간은 생명을 받아서 살아간다'는 이 세상의 냉엄한 구조를 피부로 느끼게 한다.

만화에서 소개되는 일본주는 다양하다. 잘은 모르지만, 일본주를 정미 비율과 원료를 기준으로 보았을 때 대음양주, 음양주, 순미주, 본양조주 등으로 나눈다. 작가는 일본주의 특징을 '데운다'에서 찾는다. 조용한 응접실에서 비백무늬 기모노를 입은 여인이 그 가느다란 손가락으로 쇠 단지에서 가만히 데워진 술병을 내면서 '따뜻합니다' 하며 따르는 모습은 벌써 취함의 정취를 갖게 한다.

이야기가 잠시 빗나갔다. 결국, 최고의 술을 빚기 위해서는 과학적이고도 합리적인 제조 방법과 장인의 감성과 정성이 필요하다. 그리고 술의 신인 마츠오 님의 힘을 빌리지 않더라도 신은 자연에게 다 역할을 주신다. 인간이 그것을 모르는 것뿐이라는 마음가짐으로 술을 빚어가야 할 것이다. 만화의 결론은 독자들을 위해 유보한다. 좋은 술은 마신 후 뒤끝에서 음미 된다는 자칭 주선들의 체면을 살리기 위해서라도….

술을 마시는 이유에 대해서 물어보면 대부분의 사람은 취하기 위해서 마신다고 한다. 진리인 것 같다. 마시고 취하지 않는다면 그것은 술이 아니리라. 그러면 술이 취하면 그 감흥의 세계는 어떠할까? 일본 토속주의 선구자 고다마 미츠히사는 산두화라는 글에서 술에 취한 마음을 이렇게 표현하였다. '여유 있게 취하고 보니 온갖 풀이 살랑거리네.'

얼마 전에 읽은 『술』이라는 책은 이외수를 중심으로 한국 문단의 작가 32인에 토하게 한 술과 인생에 관한 책이다. 여기서 술은 문인들의 애환과 호기, 사랑과 헤어짐, 절제와 후회, 치기와 여유, 폭력과 굴종을 끝없는 술 내음으로 그리고 있다. 필자의 피상적인 정리인지 모르나 일본인들은 술을 담백하게 음미하며 감사의 마음으로 마신다고 본다면 우리는 쌓인 한을 표출하고 해소하는 풀이의 마심인 것 같다. 이백과 도연명의 시에 나타난 중국인들의 술 마심은 관조와 여백, 그리고 자연과 하나가 되는 미학적인 음주이다. 주량은 약하나 술이 주는 감흥을 적지 아니 알고 있는 필자로서는 최고의 술맛에 관심이 가지 않을 수 없다. 미각과 분위기, 그리고 마시는 이의 상황이 복합적으로 작용하여 최고의 술맛이 정해지겠지만 결국 최고의 술맛은 사랑하는 사람과 함께 마시는 술이 아닐까? 한다.

문득 남도에서 한 지인이 보내온 글이 생각난다.

'흔들리는 대숲 소리를 바라보며 함께 소주 한잔하지 않으시렵니까?'

(2005년 1월)

초원의 지배자가
세계 경영 전략을 제시하다

얼마 전에 몽골을 다녀왔다. 몽골여행에 관한 『별의 눈물』 저자인 김동곤 작가가 기획한 팀의 일원으로 다녀온 몽골은 다 좋았다. 우리가 평소에 당연한 것처럼 누려온 몇 가지 문명의 불편함을 빼고는 광활한 초원과 그 초원과 맞닿아 하늘을 뒤집어 새파랗게 보여주는 구름, 그리고 어슬렁거리며 몸을 채우는 소와 양, 말과 야크들이 자유로운 삶을 동경케 했다.

몽골을 다녀온 후 새삼스럽게 꺼내든 김종래의 『CEO 칭기즈칸』은 150페이지 분량의 작은 책자로 읽기에 부담이 없다. 글의 전개도 책의 주인공처럼 시원시원하게 쾌도난마 식으로 펼쳐진다. 복잡한 철학적 사유가 싫거나 답답한 마음을 지면 속에서 풀기를 원하는 사람들은 일단 이 책을 붙들고 볼 일이다. 부제로 '유목민에게 배우는 21세기 경영 전략'이 적혀 있는데 굳이 정의하자면 칭기즈칸의 일대와 업적에서 유목민적 사고방식과 마인드를 배워 현대사회의 치열한 경쟁체제를 헤쳐나가자는 경영처세술이다. 그래서인가? 삼성경제연구소에서 출간하였다.

저자인 김종래는 '지금부터 800년 전에 21세기를 살다 간 사람들이 있었다'고 하며 칭기즈칸과 그를 따른 몽골 유목민들을 벤치마킹하자고 한다.

'한 사람의 꿈은 꿈이지만 만인의 꿈은 현실이다'라는 프롤로그처럼 칭기즈칸은 척박하고 거친 광활한 몽골의 초원지대에서 태어나 부족 간에 살아남기 위해 매일매일 피비린내 나는 살육과 약탈이 벌어지는 내전의 모습을 보고 자란다. 그러면서 이러한 현실을 이상적으로 만들 꿈을 꾸며 온갖 고생 끝에 분열된 몽골의 다양한 종족들을 규합하고 결집하여 힘 있는 세력으로 부상한다. 그의 꿈은, 아니 그의 살아가고자 하는 큰 생존의 틀과 전략은 자신이 살아온 이곳 초원을 벗어나 바깥세상으로 나아가는 것이다. 결국, 그는 역사상 가장 방대한 태평양에서 동유럽, 시베리아에서 페르시아만까지 이르는 777만 평방킬로미터의 땅을 정복하기에 이른다. 그의 후손들은 유라시아 대륙까지 아울렀다. 칭기즈칸이 지배한 땅의 넓이는 나폴레옹과 알렉산더, 히틀러가 정복한 땅을 합한 것보다 더 넓었다. 더욱 경이로운 것은 인구 100만에서 200만에 지나지 않은 몽골이 1억~2억을 통치하였는데, 구체적으로는 4만의 몽골군이 2,500만의 유럽인을 정복하고 통치한 것이다.

저자는 유목민들의 역사, 삶의 철학, 정신, 문화, 사회 시스템 등의 성공 요인과 칭기즈칸의 통치 철학과 전략, 전술을 하나씩 설명하고 있다. 그들이 왜 그렇게 생각하고 행동하게 되었으며 어떻게 효과를 발휘하였는가를 설명하고 현대의 우량기업 중 비슷한 철학과 전략으로 성공을 거둔 기업들의 이야기도 함께 소개한다.

그는 '성을 쌓고 사는 자는 반드시 망할 것이며, 끊임없이 이동하는 자만이 살아남을 것이다'라는 몽골의 금언을 말하면서 닫힌 사회는 망하고 열린 사회만이 급변하는 글로벌 시대를 살아가는 모든 이들에게 살길을 준다고 한다. 변화에 적극적으로 부응하여, 아니 변화를 만들어서라도 머물지 말자는 것이다.

몽골인들은 그러하였다. 그들은 척박하고 가망 없는 광활한 대지에서 서로 죽이고 죽이는 제로섬의 게임을 일상으로 삼았다. 그러다가 한 탁월한 지도자의 뜻에 따라 길을 닦고 성을 쌓아 큰 강가에 정착한 이른바 문명한 성곽과 도시를 향해 진격한다. 진격을 하면서 그들은 역사상 유례없는 전대미문의 승리를 하는데 승승장구의 요인은 여러 가지가 있다. 저자는 이 승리의 비결을 몇 가지 들면서 우리의 교훈으로 삼자고 하였는데 이를 나름대로 다음과 같이 정리해 보았다.

첫째, 속도를 중시한 전략이다. 일단 몽골 병사들은 기병으로 대표되듯 빨랐다. 이들의 속도전은 가히 전광석화 같았다. 방어하는 측이 예상하는 시간대를 훨씬 뛰어넘어 이들은 폭풍처럼 진지를 무너뜨리며 휩쓸어쳐 왔다. 이들이 이렇게 초스피드로 공격을 할 수 있었던 데에는 지구력이 좋고 빠른 몽골말과 이를 능숙하게 다루는 기병들의 기마술, 그리고 이것을 가능케 한 '등자鐙子'와 같은 그 당시로는 과학적인 승마 보조 장치들을 들 수 있다. 아울러 가벼운 호신갑과 무기 도입 등 군사

장비의 경량화를 통해, 그리고 전장까지 가축을 몰고 다니며 방목과 군량 지원을 하여 병참 보급이 꾸준하게, 신속히 지원된 점도 있다. 예를 들어 이들이 소의 방광에 저장하여 상용한 소고기 한 마리 분의 말린 '보르츠'라는 육포는 병사 1명의 1년분의 식량이었다.

둘째, 간략하고도 합리적인 법치의 원칙이다. 이들의 지배는 어쩌면 신상필벌을 우선으로 하는 합리적인 법치의 원칙에 충실한 것이 아닌가 싶다. 몽골 최대의 성문헌법인 '대자사크'는 규정은 최소로 정해놓고 어길 경우 최대한 엄하게 처벌하는 단 36개 조항에 불과한 법이다. 스케일이 크게 시원시원하게 인민을 지배한 그의 웅혼한 원칙이 돋보인다.

셋째, 실용중시의 경영이다. 일반적으로 몽골족에 대한 인상은 잔인하고 난폭하며 살아 움직이는 모든 것을 죽이는 무도한 군대로 알려져 있다. 그러나 이들은 이기기 위해서 무조건 완력과 무력만을 사용하지 않았다. 늘 평원 저 너머에 무슨 일이 일어나는가를 알기 위해 정보탐색을 위한 눈과 귀를 열어둔다. 그리고 적의 장점을 즉각 받아들여 승리의 한 방정식으로 삼는다. 그러면서도 이들의 임기응변은 뛰어나다. 함락이 어려운 공성중인 적이 화친을 요청해 왔을 때 '고양이 1천 마리와 제비 1천 마리를 잡아주면 철군하겠다'고 제안하여 나중에는 그 꼬리에 불을 붙여 화공으로 성을 함락하기도 한다. 그러나 이것은 어디까지나 임시방편일 뿐이다. 그래서 그들은 사로잡은 포로 중 6만여 명의 기술자들을 촌락을 구성케 하여 전쟁 수행에 필요한 실용적인 군략과 정보를 끊임없이 얻어내는 실용적인 접근을 하였다.

아울러 점령지의 문화와 종교에 일체 간여하지 않았다. 다름과 차이를 인정하고 이들은 오로지 적의 상층부만을 강력히 두들겨 목표를 달성하였다. 이러한 전략은 전쟁에 필요한 병력과 물자조달을 효율적으로 가능케 하여 강력한 개방성과 호환성을 가지고 적을 지배해 간 원인이 되었다.

넷째, 공동체 의식을 바탕으로 한 엄격한 동지애와 군율이다.

한 병사가 경계 중에 잠깐 졸았다. 이것이 우연히 전쟁을 참관하던 서역의 한 방문자에게 노출되었는데 그 병사는 이 사실을 숨길 수 있었음에도 불구하고 자진하여 지휘관에게 보고하고 스스로 처형되었다. 그가 남긴 말은 이러하다. "만약 내가 졸아서 적이 침투했을 때 우리 형제자매들은 모두 나 때문에 몰살당하지 않겠는가? 지금 나 한 사람이 죽는 것은 당연하리라!"

이들은 평생의 동지로 태어난 곳은 달라도 죽는 곳은 같다고 생각하였다. 모든 몽골의 용사들은 몽골제국의 한 일원으로서 무서울 정도의 소속감과 공동체 의식을 지녔다. 이것을 가능케 한 것은 칭기즈칸의 권위 속의 탈권위, 엄격하면서도 소탈한 가부장적인 지도력에 있다. 그는 생전에 이렇게 말하였다. "나를 칸이라고 하지 말고 이름을 불러라" 그리고 "나를 위해 죽어라!" 그러면서도 그는 전통적인 승자의 약탈방식인 선착순 개인적 약탈을 금하고 전투에 참여한 모든 병사에게, 그가 주력 전투병이든, 병참병이든, 부상자이든, 졸병이든 간에 막론하고 골

고루 전리품을 나누어 갖도록 하였다.

이제 나는 글을 마무리하고 싶다. 환경과 정보화, 세계화가 화두인 21세기는 분명 유목민의 시대다. 군둘라 엥리슈는 잡 노마드JOB NOMAD 라는 개념에서 직업JOB을 따라 유랑하는 유목민NOMAD은 평생 한 직장, 한 지역, 그리고 한 가지 업종에 매여 살지 않는다고 하였다. 잡 노마드 는 승진 경쟁에 뛰어들지도 않고, 회사를 위해 목숨을 바쳐 일하지도 않는다. 이들은 자신의 가치를 정확히 분석하고 자신을 위해 그것을 이용하는, 현대화를 실천하는 주인공이다. 잡 노마드는 과거 칭기즈칸이 그러했듯이 유목민의 기질인 결핍을 극복하는 능력, 본질에 집중하는 힘, 동적인 것과 정적인 것 사이에 균형을 유지하는 방법을 알고 자신의 노동력을 자유롭게 사용한다.

짧은 이 책에서 우리가 배워야 할 교훈이 잡 노마드의 사고방식에 충실하자라고 갑자기 비약한다면 칸의 경고는 어느 정도 유효하다. '내자손들이 비단옷을 입고 벽돌집에서 사는 날 내 제국은 망할 것이다.' 그렇다. '고인 물은 썩고, 흐르는 물은 쌓이지 않는다'는 것처럼 이들은 화려하게 지구상에 대제국을 건설하였다가 어느 국가나 인간이 그러하듯 역사의 뒤안길로 큰 흔적을 남기고 사라진다. 마치 흐르는 물은 쌓이지 않는다는 것처럼… 그러나 나는 이렇게 말하고 싶다. 쌓이지는 못할망정 흐르는 물이 되라. 고인 물은 고인 물일뿐이지 않은가?

사족이다. 나는 그가 파괴하고 창조한 여러 가지 문명사적 흔적을 보고 '反知性的인 야만'이라고 평하고 싶다. 이유는 모르겠다. 그의 삶이 주는 호쾌함에 나의 조물거림이 비교되어 괜한 딴지를 장착하고 싶기 때문인가? 이러한 나의 마감이 반지성적이지만 할 수 없다. 이것이 나의 한계이다(2023년 9월).

유혹을 유혹하다

평소에 동양, 특히 중국 중심의 처세술을 읽기 좋아하는 필자는 가끔 합리적 사유가 지배하는 빈틈없는 서구의 전략적 관점에 발을 들여놓기도 한다. 그러한 관점에서 본다면 며칠 전 다시 꺼내든 로버트 그린의 『유혹의 기술The Art of Seduction』은 충분히 매력적이다.

로버트 그린은 현대사회의 정치와 사회, 경제, 문화, 남녀관계 등에서 인간을 움직이는 동인과 권력 관계를 정립하는 수단은 강력한 물리적인 힘이 아니라 바로 상대방의 마음을 잘 움직이는 심리적인 기술인 유혹이라고 본다. 그가 유혹을 '기술'이라는 표현까지 하며 말하고픈 요지는 아마도 '인간은 기본적으로 선하지 않으며 모든 인간관계는 심리 게임'이라는 전제에 바탕을 둔 듯하다. 이러한 입장을 합리화하기 위해 그는 유혹의 유형을 크게 성적인 유혹과 경영·처세적인 유혹, 그리고 정치적인 유혹으로 나누고, 이 세 가지 유혹의 유형에 부합하는 유혹자들의 성공한 전략과 이와 관련한 사상가들의 유혹에 관한 개념들을 풀어가고 있다. 책에서는 역사상 가장 뛰어났던 유혹자들, 즉 카사노바, 마릴린 먼로, 클레오파트라, 존 F. 케네디 등의 기록과 행적을 바탕으로 아이디어와 전략을 제시하고 있다. '세상의 모든 것은 유혹으로 통한다'고 저자는 말하지만 실제적으로 내용의 함의는 사랑과 권력의 본질에 관한 것이다.

사람들은 인생에 대해 깊은 의미를 두거나, 혹은 잘 모른다고 하지만, 어떻게 보면 인생은 단순한 것 같다. 타고난 종족보존이라는 본능에 충실하게 움직이며 배우자를 찾고 짝짓기에 나선다. 일거리를 찾고, 가정을 꾸며 자신의 아성을 단단하게 만든다. 그 과정에 나타나는 적대적인 상호갈등과 위계 문제는 피할 수 없다. 그래서 남들보다 우위에서 상대방을 지배하고 싶은 권력욕과 명예심은 다양한 형태로 나타난다. 이러한 욕망은 죽기 전까지 우리의 의식과 행동을 집요하게 지배한다. 이러한 비슷한 과정을 거치며 유전인자를 후대에게 남기기 위해 치열하게 다투다가 죽는 것이 인생이다. 그렇지만 우리는 지금 살아있지 않은가? 사랑과 권력은 쟁취하여야 하는 것이다. 유혹이라는 전략은 그래서 필요한 것 같다.

로버트 그린이 말하는 '성적인 유혹'은 말 그대로 남녀 간의 유혹을 말한다. 저자는 카사노바와 마릴린 먼로의 예를 들며, 사랑이란 환상적으로 다가오는 운명이 아니라 치밀한 계획과 끊임없는 노력으로 이룬 고도의 심리전으로 얻어지는 결과라고 하였다. '경영·처세적인 유혹'은 기업의 마케팅이나 광고 전략, 그리고 개개인의 홍보 전략으로 활용할 수 있는 영역이다. 협상과 설득보다 훨씬 더 적극적인 개념인 유혹을 경영과 처세에서 잘 활용해야 한다고 말한다. '정치적인 유혹'은 정치가들이 대중을 사로잡을 때에 뛰어난 정책 제시보다는 권력을 쟁취하는 수단으로 뛰어난 유혹의 기술, 즉 심리적인 방법을 구사하여 큰 힘을 발휘했다는 것을 보여준다. 뛰어난 웅변술로 정치력을 발휘한 나폴레옹과 루즈벨트 대통령, 겸손한 처신으로 2인자의 자리를 잘 지킨 중국의 매력적인 정치가 주은래 등은 대표적인 유혹자들이다. 이처럼 정치가들조차 유혹의 기술을 구사했다는 점은 유혹이 권력을 향한 욕망의 표현이며, 어떤 정치 캠페인도 유혹을 배제하고는 효과를 거둘 수 없음을 일깨워준다.

저자가 언급한 것처럼, 유혹자가 될 것인가? 아님 유혹자의 희생자가 될 것인가 생각하니 아무래도 유혹자가 되는 게 좋을 것 같다. 단, 정말 치명적으로 매력적인 유혹자가 나타난다면 필자는 기꺼이 유혹자의 발아래 무릎을 꿇으리라. 그가 팜므 파탈이면 더욱 좋고, 인간적인 매력이 뚝뚝 떨어지는 세련된 경영인이면 더더욱 좋을 것이다. 그렇고 보니 필자가 가장 좋아하는 유혹자는 현실적인 통합형 정치적 감각과 신뢰심을 구비한, 그러면서도 때 묻지 않은 겸손한 사람인 것 같다.

허걱! 필자의 욕심이 너무 크다(2010년 3월).

치기 힘들면 치지 않고
잡기 어려우면 잡지 않는다

『삼미 슈퍼스타즈의 마지막 팬클럽』이라는 책은 박민규의 소설로 프로야구 원년에 인천을 지역 연고로 출범한 '삼미 슈퍼스타즈' 팀이 후기 1할 2푼 5리의 승률로 5승 35패라는, 아직도 깨지지 않는 참담한 기록을 작성했던 삼미구단의 추억을 그린 책이다. 이른바 최저 승률로 세상을 살아가는 사람들에게 보내는 따뜻한 글이다. 야구를 잘 모르시는 분은 도저히 실감이 나지 않겠지만 이 팀이 이룬 성적은 다음과 같이 확실하게 우리를 압도한다.

＊82년 성적 전기 10승 30패, 후기 5승 35패, 팀 최다 연패 기록 보유(18연패, 85년 3월 31일~4월 29일), 시즌 최소 득점(302점, 82년), 2사 후 최다 실점(7점, 82년 5월 16일 대 OB) ＊

이 기록은 도저히 프로팀이라고는 믿기 어려울 정도로 신기록이다. 누구의 말마따나 야구에 조금이라도 관심이 있는 사람이라면 이것은 '짜고 쳐도' 이루기 어려운 실로 놀라운 위업이다. 그런데 작가는 이 부끄러운 팀의 일대기를 바탕으로 글을 썼다.

대강의 내용은 이러하다.

'삼미 슈퍼스타즈'에 열광하던 인천의 한 소년이 삼미 슈퍼스타즈 팬 클럽에 가입하여 팀의 부침에 따라 같이 울고 웃으며 팀과 자신을 동일시하며 지낸다. 그러다가 팀의 계속되는 패배에 좌절하다가 나중에는 출세의 지름길인 소속의 중요성을 알고 열심히 공부하여 대기업에 입사, 결혼한다. 그러다가 이혼과 실직이라는 인생의 실패를 맛보고는 마침내 그동안 잊고 지낸 가슴속의 별과 같은 '삼미 슈퍼스타즈'를 기억하고 마지막 팬클럽을 재결성한다.

문학 비평가들은 그가 '삼미 슈퍼스타즈'를 통해 성장기의 아픔과 고통, 그리고 경쟁과 소속을 강요하는 자본주의 사회를 야구와 인생을 서로 비유하여 비판한 글이라고 본다. 시니컬한 반대 입장의 사람들은 이 책의 가벼움과 경박함, 그리고 표절의 의혹이 다분히 있는 구성과 전개상의 비 독창성에 비판의 논조를 보인다.

그럼에도 불구하고 필자가 이 책을 읽고 그 느낌을 소개하는 이유는 이유 불문하고 나는 야구를 좋아한다는 것이다. 그것도 프로야구 '삼미 슈퍼스타즈' 팀이라면 더더욱 그러하다. 태동기부터 나는 인천의 삼미 슈퍼스타즈와 나 자신을 동일시하며 꾸준한 열정으로 팀을 사랑해왔다. 여러 가지 이유가 있으나 가장 큰 이유는 부모님의 고향이 평안북도인 관계로 원적이 이북 용천이고 또 거주지가 인천이기 때문에 팀이 인천과 이북을 지역 연고로 한다는 점에서 정서적으로 끌리지 않았나 싶다. 그리고 평소에 약하고 힘없는 팀에 대한 무조건적인 지지성향이 삼미 슈퍼스타즈의 열렬한 팬이 되게 했다. 나의 팀에 대한 애정은 나중에 팀을 인수한 청보 핀토스와 태평양 돌핀스까지 꾸준히 이어졌으며 현대 유니콘스에 이르러서는 오랫동안 기다린 보람이 있었는지 우승한 강팀의 팬이라는 강렬한 자부심과 긍지를 가지게 했다.

지금도 나는 개인 홈페이지의 이름이 '우공의 유니콘스'이듯이 삼미의 후신인 현대 유니콘스의 열렬한 팬이다. 지금 거주하고 있는 제천에서는 아마 유일하게 아파트 현관문에 '현대 유니콘스'의 로고를 부착하고 매일을 자랑스럽게 다니는 사람은 나뿐이리라.

작가는 이 책에서 우리의 비굴한 80년대를 고작 1할 2푼 5리의 승률밖에 올리지 못하는 야구팀의 현실과 빗대어 우리의 평범함과 비겁함이 그렇게 자학만은 하지 않아도 되는 누구나에게 있는 평범한 삶이라고 긍정한다. 그러나 많은 사람이 비평하듯 이 책은 이른바 주류사회에 편입되지 못하는 인생의 실패자들이 갖는 애환을 너무나 가벼운 필치로 그려서 오히려 우리의 인생을 논의하기에 부박하다는 생각을 갖게 한다.

흔히들 야구를 인생에 비유한다. 어떤 점을 이야기할 수 있을까?

먼저 야구는 철저한 단체경기이다. 전통적으로 강한 팀을 보면 대개가 팀플레이를 우선하는 팀이다. 희생 번트와 희생 플라이, 팀 배팅, 대주자 및 대타자 기용 등은 대표적인 팀 위주의 전략이다. 그러나 야구만큼 선수들의 개인적인 역량과 기량, 그리고 정신적인 요소가 가장 많이 작용하는 경기도 없다. 그래서 흔히들 야구를 멘탈경기라고 부른다.

따라서 객관적인 승패를 섣부르게 점칠 수 없다. 강자가 약팀에게 물리고 그 약팀은 또 다른 전철을 밟는다.

인생도 그렇지 않을까? 인생에 절대강자는 없다. 누가 언제 어떻게 운명이 변할지 모른다. 인생 역전, 임자 없는 의자, 새옹지마 등은 인생의 예측 불가능한 면을 이야기한다. 그러나 이 책에서는 성공할 사람의 가능성이 어느 정도 확고하게 주어진다. 즉 명문대 출신들에게는 '명문'이라는 소속이 그들의 삶을 상류사회로 진입케 하고 안락한 생활과 명예로운 삶을 보장한다. 이 '소속'이 주는 매력은 책의 주인공과 그 아버지가 절절히 느끼며 추구한 목표이었다.

야구를 인생에 비유할 수 있는 또 다른 부분은 야구가 갖는 변화무쌍한 다양성이다. 야구의 결과는 그 누구도 모른다. 그러나 대강 짐작은 할 수 있다. 경기 시작 전에 선수들이 몸을 풀고 있는 것을 면밀히 살피면, 아니 그것도 불안하여 최소한 2회 정도까지 보면 그날의 승패를 약 70%는 미루어 짐작할 수 있다. 물론 이것은 나의 경험적인 판단과 분석력에 기인한다. 그러나 야구는 변화하는 살아있는 생물이기 때문에 그 누구도 결과를 알 수 없다. 흔히들 야구는 9회 말 투아웃부터라는 말이 있지 않은가? 이는 인생과 마찬가지로 야구는 끝까지 가봐야 한다는 것이다. 여기서 끝까지 가봐야 한다는 것은 결코 마지막까지 모든 가능성과 개연성을 포기하지 말라는 것과 그 맥을 같이 한다. 끊임없이 변화하는 예측 불가능한 인생사에서 우리 삶을 결단하고 선택하는 주체는 바로 '나'이기 때문이다.

책 속의 주인공들인 삼미의 팬들은 삼미 팀이 초반의 승부 중심의 냉혹한 프로세계에서 비참한 실패를 맛보는 것과 같이 자신들도 주류사회에서 아웃사이더로 서서히 밀려난다. 그렇다. 삼미 슈퍼스타즈는 창단 후 첫 전지훈련을 갈 때부터 선수 전원이 정장 차림으로 가며 야구의 본질이 무엇인지 보여주겠다고 장담하였듯이 애초부터 우승을 추구하고 이기는 팀은 아니었다. 왜? 책 속에서는 엉뚱하게 군부세력의 음모론까지 들먹이며 이들의 실패를 합리화하지만 결국 원인은 출발이 달랐고 소속이 달랐기 때문에 주어지는 계층의 한 신분으로만 살아가야 하는 한국사회의 구조적 문제를 언급함에 지나지 않는다.

결국, 그들이 추구한 것은 '치기 어려우면 치지 않고 잡기 힘들면 잡지 않는다'는 것이었다. 도대체 이 무슨 괴상한 생각인가? 모든 프로 경기의 속성이, 아니 자본주의 사회의 본질이 경쟁과 효율, 그리고 최고를 추구하는 데 있지 않은가? 그럼에도 불구하고 이들은 그 본질을 뒤집어 추구하는 팬클럽을 결성하고 자신들의 본 모습을 찾아간다.

쳐낸 공은 인필드를 벗어나지 않고, 입맛에 딱 맞는 공은 그냥 서서 보낸다. 글러브에 빨려 들어오는 공을 멋있는 자세로 잡았다가는 큰일이 난다. 전력으로 달리면 3루타인 것을 알면서도 그들은 세상사 모두를 살피며 느릿느릿 2루에 도착한다.

물론 이것은 소설이 나타내는 허구이다. 그리고 비현실적이다. 그러나 생각하기에 따라서는 시원하고 통쾌하다. 하루에 몇 번씩 사표를 썼다가 찢어버리는 우리의 마음을 보고 야구팀은 모든 것을 다 버리고 팀에 합류하라고 한다. 이혼을 도모하는 젊은 가장은 혼자 살아가는 묘미를 생각하니 아내의 얼굴이 그렇게 밉지만은 않다. 상사의 불합리한 지적은 그의 소속이 바뀌어 상사를 부하직원으로 데리고 일할 생각을 하니 그것도 꽤나 괜찮다. 스카이대학 출신들이 대머리가 많다고 생각하니 새삼스럽게 내가 앞서가는 청년이 된듯하다.

'치기 어려우면 치지 않고 잡기 힘들면 잡지 않는다'
이 말은 쉽게 말해 '배 째라!' 식이다. 누가 무어라 해도 내가 하고 싶은 일은 하고야 만다. 눈치 볼 필요가 없다. 왜? 나는 삼미 슈퍼스타즈 팀처럼 이 치열한 경쟁 사회 자체를 무시하기 때문이다. 그렇다고 해서 내가 곧 이 사회에 적응하지 못하고 실패자로 전락하는 것은 아니다. 최소한의 삶을 영위하는데 필요한 것은 생각하기에 따라 그렇게 어려운 문제는 아니다. '세상아, 내 배는 두껍다. 한번 째보아라' 하는 배짱은 세상을 내 위주로 만들지 않을까? 이러한 과정을 거쳐 삼미 슈퍼스타즈의 마지막 팬클럽은 자칭 '올스타팀'과 장렬한 경기를 치른다.

지금 나는 많은 독자가 그러하듯 모든 것을 홀가분하게 털어버리고 경기의 본질에 충실한 경기를, 아니 삶을 살고 싶다. 그러나 마음은 그러하나 한편으로는 서서히 고개를 쳐드는 승부욕과 명예심 또한 만만치 않다. 우선 당장 오늘 저녁의 더블헤더 경기를 현대가 모두 독식하여 1위 자리를 고수하기를 원한다. 현대 유니콘스가 그러하듯 나 또한 의미 있고 중요한 일을 하여 강력한 성취감을 가졌으면 좋겠다. 그러고 보니 나는 지금까지 계속 '현대 유니콘스'를 가슴에 안고 있었다. 작가가 놀린다. 지금까지 무엇을 읽었느냐고 말이다(2004년 6월).

100인이 사는 한국

『지구가 100명이 사는 마을이라면』은 데이비드 스미스와 셸라 암스트롱의 그림책 제목이다. 지금 세계에는 63억의 사람이 살고 있는데, 만일 이것을 100명이 사는 마을로 축소시키면 어떻게 될까를 가정하고 쓴 책이다. 원래 이 책은 환경과학자이자 인구문제 전문가인 도넬라 메도스Donella Maedows 박사가 1900년에 쓴 마을 현황보고State of the Village Report라는 에세이를 이케다 가요코가 재구성한 글이다. 그러니까 비교적 오래전에 지구촌의 문제점을 수치를 앞세워 잔잔히 설득하고 있는 절제된 글이다. 지구에 딱 100명의 사람이 산다고 가정하고 이들의 국적, 성별, 언어, 종교, 나이, 재산을 이야기하는데 글을 읽으면 수치상으로 극심한 불평등과 편중이 드러난다.

예를 들어, 100명 중 52명은 여자이고 48명은 남자이다. 30명은 아이들이고 70명이 어른들이다. 어른들 가운데 7명은 노인이다. 33명이 기독교, 19명이 이슬람교, 13명이 힌두교, 6명이 불교를 믿고 있다. 24명은 또 다른 종교를 믿고 있거나, 아니면 아무것도 믿지 않고 있다. 17명은 중국어로 말하고, 9명은 영어를 말한다. 마을에 사는 사람들 100

명 중 20명은 영양실조이고 1명은 굶어 죽기 직전이다. 그러나 15명은 비만이다. 이 마을의 모든 부 중 6명이 59%를 가졌고 그들은 모두 미국 사람이다. 이 마을의 모든 에너지 중 20명이 90%를 사용하고 있고, 80명이 20%를 나누어 쓰고 있다. 75명은 먹을 양식을 비축해 놓았고, 비와 이슬을 피할 집이 있다. 하지만 나머지 25명은 그렇지 못하다. 그래서 17명은 깨끗하고 안전한 물을 마실 수 없다. 자가용을 소유한 사람은 100명 중 7명 안에 든다. 마을 사람 중 1명은 대학교육을 받았고 2명은 컴퓨터를 가지고 있어서 정보화 사회를 영위한다. 그러나 14명은 글도 읽지 못한다. 1년 동안 마을에서는 1명이 죽는다. 그러나 2명의 아기가 새로이 태어나므로 마을 사람은 내년에 101명으로 늘어난다. 그리고 장애인은 5명이나 된다. 이렇게 생각하면 좋은 집에 살고, 먹을 게 충분하고, 글을 읽을 수 있는 사람이라면 아주 선택받은 사람이다. 만일 당신이 어떤 괴롭힘이나 체포와 고문, 죽음을 두려워하지 않고 자신의 신념과 양심에 따라 움직이고 말할 수 있다면 그렇지 못한 48명보다 축복받았다. 만일 당신이 공습이나 폭격, 지뢰로 인해 다치거나 죽고 무장단체의 강간이나 납치를 두려워하지 않는다면 그렇지 않은 20명보다 축복받았다.

그러면서 저자는 이 글을 읽으면 그 순간 당신의 행복은 두 배, 세 배로 커질 것이라고 하며 개인적 차원에서 낙관해도 좋다는 메시지를 보여준다. 결론은 차이와 불평등, 자원의 편중상태를 이해하고 지구촌 이

웃을 먼저 사랑하자는 말이다. 이를 뒷받침하듯 마이클 잭슨의 다음 노래가 가슴에 와닿는다.

이것을 보고 있는 당신은 특별히 행복한 사람입니다. 왜냐하면, 당신을 생각해서 이것을 보여준 누군가가 있을 뿐 아니라 당신은 글도 읽을 수 있기 때문입니다. 하지만 그것보다 당신이 행복해야 할 더 큰 이유는 지금 당신이 살아있다는 사실입니다. 아름다운 지구마을에 살고 계신 당신, 당신이 갖고 있는 것에 감사하세요. 그리고 삶의 맛을 깊이 음미하며 하루하루, 순간순간을 소중히 여기며 살아가 보세요. 그리고 더 많은 것들을 마음을 다해 사랑하세요.

책에서는 별의별 사람들이 모여 사는 이 마을에서 당신과 다른 사람들을 이해하는 일, 상대를 있는 그대로 받아들이는 일, 그리고 무엇보다 이런 사실들을 안다는 것이 가장 소중하다고 한다. 가치판단을 지양하되 지구마을의 미래를 밝게 만들기 위해 노력하는 사람들을 언급한다. 이 글을 읽으면 나는 알게 모르게 다른 사람과 비교해 볼 때 많은 혜택과 특권을 누리고 있다는 생각이 든다. 그러면서 조금씩 마음이 불편해진다.

나는 다음과 같은 특권을 가졌다. 산업화 과정의 윗세대 덕분에 어찌 되었든 일단 굶는 걱정은 하지 않는다. 당연히 문맹은 아니다. 빠르고 우수한 인터넷을 통해 편하게 정보를 공유한다. 잘하면 자가용도 몰 수 있다. 조혼의 강요는 커녕 결혼하지 않고도 재미있게 살 수 있다. 하루 생활권인 한반도의 풍광을 찾아 언제든지 떠날 수 있다. 싫은 정치인이나 연예인을 향해서는 심한 욕설도 퍼붓는 표현의 자유도 있다. 여러 가지 복지혜택을 찾아서 지금 당장 직업을 갖지 않더라도 당분간은 빈둥거리며 살 수 있다. 의료정책이 잘되어 비교적 싼 값에 건강을 확인할 수 있고 각종 먹방을 통해 건강정보를 추구하고 살쪄가는 몸을 걱정한다. 가끔은 이웃의 다문화가정을 향해 근거 없는 우월감으로 우쭐거릴 수 있다. 나는 운이 좋게 대학을 나와 고학력 소유자가 되었다.

어찌 되었든 동영상에 나오는 많은 어려운 사람을 보면 나는 행복한 편이다. 그렇다고 해서 내가 갖고 있는 것을 기준으로 갖지 못한 사람보다 내가 더 행복하다고 단정 지을 수는 없다. 자신이 가진 것에 감사하는 것은 중요하지만 상대적인 비교를 통해 나를 행복의 중심에 두는 것은 옳지 못하다고 보기 때문이다. 어딘지 불편하여 주위를 둘러보니 나보다 더 좋은 조건을 갖춘 사람들도 있다. 이것은 또 어떻게 보아야 하나?

통계청의 2019년 인구추계에 따르면 현재 우리나라 인구는 5,170만여 명이다. 만약 우리나라가 100인이 사는 마을이라고 생각했을 때 장애인 수는 100명 중 4명이나 된다. 2018년 통계청 기준 국내 등록 장애인은 258만5천여 명이고 그 가운데 발달장애인은 23만2천여 명이다. 장애인들의 권익과 요구를 주장하는 사회적인 움직임이 활발하지만 유독 발달장애인들은 자기 스스로 목소리를 내기가 힘들고 이들에 대해 관심 갖는 사람도 적다. 현실적으로 부모를 중심으로 누군가가 대변하고 옹호하여야 한다. 지역사회의 관련 기관이나 후원자, 혹은 지정후견인 등이 그 역할을 하여야 하는데 아무래도 한계가 있다. 우리나라 장애인들이 법적으로 당당하게 한 시민으로서 권리와 책임을 다하기 위해서는 관련법의 제정이 절실하다. 그리고 이에 따른 실제적이고도 효율적인 정책이 전달체계를 통해 햇살처럼 스며들어야 한다.

정치인의 역할이 중요하다. 등록 장애인 수와 대비해볼 때 우리나라 국회의원 300명 중 각 1인이 17만2천여 명을 대의하는 상황이다. 17만여 명을 대표하는 국회의원 중 단 1명이라도 23만이 넘는 발달장애인의 권익에 대해 목소리를 내달라는 것이 현실적인 요구이다. 우리가 비장애인으로서 갖는 상대적인 안락감과 행복함에 안주하여 100명이 살아가는 우리 마을에 있는 4명의 장애인에 대한 삶에 무관심하면 안된다. 장애인과 함께 살아가는 우리로서는 상대적 행복감이 당연하지 않아야 한다. 누구 말마따나 장애는 주어진 것이 아니다. 그래서 우리는 권리가 되지 않은 사회를 추구한다.

플라톤이 이야기한 시기가 다가온다. 선거는 귀찮다고, 정치인들은 그 사람이 그 사람이라고 이런 생각으로 정치를 외면하여 우리가 저질스러운 인간들에게 지배당하지 않기를 희망하며 100인 모두가 한 가족처럼 사는 좋은 대한민국이 되기를 희망한다(2000년 4월).

개 같은 마을에서 벌어지는
몇 명의 개싸움

어지간한 영화팬이라면 '어둠 속의 댄서'를 보았을 것이다. 도그빌dog bill은 바로 이 영화를 만든 덴마크의 라스 폰 트리에의 영화이다. 늘 그러하듯 그의 영화는 많은 논란을 가져온다. 이 영화도 별반 다를 바 없다. 영화의 배경은 로키산맥 인근의 한 마을이다. 미국의 대공황기 때 한 마을에서 벌어지는 다양한 인간성에 대한 접근을 그린 영화이다.

내용에 들어가기 전에 몇 가지 흥미 있는 소재를 미리 알린다.

일단 니콜 키드먼이 주인공으로 열연한 영화이기 때문에 어느 정도 작품성이 보장된다는 예감을 하게 된다. 그리고 영화가 연극적인 세트에서 진행되는 무대 영화라는 점이 이채롭다. 영화는 희게 색칠된 선으로 마을 사람들이 사는 집과 도로를 표시한 최소한의 무대장치 위에서 전개된다. 그리고 마지막은 별로 좋지 않은 정보인데 이야기가 장장 세 시간에 걸쳐서 전개되는 지루한 영화라는 것이다. 물론 영화를 다 보고 나서는 그렇게 생각되지 않는다.

로키산맥 끝자락에 자리한 산촌 마을 도그빌은 마을 이름도 묘하다. 이곳에는 기독교적 도덕관으로 무장한 보수적인 색채를 띤 10여 명의 주민이 평온하게 살고 있다. 그런데 어느 날 그레이스라는 이름을 가진 도망자 신분의 여인이 숨어든다. 작가 지망생인 톰은 그레이스가 갱단에 쫓기고 있다는 걸 눈치채고 마을 회의를 소집하여 그레이스를 은신시키고 여러 가지로 도와준다. 처음에는 마을주민들도 이 이방인을 경계하다가 어떤 일이든 척척 해내는 쓸모 많은 그레이스의 노동력과 인간적인 매력에 빠져 호의적으로 받아들인다. 이들은 2주 동안 그레이스의 행동을 지켜본 뒤 열심히 일하는 그레이스를 보고 공동체의 임시 일원으로 인정하고 숨겨주기로 한다. 하지만 얼마 안 되어 그레이스를 찾는 벽보가 나붙고, 현상금까지 걸리면서 사람들은 이중성을 드러낸다. 그레이스를 신고한다고 협박하면서 그녀를 착취하고 성적으로 능욕한다. 결국은 그녀의 복수가 시작된다. 그 과정에서 압권은 단연 톰이다. 처음부터 그레이스를 누구보다 사랑하고 위로해주던 톰은 결국에는 앞장서서 그녀를 신고하고 팔아넘기는 장본인이 된다.

영화는 처음부터 끝까지 그녀와 도그빌 주민들과의 관계가 상황에 따라 어떻게 변화하는가를 주시하게 만든다. 도덕적이고 보수적인 공동체에 편입된 이방인, 그 여인의 희생과 수난, 그리고 표출되는 변화무쌍한 다양한 인간성, 그리고 마지막에 나타나는 극적인 반전은 시청자들의 예상을 뛰어넘는 통쾌하고, 그러나 뒤끝이 깔끔하지 않은 묘한 여운을 남긴다. 이 예상 못 하는 결말을 보기 위해서라도 3시간쯤은 견뎌야 한다고 생각한다. 들리는 이야기로는 칸에서 '도그빌'을 보던 유럽 관객들은 발을 동동 구르며 즐거워했다고 한다. 그 이유는 도그빌의 초반 설정이 미국적 가치를 높게 평가하고 묘사한 줄 알았는데 실은 미국적 사고방식과 그 위선을 통쾌하게 반전시키는 장치가 정교하게 설치되었음을 나중에야 알았기 때문이다.

나의 생각 하나! 그레이스가 마을 사람들이 주는 온갖 수모를 마치 순교자가 그러하듯 담담하고 의연하게 받아들이는데 과연 그 힘은 어디에서 나올까 하고 궁금하였다. 아마도 그것은 자기 아버지가 가지고 있는 폭력적인 힘에 대한 믿음과 의지가 아닐까 한다. 그 힘은 그레이스가 원하면 언제든지 정의의 사자로 동원될 수 있기 때문이다. 그렇다. 힘없는 정의는 굴종이요 힘 있는 폭력은 정의이다.

'까불면 너희들은 언제든지 개처럼 죽을 수 있어'라는 든든한 심리적 배경이 있으니 그레이스의 수난성 겸손은 그리 힘들지 않을 것이다. 그러나 힘이 있어도 겸손의 모양조차 갖추지 못하는 우리를 생각한다면 나는 이쯤에서 입을 다물어야겠다.

나중에 차 안에서 그녀가 아버지와 나누는 대화 내용을 가만히 살펴보면 그 원천을 짐작할 수 있는 듯하다. 극단적인 선택의 갈래에서 그레이스는 "인간들은 본디 나약하니 그들의 잘못을 용서해주어야 한다"는 관용의 입장을 취한다. 반면에 갱단의 두목인 아버지는 "잘못된 행동에는 합당한 벌을 주어야 한다"는 강경한 의견을 내세워 대립한다.

그러면서 아버지는 도그빌이라는 마을 이름답게, 개를 먼저 본보기로 죽여 벽에 매달아 놓자고 제의한다. 나중에 그레이스는 그래봤자 그들은 겁만 집어먹을 뿐 실제로 마을이 나아지는 것은 없다고 잘라 말한다. 결국은 모두가 학살당하는 극단의 파국으로 치닫는다.

이러한 와중에 그레이스가 갖는 마을주민에 대한 일시적인 시혜적인 관점을 '오만한 행동'이라고 지적하는 아버지는 비교적 지성적으로 보이니 이것을 보고 나는 웃어야 하나 말아야 하나?

결론으로 들어간다. 영화가 주는 교훈은 개를 장작으로 두들겨 패듯이 극명하다. 그리고 분명하다. 그러나 그 뒤끝은 개운하지 않고 씁쓸하다. 그것은 마치 우리의 내면이 3시간 동안 희롱당하듯 파헤쳐진 느낌 때문이리라.

늑대처럼 살아라!

동물학자들이 공통으로 꼽은 지구상의 가장 멋진 동물은 말이라고 한다. 힘찬 야성미와 공간을 단축시켜주는 쾌속의 질주력, 그리고 강력한 남성적인 자태는 충분히 그럴만한 자격이 있다. 이러한 연유로 말을 싫어하는 사람은 별로 없는 것 같다. 필자 또한 말을 좋아하지만, 말 이외에 좋아하는 동물은 단연 늑대이다. 집에서 기르는 큰 개와 비슷한 모습의 늑대를 좋아하게 된 계기는 여러 가지가 있지만, 늑대의 생활습성과 행동방식이 나의 마음을 끌기 때문이다.

일반적으로 늑대라고 하면 부정적인 이미지가 강하다. '남자는 모두 늑대 같은 놈들이다', '저 사람은 늑대같이 음흉하다' 등이다. 그러나 늑대의 장점은 차고도 넘친다. 김재식은 『사랑할 때 알아야 할 것들』 중에서 늑대 같은 남자를 만나라고 말한다. 그 이유로 "늑대는 평생 한 마리의 암컷만을 사랑한다. 늑대는 자신의 짝과 새끼를 위해 목숨까지 바쳐 싸우는 유일한 포유류다. 늑대는 사냥을 하면 암컷과 새끼에게 먼저 먹을 것을 양보한다. 늑대는 제일 약한 상대가 아닌 제일 강한 상대를 선택해 싸운다. 늑대는 독립한 후에도 종종 부모를 찾아가 인사를 한다. 늘대는 인간이 먼저 그들을 괴롭히지 않는 한 인간을 먼저 공격하지 않는다"고 하였다.

『늘대 토템』은 작가 장룽이 중국 문화대혁명 시기에 내몽골에서 늘대와 함께 지내면서 알게 된 늘대의 생태와 정신을 기반으로 쓴 자전적 소설이다. 원제는 『낭도등浪圖騰』이다. 제목에 '이리 낭狼'자가 아닌 '물결 낭浪'자를 쓰고 있는데, 우리말로 풀어보면 '그림 속의 파도가 달려든다'는 의미쯤이다. 그 연유는 책을 읽어보면 자연히 알게 될 것이다. 저자는 앞으로 중국이 발전하려면 전통적인 농경민족의 집단주의적, 순응형의 특성을 벗어나 늘대와 공존하고, 그래서 늘대로 표상되는 유목민의 진취적이고 기민한 기동성을 바탕으로 불굴의 정신력과 생명력을 가져서 모든 중화민족은 늘대가 되어야 한다는 것이다.

왜 하필 늘대인가?라는 물음에 장룽은 이렇게 이야기한다. 늘대 세계의 강점은 질서정연한 조직력에 있다. 20~40마리씩 무리를 지어 생활하는 늘대 무리는 강력한 리더십을 바탕으로, 대장 늘대의 명령에 따라 일사불란하게 먹잇감을 포위하고, 순식간에 덤벼들어 덩치 크고 힘 좋은 먹잇감을 해치운다. 늘대를 강하게 하는 힘은 상상을 초월하는 끈질긴 인내심에 있다. 늘대가 가젤을 사냥할 때는 무리 전체가 숨을 죽이고 배고픔과 추위를 참아내며 몇 시간 또는 며칠 동안도 눈 속에 파묻혀 몸을 숨기고 최적의 기회를 포착해 사냥에 성공한다. 늘대의 '야성'이란 이러한 지혜, 놀라운 집중력과 조직력, 인내심과 도전성에 기초한 것이다. '늘대 대장'을 중심으로 협력하여 일사불란하게 목표를 쟁취하는 조직력과 몸이 부서지고 뼈가 가루가 되어도 끝까지 목표물을 추적하는 강인한 지구력은 많은 것을 생각하게 한다. 특히 먹이를 포획한 후에 최소한의 깔끔한 처리로 상대의 고통을 덜어주는 것은 매우 인상적이다.

결국 우리가 현대를 살아가면서 늑대 숭배 사상을 통해 배울 수 있는 가장 큰 덕목은 '야성野性의 회복과 조직에 대한 헌신'이라고 본다. 넘쳐나는 물질적 풍요와 감각적인 유혹들 앞에 우리는 넓은 초원을 달리는 힘찬 질주본능과 생존본능의 팽팽한 긴장감을 잊고 지낸다. 언젠가부터 우리는 사나이다운 야성을 잃어가고 있다. 어떤 역경이나 시련도 극복할 수 있다는 자신감과 끈질김을 찾아보기 힘들다. 체력과 정신력이 허약하여 매사에 소극적인 유약한 청소년들을 많이 볼 수 있다. 그런가 하면 쉽게 스스로 목숨을 끊는 공직자들도 많다. 조급하게 일을 벌이고 힘든 과정에 어쩔 줄 몰라 하는 사람들이 있는가 하면, 편한 일만 추구하며 힘든 일은 절대로 하지 않으려는 직장인들도 많이 볼 수 있다.

이처럼 나약하고 안주하려는 사람들에게 늑대의 야성은 준엄하게 날카로운 이빨을 들이댄다. 그리고 상대에 대한 냉철한 분석, 지형지물에 대한 완벽한 이해, 때를 기다리는 인내심을 도모하라고 말한다. 리더의 일사불란한 지휘, 엄격한 조직의 규율, 승리에 이르는 속전속결, 가족에 대한 책임감, 미래에 대한 진취적인 대비를 바탕으로 야심과 웅지를 가지라고 으르렁거린다.

지식 정보화, 세계화가 화두인 21세기는 분명 유목민의 시대다. 군둘라 엥리슈가 말한 직업 유목민Job Nomad은 과거 칭기즈칸이 그러했 듯이 유목민의 기질인 결핍을 극복하는 능력, 본질에 집중하는 힘, 동 적인 것과 정적인 것 사이에 균형을 유지하는 방법을 알고 자신의 노동 력을 자유롭게 사용한다. 그런 점에서 늑대들의 습성과는 약간은 다르 다. 그러나 그들의 길들여지지 않은 무한 질주적인 창발성과 변화와 본 질 앞에서 조물거리지 않은 당당함은 서로 비슷하다.

우리 사회의 지도자들을 돌아보자. 그들은 자신들이 급변하는 사회 변화에 대처하지 못하는 무능하고 무지한 존재라는 것을 모른다. 아니 알고도 모른 체하는지 모르겠다. 주어진 권한은 마음껏 누리고, 맡은 바 책무는 이행하지 못하고 있다. 애민정신은 거의 없이 시민들을 지배 하고 군림하려고 한다. 이러한 함량 미달의 지도자들에게 외치고 싶다. 제발 '늑대처럼 살아라'(2021년 5월).

아름다운 패배자는 존재하는가?

　인생은 어떻게 보면 끊임없는 타인과의 싸움이다. 명예와 부, 그리고 사랑을 쟁취하기 위해 힘 있는 지배 권력을 추구한다. 그 결과 모든 일에는 승리자가 있고 패배자가 있다. 모든 사람은 패배한 사람보다는 성공한 사람으로 남기를 원한다. 원하는 것을 갖지 못하거나 목표달성에 실패하면 그 상실감은 아주 크기 때문이다. 세상은 승자만을 인정해준다. 소수의 비범한 승자가 있다면 절대다수의 많은 사람은 패배와 낙오자의 길을 걸어야 한다. 실제로 패배자의 위상은 승자만이 누릴 수 있는 특권과 힘에 비하면 초라하기 짝이 없다.

　볼프 슈나이더의 『위대한 패배자』란 책이 있다. 이 책은 역사가 간과하거나 별로 중요하게 생각하지 않은 패자들에게 따뜻한 인간적인 관심을 보인 책이다. 이 책에 나오는 수많은 패배자가 특별히 인상적인 것은 그들 대부분이 자기에게 주어진 기회를 포착해서 전력을 다해 밀고 나갔다는 점이다. 마지막 순간까지 굴하지 않고 의연하게 맞섰으며, 끝까지 자신의 비운을 인정하지 않았으며, 권력에 빌붙거나 경쟁자의 뒤통수를 칠 정도로 비열하지도 않았다. 승리를 원했고, 조금만 더 행운이 따랐다면 충분히 승리를 거둘 수 있었지만 그래도 절망하지 않았다. 세상 사람들로부터 수모를 당하거나 좀 더 강한 자에게 가로막혀 꿈을 접어야 했지만, 그들은 당당했다. 저자는 이러한 여러 유형의 패자들을 높게 평가하며 새롭게 역사의 반열에 놓으려는 노력을 보인다. 이러한 볼프 슈나이더의 노력 중 한 가지 아쉬운 것은 그가 말한 '패배자'의 범주에 학대받는 사람, 인디언, 호주 원주민, 기아에 허덕이는 사람, 장애인, 빈민, 매 맞는 여성, 소수 소외계층 및 민족 등을 다양하게 언급하였는데 이 중에 장애인을 패배자로 간주한 것이 아쉬웠다.

살다 보면, 이런 생각이 들 때가 많다. '착하게 살고 싶은데, 남에게 피해를 주지 않고 살고 싶은데, 왜 순리로 상식적으로 사는 게 이렇게 힘든가?' 혹은 '왜 저런 사람들만 성공하는 걸까? 아니 저렇게까지 해야만 성공하는 걸까?' 동서양을 막론하고 성공하기 위한 여러 전략적 접근법과 처세술이 있는데 그중의 하나는 친닝 추라는 여성 성공학 이론가가 쓴 후안흑심厚顔黑心 이론이 있다. 후흑이론厚黑理論은 일반적으로 성공하기 위해선 강력한 지도력을 뒷받침하는 헌신과 열정, 집중력과 도덕성, 그리고 겸손과 용기 등과 같은 여러 가지 덕목들이 필요하지만, 그녀는 성공하기 위해서는 상황이 요구하는 어떠한 방식도 받아들이는 두껍고 냉혹한 얼굴과 검은 마음으로 자신을 무장하고 조직을 장악해 목표를 달성하라는 것이다. 후안厚顔은 성공을 위해선 남의 비난에 대해 아랑곳하지 않는 두꺼운 방패와 같은 마음이고 흑심黑心은 자신의 결정이 남들에게 어떤 결과를 미칠 것인지 전혀 개의치 않고 냉혹하게 목적을 향해 창을 휘두르는 능력이다. 그렇기에 후안흑심의 소유자는 근시안적 동정심을 사정없이 짓밟으며 자신의 목표에 주의력을 집중시키고 부수적인 희생은 과감히 무시한다. 정당함을 추구하기보다는 보다 큰 목표를 위해 작은 것을 기꺼이 희생하는 살인본능에 가까운 비정한 모습을 보인다.

지금의 교육현장은 그 어느 때보다도 개인의 다양성이 존중되고 자기주장과 권리 등이 우선시되고 있다. 반면 희생과 봉사, 협력과 양보와 같은 가치들은 가볍게 생각되는 경향이 있다. 이러한 현상을 볼 때, 그래도 특수교육 현장만큼은 따뜻함과 정의적인 요소가 살아 움직이는, 아니 살아 움직여야 하는 마지막 보루여야 하지 않을까 생각한다. 그런데 가끔은 장애 학생의 교육문제나 복지정책을 놓고 현장의 교육자들과 학부모, 그리고 관련 단체나 구성원 등은 서로 자기주장이 옳다고 목소리를 높이고 갈등한다. 교육의 본질을 외면한 지나치게 투쟁적인 시위와 비민주적인 의사결정과정은 목적에 대해 정당성을 부여해주지 못한다. 서로가 감싸고 연대해도 부족할 터인데, 긴 호흡으로 전체를 조망하지 못하고 실천적인 방법론상의 차이로 서로에게 상처를 주고 자기주장을 관철하려고 하니 안타까울 뿐이다. 그래서였을까, 햄릿은 이렇게 말한다. "나는 잔인해지리라, 친절하기 위해서!"

후흑이론이 떠오른다. 혹시 누군가 두꺼운 얼굴과 검은 뱃심으로 우리가 원치 않는 방향으로 모두를 몰아가려는 시도를 하지 않을까 걱정이 되기도 한다. 우리 일은 우리가 해결해야 한다. 우리만큼은 서로 솔직하고 따뜻해야 하지 않겠는가. 승자와 패자가 서로를 위하고 배려하는 마음이야말로 우리 특수교육 현장에서 함께 추구하여야 할 모습이다. 후안흑심이 아닌, 부드러운 카리스마와 따뜻한 동역자의식이 장애인복지와 특수교육의 수준을 더욱 높게 만들 것이다. 이사크 바벨의 말이다. "실패는 새롭게 출발할 기회를 준다. 그것도 좀 더 영리하게 출발할 기회를 말이다."

내 인생의 일자진을 쳐라

김훈의 『칼의 노래』는 강의를 통해 학생들에게 필독을 권하는 몇 안 되는 책 중의 하나이다. 지금까지 나는 힘들고 어려울 때마다 몇 권의 책을 붙들고 이겨 나왔다. 고등학교시절에는 도쿠가와 이에야스의 일대기를 그린 『대망』을 읽고 자신감을 키워왔으며 대학 때는 헤르만 헤세의 『데미안』과 스베덴보리 학파의 신학 이론, 조금 지나서는 안병무 교수의 민중 신학 관련 책을 읽고 나의 생에 지표로 삼았다. 그런데 이제 나이 50을 바라보는 요즈음 조금은 엉뚱하다 싶게 김훈의 『칼의 노래』를 읽고 힘을 얻는다. 이것은 아마 그의 힘 있고 장엄한 문체와 그 문장이 그리고 있는 한 인간의 간결하고 순수한 인생이 좋았기 때문이리라.

김훈의 『칼의 노래』는 일단 이순신에 대한 우리들의 일반적인 고정관념을 사정없이 부수는 것부터 시작한다. 종래 우리가 알고 있던 이순신은 위기에 처한 조선을 구하기 위해 충성을 다한 뛰어난 무장이다. 그러나 그는 여러 가지 인간적인 면모를 가진, 평범하나 비범한 인간으로 그가 처한 어렵고도 극단적인 실존적 상황을 죽음으로 마감한 한 무인이다. 김훈은 이러한 충무공의 한없는 단순성과 그가 지켜간 탈정치적인 순수함을 『칼의 노래』라는 상징으로 명징하게 그리고 있다.

나는 이 책을 읽고 두 가지를 이야기하고 싶다.

그 첫째는 죽음이다.

김훈이 『칼의 노래』를 통해 보여주는 가장 단순하고 극명한 사실은 인간 이순신이 처음부터 끝까지 안고 간 '죽음'이라는 것이다. 죽음은 절대 권력인 왕과 강력한 적의 함대, 그리고 책무처럼 안아야 하는 조선 민초들의 삶에서 가장 확실하게 도망가거나 잡을 수 있는 것이었다. 그러나 죽음처럼 분명하고 모호한 것은 없다. 분명하다는 것은 누구든지 죽는다는 절대적인 사실이며 모호하다는 것은 살기 위해서는 반드시 죽어야 한다는 것이다. 죽음만이 분명하고, 죽음만이 모호하기 때문에 그는 죽기 위해 산다. 그리고 살기 위해 죽는다. 그러나 죽음은 두렵다. 그래서 장군은 솔직하고도 분명한 길을 선택한다. 그는 임금의 손에 죽는 것을 거부하고 전쟁 속에서 치열하게 싸우다 목숨을 다하는 것이 더 명예롭다고 생각했다. 이것이 그가 택할 수 있는 자연사이다. 그러나 그의 죽음은 혼자만의 죽음이 아니다. 그의 죽음은 많은 민초의 삶과 연결되어 있다. 그래서 그는 노량의 바다로 나아간다. '필사즉생, 필생즉사'이다. 노량에서의 모든 순간은 실로 죽기 위해 사는 것이다. 죽음 앞에서 모든 것은 고요해진다. 그가 나아가는 바다는 죽음을 닮았다.

그런 그가 진정으로 두려워한 것은 무엇이었을까?

'적의 적으로서 살아지고 죽어지는' 사내가 그인데. 무엇이 두려울까? 그가 두려워한 것은 패용하고 있는 자신의 장검이나 왜도에 의한 치욕적인 베어짐이 아니라 그 칼날을 지탱하고 있는 임금과 권력이라는 '자루'에 의한 베어짐일 것이다. 그래서 그가 택한 선택은 전투 과정을 통해 적의 손에 전사하면서 자신을 구속한 '자루'에서 벗어나는 것이다. '나는 다만 적의 적으로서 살아지고 죽어지기를 바랐다. 나는 나의 충을 임금의 칼이 닿지 않는 자리에 세우고 싶었다. 적의 적으로서 죽는 내 죽음의 자리에서 내 무와 충이 소멸해 주기를 나는 바랐다.'

이 절절한 충무공의 죽음과 같은 삶 앞에 나는 오늘도 외로운 일자진을 친다.

둘째는 그의 문장이다. 그의 문장은 일단 비장하다. 그리고 유려하고 장엄하다. 장엄하다 못해 죽음을 향해 가는 이순신의 삶처럼 장렬하다. 그 장렬함은 우리글의 산문형식을 빌리나 간결하고도 명료하게 전개된다. 그래서 지나친 압축과 상징도입, 그리고 미학적 간결함은 그의 글이 하드보일드 형식의 글인가? 하고 한두 번은 고개를 갸우뚱하게 만든다. 내뱉듯 툭툭 끊어지는 1인칭의 독백체는 이러한 느낌을 더하게 한다. 바다와 칼, 떠다니는 수급, 임금의 교지, 마른 고기반찬 등의 이미지는 여러 가지를 상징하며 작가가 말하려는 주제를 향해 힘차게 전개된다. 그래서인가? 그는 역사적 리얼리즘을 최대한으로 동원하기보다는 작가의 상상력과 관념을 통해 역사적 실재를 교묘히 압도해 간다. 그가 동원한 상상력은 조선 백성의 거칠고 피폐한 질곡의 삶을 '비참하나 아름답게' 묘사한다. 역사적 고증이라는 당위는 그에게 그다지 중요하지 않다. 가급적 위의 당위를 지켜나가려고 하나 그에게는 그다지 중요하지 않다. 그래도 그의 글은 거의 주관을 잃을 정도로 매력적이어서 나는 감히 '요설'이라고 '존경의 폄하'를 하고 싶다.

『칼의 노래』에 나타난 큰 흐름은 난중일기의 형식을 빌려 썼다. 깊숙이 폐부를 찌르는 문장들도 없지 않지만, 대체로 중언부언하는 글이 많다. 소설의 각 문장과 문장 간의 거리는 상당히 넓은 행보를 걷는다. 그러나 인물의 심리는 절제된 듯 잘 나타나지 않고 심오하다. 전체적인 글의 나타냄은 지나치게 시적이어서 오히려 역사성과 현장감은 없다. 있다면 임금과 군부, 그리고 외침 세력과 당하고 있는 백성들의 사생결단하는 현실만 있을 뿐이다.

만약 충무공이 살아서 김훈의 글을 본다면 나는 이렇게 평할 것이라고 감히 적어본다.

'시월의 어느 맑은 날이다. 김훈이 나에 대해 쓴 글을 보았다. 방자하다. 나의 삶을 사정없이 솎아내니 태연한 그를 조용히 베어야겠다'(2003년 12월).

우직하고 우격다짐식의 질투가 필요한가?

영화 '질투는 나의 힘'은 평범하나 비범하다. 비범하다는 것은 이미 알 만한 사람들은 다 알다시피 이 영화가 2002년에는 부산국제영화제에서 최우수 아시아 신인작가상을 수상하였으며 금년에는 로테르담영화제에서 최고상인 타이거상을 받았다는 점에서 그 객관성을 확보한다. 그러나 나는 이 영화에서 그 일상적인 평범함을 찾아보고자 한다.

영화는 박찬욱 감독의 작품으로 한 남자에게 두 번이나 애인을 빼앗기는 한 청년의 애매모호한 감성과 불안한 심리적 과정을 그렸다.

영화의 줄거리는 이러하다. 한 젊은 남자가 자기 애인으로부터 유부남을 사랑하게 되었다는 얘기를 듣고, 우연히 그 문제의 유부남을 만나게 된 후 묘한 충동심과 호기심으로 그가 편집장으로 일하는 잡지사에 입사해 연적을 탐색해 간다. 그러나 그는 또다시 난처한 삼각관계에 빠진다. 잡지사에서 아마추어 여성 사진작가를 만난 주인공은 그녀의 자유분방한 매력에 호감을 느낀다. 동시에, 로맨스만을 인생의 낙으로 삼는 그의 연적인 편집장도 그녀에게 사랑을 느낀다.

이러한 과정에 처한 주인공인 이원상의 심리는 묘하다. 처음에는 상대방 남자에 대한 질투심과 분노가 행동의 동인으로 작용하나 나중에는 상대방에 대한 동경과 선망의 감정이 이를 대치한다. 왜냐하면, 그의 질투심은 근본적으로 자신이 갖지 못한 것을 소유한 상대방에 대한 동경과 자신을 진심으로 사랑하지 못하는 청년기의 불안정한 내면 심리, 즉 내면 깊숙이 숨어 있는 청년기의 감수성과 아직 자신을 인정하지도, 사랑하지도 못하는 청년기의 불안과 설레임이 복합적으로 작용하기 때문이다.

영화의 제목인 '질투는 나의 힘'이 뜻하듯 박찬욱 감독은 청년기 행동의 역동력을 질투라고 생각한다. 그러나 영화에서 나타난 주인공 이원상의 행동을 보면 전적으로 그렇지도 않다. 그의 행동은 상대방에 대한 질투라는 기본적인 감성과 아울러 자신의 결핍된 부분을 채우고자 하는 욕망과 자기 정체성에 대한 불안한 감정이 복합적으로 변형되어 나타난다. 이러한 감정이 잘 드러난 부분이 아마 내 생각에는 카피로 사용된, "누나, 그 사람이랑 자지 마요, 나도 잘해요"라는 대사라고 생각한다. 누구라도 한 남자에게 두 번씩이나 애인을 빼앗기는 이런 난처한 삼각관계에 빠진다면 한 번쯤은 자신을 돌아보게 될 것이다. 바로 이 지점에서 '질투는 나의 힘'은 다른 영화들과 전혀 다른, 새로운 가치관을 관객들에게 제시한다. 혹자는 때로는 소박하고, 순진하고, 근본적으로 선량한, 그래서 왜곡된 자의식에 빠져 있는 주인공을 대적하지 말고 위축되어 매몰당하는 우리 모두의 결핍된 청년기의 한 모습으로 보자고 한다. 이 결핍은 비극적인 결말을 낳기 쉬운 아슬아슬한 감정이자, 동시에 새로운 관계를 노정하는 과정이다. 즉 조금은 복잡하지만 관대함으로 이 영화가 암시하는 현대인의 인간관계와 사랑을 들여다보자고 한다.

나는 이렇게 이야기하고 싶다. 진정으로 한 사람을 죽도록 사랑해 보아라. 그렇다면 그의 주위를 서성거리는 모든 잠재적인 요소들은 나의 강력한 적이 될 것이고, 제거해야 할 방해물이 될 것이다. 그리고 혹시 연인을 빼앗기지 않을까, 혹은 마음을 잃지 않을까 노심초사 가슴을 졸일 것이다. 그러면서도 사랑하는 사람이 전적으로 자신에게만 몰입하고 헌신하기를 원할 것이다. 어떻게 사랑하는 사람을 빼앗아간 연적에게 질투 이외의 감정인, 선망과 양보와 타협이 있을 수 있는가? 더구나이 영화의 주인공은 물불 가리지 않고 순수와 열정의 바다에 뛰어드는 청년기의 한 사내가 아닌가?

영화가 나타낸 주인공의 모습을 보고 나는 요즈음의 세태 탓으로 돌리고 싶지 않다. 아니, 이러한 생각을 하게끔 한 영화가 그 나름의 시사를 관객에게 주었다고 본다. 그러나 진정으로 한 사람을 사랑한다면, 그렇지 않아도 쉽게 흔들리고 춤추고 있는 이 시대의 가벼운 사랑을 따르지 말고 우직할 정도로 우격다짐하며 한 사람에 대해 치열한 질투의 힘으로 사랑하는 사람을 쟁취해야 할 것이다. 비록 그 질투가 남들이 보아 치졸하고 감정적이고 비합리적일지라도 말이다. 기형도의 시가 생각난다.

"그 누구도 나를 두려워하지 않았으니 내 희망의 내용은 질투뿐이었구나"(2008년 12월).

제4부

생활과 계절 속에서

한 끼 먹거리를 내어주는 사람이나

먹는 사람 모두 한 식구처럼 자연스럽다.

주는 사람은 생색내지 않는다.

그래서인가? 받는 사람은 당연한 것을 받듯이

당당하고 비굴하지 않다.

이들은 필요하면 언제든지 찾아가고 맞이한다.

함께 살아가는 인생 아니겠는가?

투덕투덕 투박한 정을 쌓아가는 우리 이웃들이다.

겨울 山寺

눈이 내리니
오래된 절 입구부터 나무들이
자작자작 길을 만들고 있다
내리는 눈발을 툭툭 털어가며
쌓이는 눈을 묵묵히 밀어내면서
그렇게 길을 만들어도 찾아오는 이 없다

아직도 누군가를 기다리는 사람에게
넉넉한 길 되라고
바람에 풍경 소리를 담아도
겨울 산사에는 찾는 이가 없다

오늘은 왠지 그대가 올 것 같아
조용히 낮아진 마음으로
포근히 숨죽이고 있는데
그래도 너는 보이지 않는다

쌓이는 그리움을 견디다 못해
부르르 몸이 부서지며
자작나무들은 폭설이 된다

사라져가는 투계

　나의 취미는 조금 엉뚱한 것이 많다. 엉뚱하기보다는 다양하다고 보는 편이 좋을 것이다. 그러나 관심은 많으나 깊게는 천착하지 못한다. 쉽게 싫증 내고 또 다른 새로운 것을 찾아 나선다. 그러나 변함없이 나의 생활을 지배하고 있는 취미는 아마도 여러 가지 운동을 하는 것이나 운동 관람일 것이다. 특별히 프로야구 '현대유니콘스' 팀에 대한 애정은 남다르다. 페인 정도는 안 되어도 각 지방으로 도시락 싸가지고 응원 다니는 정도는 된다.

　지금 이야기하고자 하는 것은 어릴 적의 취미이자 한동안 깊게 빠졌던 한 추억에 관한 것이다. 중고등학교 시절은 경북 예천에 있는 외갓집에서 6년을 다녔다. 조그만 시계점을 하는 삼촌의 가게에서 점원들과 숙식하며 함께 생활하였다. 아침 일찍 일어나 점원보다 먼저 반지(?)라고 그 당시 우리가 부른, 아마 일본식 말로 양철로 된 칸막이용 셔터인데 그것을 일일이 걷어낸 다음 한 200여 개 되는 시계를 일일이 정성스럽게 잘 닦아서 진열장에 내놓는다. 그런 다음 그 당시로는 최신의 LP판을 꺼내어 바깥으로 소리가 나가게 해놓은 홍보용 대형스피커를 통해 음악을 듣는다. 주로 영화 '콰이강의 다리'나 '의사 지바고'의 주제곡을 들은 것으로 생각난다.

  그다음이 문제이다. 큰 외삼촌은 조금 별나고 성격이 못된 사람이다. 어릴 적에 시골 사람으로 돈을 번다고 청량리에 무조건 상경하였을 때 골목의 건달들과 구두닦이들에게 많이 맞았다고 한다. 하도 맞아서 그 복수로 복싱을 배워 곧 그 구역을 평정한 중간 주먹쯤 된다. 강퍅한 편이어서 닭을 잡을 때도 그냥 잡지 않고 맨손으로 모가지를 '쑥' 뽑아 죽이는 사람이다. 그런 삼촌이 보기에 나는 열심은 있으나 순종적이고 유약하였나 보다. 남자는 적어도 맞지는 말아야 한다는 삼촌의 지론에 따라 좁은 외가의 마당을 시계방향으로 돌며 왼손 스트레이트를 쭉쭉 뻗는 복싱 연습을 한 힘든 기억이 난다. 무서운 삼촌의 입회하에 팔이 얼얼할 정도가 되면 곧이어 호출령이 따른다. 즉 삼촌을 따라 개구리를 잡으러 간다. 갑자기 웬 개구리인가? 잠시만 기다려주기를 바란다. 일단 개구리를 잡기 위한 장비를 갖춘다. 장비는 의외로 간단하다. 먼저 개구리 채를 만들어야 한다. 개구리 채는 말이 채이지 실은 살인(?)적인 무기이다. 긴 막대 끝에 손바닥 크기의 판때기를 붙인다. 문제는 그 판때기이다. 판때기에는 날카로운 못을 완전히 반대편으로 나오게끔 숭 숭 박는다. 완성된 모양은 마치 수행하는 요기들의 바늘판 같다. 그 것으로 개구리를 '탁' 하고 찍어 잡는 것이다. 그 효용이 아주 뛰어나다. 다음으로 준비해야 하는 것은 이른 아침이니까 흥건히 젖어오는 이슬 을 막기 위한 장화와 장갑 등이다. 이렇게 완전무장을 한 다음 개구리 들이 많이 모여 사는 강둑을 오른다. 이리저리 막대로 풀 섶을 헤치면 이른 아침의 급습자에 놀라 황급히 사방으로 흩어져 도망치는 개구리 들이 보인다. 보이는 족족 긴 막대는 사정없이 개구리들을 덮치고 순식 간에 수많은 개구리는 날카로운 쇠꼬챙이에 찔려 처참한 모습으로 비 닐 주머니 속으로 들어온다. 이렇게 잡은 개구리들은 어떻게 될까? 여 러분들은 바로 이 대목에서 개구리를 잡은 목적을 생각하여야 한다.

혹시 '투계'에 대하여 아시는지 궁금하다. 투계는 글자 그대로 싸움 닭을 말한다. 지금은 거의 사라졌지만 내가 중고등학교를 다닐 때에 예 천을 중심으로 한 경북 북부지방에는 싸움닭 내기가 유행이었다. 그래 서 삼촌처럼 투계를 좋아한 사람은 애지중지 훈련시킨 싸움닭을 데리 고 오토바이를 타고 이 지방, 저 지방을 다니면서 내기를 한다. 이러한 내기가 금액이 커지면 도박의 성격을 띠게 된다. 싸움에 이기기 위해서 는 전문 싸움닭을 길러야 한다. 일반적으로 투계에 나서는 닭은 샴, 또 는 샤무라고 불리는 닭이거나 '한두'라고 불리는 외국산 닭이다. 주로 태국산 닭이라고 기억된다. 샴이나 한두는 표준어가 아닌 것으로 안다. 하여튼 아무리 덩치가 크고 화려해도 우리 전통의 수탉은 안 된다. 필자의 경험으로는 처음 초반은 우리의 조선 닭은 기세 흉흉하고 힘차다. 한 5분가량은 전문 투계를 향해 힘차게 공격한다. 그러나 초반 반짝인 가? 아니면 촌놈이 마라톤 하는 건가? 한 5분 후에는 힘이 빠져 그대로 나가떨어진다. 화려한 깃털은 사정없이 빠지고 다리는 후들거려 상대의 날카로운 발길질에 내동댕이쳐진다.

이처럼 닭들이 서로 싸울 때 승리할 수 있는 가장 큰 요인은 일단 상대방보다 목이 길어야 한다. 왜냐하면, 처음에는 서로 푸드덕 푸드덕 날면서 양발로 상대를 걷어차며 싸움을 하나 잠시 후에는 서로가 지쳐서 목을 서로 기댄 채 상대방의 머리를 쪼기 시작하는 싸움 형태로 변하기 때문이다. 이럴 때 목이 길면, 아니 상대방보다 키가 크면 절대적으로 유리하다. 그래서 전문 투계꾼들은 닭의 모가지를 길게 늘이는 훈련을 한다. 훈련은 다름 아니라 아까 잡은 개구리를 먹이로 줄 때 겨우 먹을 정도로 높게 주는 것이다. 부리에 닿을락 말락 할 정도로 손바닥에 개구리를 올려놓으면 싸움닭들은 그것을 먹고자 힘껏 목을 늘이거나 발돋움한다. 이렇게 매일매일 개구리를 먹거리로 주면 닭의 모가지는 조금씩 길어져서 싸움을 할 때 유리한 입장에 서게 된다.

드디어 결전의 날은 왔다. 싸우기 바로 직전에는 절대로 먹이를 주어서는 안 된다. 과식을 하면 몸이 무거울 뿐 아니라 잘못해서 상대방 닭의 발에 채일 경우 모이주머니가 찢어지기 때문이다. 언젠가 본 광경에는 주인이 잘 싸우라고 준 쌀을 가득 먹은 닭이 한 참 싸우다 보니 자기의 찢어진 위로 쌀이 솔솔 새어 나오는 데도 죽으라고 싸우는 것이다. 아마 주인이 아마추어 투계인이었나 보다. 이러한 아마추어에 비해 전문가가 먹이는 것이 따로 있다. 조금 무식하게 생각될지 모르지만 바로 고추장이다. 시뻘건 매운 고추장을 억지로 한두 숟가락 퍼먹이면 싸움 닭은 맵고 뜨거워서 더욱더 호전적으로 되기 때문이다. 믿거나 말거나 이니 과학적 근거는 없다.

하여튼 전투는 시작된다. 처음 몇 초 동안은 서로 탐색전을 벌이다 다음부터는 사정없이 격렬하게 맞붙는다. 보통 실력이 비슷하면 서로 기진맥진할 때까지 싸우나 실력 차이가 있으면 3~4분 안에 승부는 결정 난다. 사람과 달리 승자는 도망가는 패자에게 관대하다. 몇 번 쫓는 시늉을 하다가 승리의 날갯짓과 환호의 목청으로 자신의 승리를 사방에 알린다. 승부에 따라 주인들의 애환도 교차된다. 승자는 자기 닭을 얼싸안고 기뻐 어쩔 줄 모른다. 주위에 쌓이는 돈은 어떻게 보면 별개의 문제이다. 특히 새로운 닭을 훈련시켜, 혹은 사 와서 오랜 라이벌의 닭을 이겼을 때는 엄청나게 기분이 좋다. 그 당시 사람도 먹기 힘든 귀한 소고기를 사서는 먹기 좋으라고 얇게 다져서 참기름을 발라 먹인다. 그러나 진 경우는 어떠한가? 대개는 상처투성이의 닭을 사정없이 두들겨 패거나 없애버린다. 혹 재기의 가능성이 있으면 그나마 다행이다. 언젠가 오래된 싸움닭을 잡아먹은 적이 있었다. 그런데 평생을 전투로 단련한 몸인가? 얼마나 질긴지 결국 못 먹고 버렸다. 조금 과장되게 말하면 거의 가죽을 씹는 기분이었다. 아마 요즈음 나오는 압력솥도 감당하지 못할 것이다.

　삼촌은 열심히 따라 다니며 궂은일을 마다 않은 내가 기특했나 보다. 어느 날 눈여겨본 '한두' 중에 좋은 중간크기의 닭을 한 마리 나에게 주었다. 그날 나는 얼마나 기뻤는지 모른다. 그날 이후 나는 너무 좋아서 매일 맛있는 것, 주로 쌀을 주고 쓰다듬고 하며 애지중지하였다. 싸움을 잘하라고 '엄발'이라고 부르는 새끼발톱도 날카롭게 줄로 밀어서 깎아주곤 하였다. 그러던 어느 날 본격적으로 투계 세계로 나가기 전에 그 전초전으로 우리가 흔히 장닭이라고 부르는 조선 닭과 한번 겨루게 되었다. 아! 그런데 이게 웬일인가? 한번 붙자마자 채 3합도 안되어 나의 닭이 길게 비명을 지르며 도망가는 것이 아닌가? 그것도 싸움닭으로는 가장 치욕으로 생각하는 조선 닭에 패해서 말이다. 집에 돌아온 나는 너무나 화가 나서 그 자리에서 닭을 패대기쳐서 멀리 보내버렸다. 나중에 삼촌 말로는 패배의 원인은 바로 나에게 있다고 하였다. 즉 닭을 너무 귀하게 키워서 끊임없이 쓰다듬고 챙겨주면 닭이 가져야 할 호전성과 야성이 없어진다는 것이다. 즉 '사람 손을 너무 많이 타면' 절대로 싸움닭으로는 성공하지 못한다는 것이다.

　그날의 교훈은 나에게 두고두고 명심이 되었다. 나의 본성에 내재되어 있는 잔인함과 호승심에 스스로 경각심을 갖게 되었고 사랑하는 것과 강하게 단련하고 훈련하는 것은 별개라는 생각을 많이 하게 되었다. 하여튼 나의 투계에 대한 열정과 몰입은 대학 진학과 더불어 자연히 사라져갔다.

몇 년 전이었다. 어느 날 양재 지하철역 지하도를 나와 얼마 안 되었는데 웬 시골 할아버지가 조그만 새장에 닭을 팔고 있는 것을 보았다. 아마 서울 근교의 시골에서 용돈이나 벌자고 팔러 나왔나 보다. 그런데 그 닭이 눈에 많이 익숙하였다. 바로 긴 목과 호전적인 눈매를 자랑하는 싸움닭 '한두'였다. 너무나 반가운 나머지 그 자리에 쭈그리고 앉아 투계에 대해 서로 이야기를 나누었다. 짐작대로 할아버지는 그냥 우연히 키운 투계를 팔러 온 촌노였다. 함께 이야기하면서 나는 사라져가는 전통을 상징하는 할아버지에게 내가 무슨 이야기를 하는가 싶었다. 그렇다. 앞으로 우리 주위의 모든 것들은 하나둘씩 추억으로 혹은 전통이라는 이름으로 소리 없이 사라져갈 것이다. 어릴 적에 키운, 그리고 죽여 버린 투계에 대한 기억은 나의 생에 한 토양을 이룬 투박하고 여진 있는, 그러나 거칠고 사나운 추억으로 길게 남을 것이다(2004년 2월).

아줌마, 나 밥 줘!

집이 인천이기 때문에 제천서 자취를 하는 나는 비교적 이동이 잦은 편이다. 그래서 자연스럽게 제천 터미널 부근의 식당을 자주 이용하게 된다. 몇 번 가다 보니까 단골 비슷하게 된 식당이 있다. 바로 시외버스 터미널 바로 앞에 있는 기사전용의 '어진식당'이다. 처음에는 무심코 한두 번 들어갔다가 이제는 자주 찾아가는 집이다. 식당의 상호처럼 '어진 사람'의 품 안에 앉아 있는 것처럼 많이 편하여 부담 없이 백반 한 그릇을 먹고 나온다.

일단 들어가서 가만히 앉아 있으면 벌써 내가 단골이라는 것을 안다는 듯 특별히 메뉴를 지정하지 않아도 늘 5분 안에 백반이 차려져 나온다. 밥은 따뜻하다. 그리고 늘 나오는 몇 가지 기본 반찬 이외에 한두 가지는 새로운 반찬이 나온다. 이른바 계절 반찬인 모양이다.

주인들(?)은 두 노인네다. 60대 초반으로 보이는데 부부의 모습은 조금은 그 위계가 이상하다. 할머니는 억센 경상도 사투리를 구사하는데 가끔 던지듯 내지르는 말투가 퉁명스럽기 짝이 없다. 밥하고 서빙하는 것은 모두 할머니의 몫이다. 머리가 하얀 할아버지가 하는 일이라고는 좁은 방에 누워서 이리저리 TV 채널을 돌리다가 손님이 돈을 주면 받아서 잔돈을 거슬러주고 쨍그렁 소리가 나는 상자에 넣으면 된다. 이러한 할아버지에 대해 할머니의 우대는 극심하다. 서방에게 한마디도 잔소리 없이 그저 '있기만 해도 좋다'는 식으로 든든한 버팀목에 의지하여 끙끙대며 쟁반을 나른다.

얼마 전부터 할아버지가 보이지 않았다. 그렇지 않아도 궁금하여 물어볼까 말까 하였는데 여러 가지 정황으로 비추어보아 돌아가신 것이 틀림없다. 얼마 전 풍에 맞아 지팡이를 의지해 다니는 것을 보았고 그 이후로 상가의 분위기가 나는 식당에서 장남으로 보이는 청년이 며칠 동안 일하는 것을 보았기 때문이다. 그냥 부담 없이 물어보아도 되는 것을 혹 상처를 줄까 봐 혼자 끙끙대는 자신이 조금 답답하였다.

그 이후로 식당에 몇 번 갔었는데 할머니는 슬픈 상처를 잘 갈무리한 듯하다. 전에 비해 원기가 부족한지 움직임은 느리고 힘은 없어 보이나 종전과 마찬가지로 손님에 대한 태도는 여전하다.

평소 간과하고 지낸 탓인가? 어느 날 몇몇 사람들의 모습이 눈에 들어오기 시작하였다. 모두 촌로 차림의 노인들로 많이 궁색해 보인다. 이들의 공통점은 손님이 없을 때 대개 혼자 찾아온다는 것이다. 와서는 조금은 당당하게 털썩 앉으면서 이렇게 말한다.

"아줌마, 나 밥 줘!" 그러면 우리의 주인공인 '어진식당' 할머니는 힐끗 보는 둥 만 둥 몇 마디 구시렁거린다. 자세한 내용은 잘 모르나 "귀찮게 시리! 또 와서 지랄이다" 등등이다. 그러면서도 대강 있는 것 없는 것 한 쟁반 챙겨서 슬그머니 갖다 놓으면 할아버지는 서두르지 않고 천천히 음미하듯 먹는다. 다 먹고 난 후에도 서로 별말이 없다. 돈을 내지 않고 그냥 가는 사람은 괜스레 헛기침 몇 번 하고 나서는 '나 이제 간다' 식의 지척을 내면 주인 할머니는 주섬주섬 쟁반을 거두어 간다.

한 끼 먹거리를 내어주는 사람이나 먹는 사람 모두 한 식구처럼 자연스럽다. 주는 사람은 생색내지 않는다. 그래서인가? 받는 사람은 당연한 것을 받듯이 당당하고 비굴하지 않다. 이들은 필요하면 언제든지 찾아가고 맞이한다. 함께 살아가는 인생 아니겠는가? 투덕투덕 투박한 정을 쌓아가는 우리 이웃들이다.

웅진백제시대를 잠시 돌아보다

한국공무원문인협회 회원들과 함께 2016년도 상반기 문학기행을 다녀왔다. 목적지는 백제문화권의 역사와 문화가 축적된 공주 일원이다. 공주의 공산성과 인근의 무령왕릉 등 백제시대 왕가의 무덤 일대가 2015년에 유네스코로부터 세계문화유산에 등재되었다고 하니 이번 기행은 의미 있는 현장체험이 될 듯하다.

7월 2일 토요일 아침은 짙게 흐렸다. 전날 많은 비가 내려 모처럼 계획한 문학기행이 힘들지 않을까 걱정이 많았으나 모두가 시간에 맞추어 약속장소에 모였다. 우리들의 모임을 시샘이라도 하듯 비는 올 듯 말 듯 은근히 겁을 주더니 이제는 포기한 모양이다. 버스가 남쪽으로 내려갈수록 날씨는 좋아진다. 밤새도록 노심초사한 하순명 회장님을 비롯해 얼굴들이 환해진다. 친절한 버스 기사님도 한마디 거든다. 출발시간을 칼날처럼 지키는 우리 회원들을 보면서 역시 공무원들은 시간 개념이 남다르다고 하여 모두가 웃었다. 버스 안에서 서로를 소개하였는데 특별히 이번 기행에는 공문협회원뿐만 아니라 회원의 지인이나 본회에 관심이 많은 여러분들이 동행하여 보기에 좋았다.

금강에 둘러싸인 공산성을 오르다

공주에 도착하니 공산성이 우리를 맞이한다. 공산성은 공주산성이라고도 하는데 원래는 산을 중심으로 흙으로 쌓은 토성이었지만 조선시대 임진왜란 이후에 석성으로 고쳐 쌓았다고 한다. 백제 때는 웅진성으로, 고려시대에는 공주산성으로, 조선 인조 이후에는 쌍수산성으로 불린 성이다.

회원들과 밑에서 올려다본 공산성은 생각보다 크고 높아 보인다. 필자는 원래 성이라고 하면 유럽의 크고 가파른 철옹성 같은 웅장한 성이거나 독일의 난공불락의 엘츠성, 중국의 만리장성, 하다못해 철벽같이 구축된 해자와 내외부 방어막으로 설명되는 일본의 구마모토성이나 오사카성같이 장엄하고 규모가 큰 성이 성이라고 생각해왔다. 그와 비교하면 한반도는 땅이 좁고 인구가 적어서인가 우리나라의 성들은 대부분 규모가 작고 약하다는 느낌을 지울 수 없다. 행주산성의 역사적 대첩을 생각하고 산성에 올랐을 때의 실망감, 남강을 배경으로 구축된 진주성의 협소함과 취약한 구조를 보고 놀란 점은 이러한 선입견 때문일 것이다. 그럼에도 불구하고 지형지물을 최대한 잘 살린 자연친화적인 우리나라 축성술은 높게 평가하지 않을 수 없다. 세계최강의 몽골군을 격퇴한 용인의 처인성 대첩과 고구려의 안시성 승리, 비록 삼전도의 굴욕을 가져왔으나 우리 역사 속에서 단 한 번도 함락되지 않은 남한산성은 높고 가파른 천혜의 산세를 이용한 대표적인 예라고 본다. 결국, 성은 자연적인 환경도 중요하지만, 성을 지키고자 하는 지도자의 리더십과 이를 따르는 병사들의 충성심과 용맹한 기개가 중요하다고 보겠다.

정문인 금서루를 지나 구불구불 가파르게 축성된 산성을 따라 오르니 미끄러운 젖은 흙길을 조심스럽게 걸어가듯 위태위태 수도를 지켜나간 공산성의 역사가 생각났다. 백제가 475년 한성에서 도읍하여 538년 부여로 천도할 때까지 64년간 공주는 웅진 백제시대의 중심지였다고 한다. 고구려 장수왕에게 쫓겨 급하게 정한 도읍지라 전략상 중요한 야산에 단단하게 다져진 2,660m 길이의 성곽은 자연적인 해자 역할을 하는 금강변을 따라 잘 구축되어 있으니 역사적인 가치가 크다고 하겠다. 역사적으로 강은 선사이래 생명을 잉태하고 삶을 유지하는 국가의 기반이 되는 중요한 자연환경인데 그런 점에서 금강은 공산성과 함께 잘 어울리는 천혜의 물류 활동과 방어수단을 갖춘 것 같았다.

성곽 곳곳에 나부끼는 여러 색깔의 깃발을 보았다. 단순히 장식을 위한 깃대이거나 아니면 노란 깃발은 백제를 상징하는 나투라는 매 그림인 줄 알았는데 실은 송산리6호 고분에 나온 청룡, 백호, 주작, 현무 그림이라고 한다. 한참을 오르니 지름이 약 10여 미터가량인 커다란 원형의 마른 연못이 눈 아래 있었다. 문화해설사의 설명에 의하면 발굴 당시 이 인공연못 안에서는 토기나 기와 등이 많이 발견되었다고 한다. 아마 공산성의 이 연못은 비상시 식수를 마련하기도 하고 때로는 화재에 대비한 방화수 역할도 한 듯하다. 불현듯 읍참마속의 배경이 된 삼국지의 가정전투가 생각났다. 전략적인 충고를 무시하고 경솔하게 높은 산 위에 진지를 구축하여 마실 물을 확보하지 못해 전투에 패한 마속을 눈물을 흘리며 목을 벤 제갈량의 냉정한 결단! 우리에게 많은 점을 시사하고 있다. 이후 백제는 공산성을 거점으로 중국의 남조와 활발한 정치, 경제, 문화교류 활동을 통하여 한반도에서 알찬 번영의 시대를 보내게 된다.

이제 거의 다 내려온 모양이다. 덥고 습한 날씨에 잠시 공북루에서 쉬어 가기로 했다. 우리가 누구인가 문학을 사랑하는 사람들이다. 옛날엔 산성을 지키는 누각이었으나 지금은 풍류를 즐기는 문인들의 누각이다. 난간에 몸을 기대어 앉아 시 낭송의 시간을 가졌다. 오늘 문학기행의 백미이다. 여러 회원이 자기만의 시를 다양한 모습으로 낭송하였는데 낭송은 시를 입체적으로 느낄 수 있는 기회를 주었다. 숨겨진 속뜻을 생각하며 주의 깊게 때론 열정적으로 낭송한 시들이 마음에 와닿는 순간이다. 시간 관계로 미처 낭송하지 못한 나의 시를 조용히 음미해 본다.

> 백제 석공의 망치 소리에 산성山城은 조금씩 단단해지고
> 흐르는 금강은 쉬어 가듯 잠시 역사를 내려놓는다
> 몇백 년 후 누각에 오른 민초들이
> 풀꽃처럼 강인한 그대들을 생각할 터
> 이제는 거친 손길을 거두고 고향으로 가소서

풍금 소리에 담은 나태주 풀꽃기념관

공산성 주변의 이름난 쌈밥집에서 맛깔난 점심을 먹은 후 공주가 자랑하는 향토시인 나태주의 풀꽃문학관을 찾았다. 조그만 야산을 뒤로 전원주택 같은 집이 정갈한 모습으로 자리 잡고 있었다. 시인은 오랜 기간 초등학교 교사로 있었으며 1971년 시 '대숲 아래서'가 신춘문예에 당선되면서 늦게 문단 활동을 한 분이다. 2010년부터 공주문화원 원장으로 재직 중인데 바쁜 중에도 우리 일행을 반갑게 맞이한다. 돌아가신 아버지가 초등학교 교장 출신이라 그런지 더 반갑게 느껴진다.

문학관 곳곳은 그의 대표적인 시 '풀꽃'을 담은 글귀, "자세히 보아야 예쁘다/ 오래 보아야 사랑스럽다/ 너도 그렇다"가 다양한 형태로 전시되어 있다. 그리고 또 다른 시가 빼곡히 전시되어 있다. 시인은 시와 함께 그림에도 남다른 재능이 있어 자세히 보고 있노라면 사랑스럽고 예쁜 그림이 시만큼 빠져들게 한다. 게다가 노 시인은 시에 대한 안목을 가질 수 있도록 강의도 하고 직접 풍금을 타면서 모두를 동심의 세계로 이끌어 어린아이처럼 함께 합창도 하였다. 오빠 생각도 하고, 강변에서 갈잎을 보고, 등대를 지키는 아름다운 사람의 마음을 생각하니 풀잎향기가 풍금 소리에 둥둥 떠다니는 듯하였다. 둘러보니 풀꽃이라는 같은 제목의 시가 있었다. 이름을 알면 이웃이 되고, 색깔을 알고 나면 친구가 되고, 모양까지 알고 나면 연인이 된다는 시이다. 이 시간 우리 모두는 자연스럽게 이웃이 되고, 친구가 되고, 서로 사랑하는 연인이 되었다.

무령왕릉에서 E. H. Carr를 생각하다

우리는 이제 현재를 잠시 내려놓고 무덤 속으로 여행을 떠나기로 하였다. 먼저 도착한 곳은 송산리 고분군이었다. 따가운 햇살로 모두 지쳐가는 기색이 역력하던 때 고분 안에 들어서니 무엇보다도 시원함이 밖으로 나가기 싫을 정도였다. 무덤 속이니 응당 서늘하려니와 아늑하기까지 한 그곳은 벽돌 하나하나가 제 몫을 다하며 우리를 반기고 있었다.

공주 송산리 고분군은 백제의 왕과 왕족들의 무덤이 모여있는 곳이다. 현재 17개의 무덤이 조사되었는데, 무령왕릉까지 7개가 복원되었다. 송산리고분군은 백제의 전통적인 굴식돌방무덤[橫穴式石室墳]이 주종을 이룬다. 송산리고분 1~5호는 돌방무덤형태로 돌로 널방을 만들고 천장을 돔형식으로 둥글게 만든 것을 볼 수 있었다. 반면에 송산리고분 6호분과 무령왕릉은 중국 남조의 영향을 받아서인지 당시 중국 양梁나라 지배계층의 무덤형식을 그대로 모방하여 축조한 벽돌무덤[塼築墳] 형태였다. 무령왕릉은 발굴 당시 특이하게도 무덤 안에서 무덤의 주인공을 알려주는 묘지석墓誌石이 발견되어 백제 제25대 무령왕(재위 501~523)의 무덤이라는 사실이 밝혀졌다.

무령왕은 당시로는 늦은 나이인 40세가 되어 왕위에 올랐다고 한다. 대외적으로는 고구려와의 끊임없는 전쟁으로 한강 일부를 수복하였고, 강력한 중앙집권을 도모하기 위해 22담로에 왕족을 파견하여 지방에 대한 통제력을 강화하였다. 내치로는 농업을 진작振作하기 위해

수리시설들을 확충하여 명실상부한 백제 중기의 강력한 왕권 국가를 건설하였다. 무령왕릉은 1997년까지는 관람객이 직접 왕릉에 들어가 볼 수 있었는데 지금은 보존의 문제로 입장이 되지 않는다. 하지만 똑같이 만들어진 무령왕릉이 있어 어려움이 없었다. 인상적인 것은 무덤 안에도 등잔과 창문이 있어서 빛으로 내세를 밝히고자 기원한 백제인들의 바램을 볼 수 있었다. 무덤이 아니라 사람이 사는 집이라 여긴 것 같았다. 고분들 옆에 세워진 웅진백제역사관에서는 한반도의 한 시대를 열어간 또 다른 백제인들의 삶을 엿볼 수 있었다.

무령왕릉에서 출토된 수많은 유물은 인근의 국립공주박물관에 그대로 전시되어 있어 좀 더 많은 유물을 접할 수 있었다. 그중에서도 불꽃이 타오르는 모양을 한 무령왕과 왕비의 금제관식은 그 화려함과 섬세함, 우아함 등이 단연 나라의 보물임을 드러내고 있었다. 찬란한 백제문화라는 말을 증명이라도 하듯 빛을 내는 여러 유물을 보노라니 역사는 과거와 현재의 대화이며 역사를 잊은 민족은 그 역사를 되풀이한다고 한 E. H. Carr의 말이 떠올랐다.

고마나루에서 숲속의 곰이 되다

마지막 여정이라는 아쉬운 마음을 담으며 들린 곳은 고마나루 소나무 숲이다. 웅진이라는 지명이 말하듯 고마나루는 금강의 나루터이다. 소나무 하나하나의 자태가 예사롭지 않다. 금강을 배경으로 해무를 낀 소나무 숲은 많은 사진작가가 찾는 곳이기도 하다. 고마나루 숲속에는 곰사당이 있다. 한 어부가 고마나루 맞은편에 있는 연미산의 암곰에게 잡혀가 부부가 되어 두 명의 자식까지 두었는데, 어부가 도망을 가버리자 이를 비관한 암곰이 자식과 함께 금강에 빠져 죽었다고 하여 이들의 원혼을 달래기 위한 사당이다. 숲속에는 곳곳에 돌로 만든 여러 모양의 곰 조형물이 있다. 평소 복뎅이 곰이라는 애칭으로 부르는 아내가 석상에 기대어 이리저리 포즈를 잡는 것을 보고 모처럼 이산가족 상봉하느냐고 놀리니 그리 싫어하는 눈치는 아니다. 막걸리를 마시며 하얗게 흩뿌려진 개망초 꽃을 바라보던 우리 공문협 회원 모두는 다시 한번 이웃이며 친구이며 연인이 되었다. 오늘 하루를 알차고 내실 있는 문학기행으로 만들고자 기획하고 추진해주신 한국공무원문인협회 하순명 회장님과 모든 관계자 여러분에게 깊은 감사를 드린다(2016년 5월).

광화문 풍경

얼마 전 미국 비자를 발급받기 위해 미국 대사관을 방문할 기회가 있었다. 이번 여름방학 때 캐나다로 특수교육 해외연수를 가게 되었는데, 이왕 간 것이니 주말에는 인근 미국을 방문하여 이것저것 견문과 소양을 넓히는 것이 좋다고 생각되었기 때문이다. 바쁜 학교 일을 뒤로하고 서울지하철 5호선에서 내려 광화문역 2번 출구로 나오니 분위기가 심상찮았다. 수많은 전투경찰이 일사불란하게 포진한 가운데 일단의 군중들이 확성기 소리 요란하게 김선일 씨를 추모하고 이라크파병을 반대하는 시위를 하고 있었다. 언뜻 보니 시위대는 한총련 학생들과 한국청년연합회, 그리고 이라크파병반대범국민연대로 구성된 것 같았다.

시간이 조금 남아서 정보통신부 건물 앞에 앉아 숨을 고르고 있었는데 바로 앞에는 많은 전투경찰이 도열하여 앉아 있었다. 모두가 오와 열을 정확히 맞추어 철모를 깔고 앉았는데 방패도 손잡이가 모두 오른쪽으로 위치하여 마치 잘 짜여진 모자이크 같았다. 내리쬐는 뙤약볕 아래 움직이면 큰일이라도 나듯 이들은 그로테스크한 무표정한 얼굴과 검푸른 제복으로 일본 애니메이션 영화인 공각기동대의 한 모습을 연상케 했다. 잠깐 앉아 있는 동안 정보통신부의 공무원들이 두런두런 보인다. 일부는 점심 식사 후 이를 쑤시며 삼삼오오 짝을 지어 들어오고 있었으며 일부는 끽연의 즐거움을 갖기 위해 빌딩에서 쫓겨난 구차한 모습이다. 이들은 시위를 하는 바깥 한 모퉁이에서 마치 남의 일을 보듯 현장을 구경하며 잡담을 한다. 이 시간만은 직급을 무시한 모양인 듯 모두가 둥글게 모여 한입으로 그동안 쌓인 스트레스를 날려 보낸다.

김선일 씨를 추모하는 스님의 독경 행진의 뒤로 일단의 운동가들이 천천히 따라 걷는다. 혹시나 해서 살펴보니 시위대 가운데 홍근수 목사님의 모습이 보였다. 반가운 마음에 만나 뵙고 인사를 드리니 손을 잡고 흔드시면서 대뜸 "학생들 많이 왔으면 좋겠다"고 하셨다. 아마 홍 목사님은 급한 마음에 내가 특수학교에 다니는 것을 깜빡하신 것 같았다. 그저 공분에 못 이겨 모임에 나왔는데 사람은 적고 분위기는 조성되지 않으니 급한 마음에 학생들을 많이 데리고 나오라고 하신 게다.
순간 나는 부끄러웠다. 목사님은 이 땡볕에 늙은 몸을 이끌고 잘못된 일에 분노하고 그 잘못을 고치고자 몸으로 표현하고 있는데 나는 편하게 해외연수를 위해 비자발급을 신청하고 있으니 말이다. 목사님은 내가 일부러 시위 현장에 온 것으로 알고 계셨다. 어찌 되었든 목사님을 위시해 여러 사람과 인사하고 아까의 자리로 돌아오니 옆자리에 같이 앉아 있던 사복 차림의 젊은이들이 힐끗거린다. 나중에 알았지만, 이들은 바로 사진 채증반들이었다. 그들은 내가 이상한 모양이다. 적극적으로 시위에는 가담하지 않으면서 현장은 자주 들락날락하니 나이와 옷차림으로 미루어 도무지 종잡을 수 없는 모양이다.

그러거나 말거나 한 40분 정도 기다려 미국 대사관 관내로 들어갔다. 1998년 하와이로 연수를 가기 위해 비자발급을 기다린 기억을 더듬으니 지금은 많이 빨라졌다는 생각이 들었다. 미국 대사관은 거대한 치외법권처럼 그 위용을 자랑하고 있었는데 많은 사람이 한 장의 입국사증을 받기 위해 길게 늘어서 있다. 잠시 힘없는 나라의 실상이 감상적으로 다가왔지만 마음을 다잡고 내 차례를 기다렸다. 여러 가지 수속을 밟고 있는데 중고등학생들이 굉장히 많았다. 인터뷰 창구를 별도로 마련할 정도로 많은 학생이 인터뷰를 신청하였는데 특히 충남교육청에서 온 학생들이 눈에 띄었다. 지금 반미감정이 고조되고 있는 것을 아는 탓인가? 아님 지금 당장 밖에서 시위를 하는 분위기를 의식해서인가? 생각보다 대사관 직원 및 영사들은 친절하였다. 내 인터뷰는 다른 사람에 비해 아주 간략히 끝났다. 아마 특수학교에 근무하고 있다는 점이 강점으로 작용한 것 같다. 의례적인 인사지만 "잘 다녀오시라"는 말에 만족하며 대사관을 나왔다.

다시 광화문역으로 내려가기 전에 잠시 서서 서울의 한복판을 생각하니 무언지 모르지만, 그동안 잘 정리 정돈된 나의 생각과 관점이 조금씩 흐트러지는 느낌이다. 어찌 되었든 서울 시민들은, 아니 우리 모두는 열심히 살아간다. 시위대는 종전에 비해 별로 보이지 않는다. 아마 저녁의 촛불 모임을 계획하고 해산한 모양이다. 전투경찰도 이제는 이동하여 다른 곳에서 진압 훈련을 받거나 지친 몸을 쉬고 있을 것이다. 정통부 관리들은 외교통상부의 입장을 보고 안도할 것이다. 혹 이 땅이 싫어서 이민을 계획한 사람은 비자발급이 보장 안 된다는 이야기를 듣고 좌절감에서 그 원인을 찾고 고민할 것이다. 나 또한 제대한 지 얼마 안 되는 아들 녀석이 시위에 참가하지 않을까 마음 쓰고 있지 않은가? 광화문은 이렇게 모든 사람을 안으며 조용히 어느 여름 하루를 받아들이고 있었다(2002년 6월).

배 려

 며칠 전의 일입니다. 두 가지 조그만 일이 나를 잔잔하게 흔들었습니다. 제천서 자취생활을 하는 나는 가끔은 가사의 일부를 전문인들에게 의뢰하는 경우가 있습니다. 침대가 오래된 것 같아서 침대 전문세탁업체에 세탁을 부탁하였습니다. 새로이 사업을 시작한 듯 젊고 의욕적인 젊은 사장이 와서 침대를 들어내고 장비를 설치하는 등 열심히 움직이고 있었습니다. 열심히, 그리고 하도 꼼꼼하게 일을 하는지라 관심을 갖고 지켜보았지요. 물청소가 필요하니 화장실 물을 좀 사용하겠다고 하여 그러라고 하였습니다.

 침대세탁을 다 하고 그 사람이 돌아간 후의 일이었습니다. 욕실에 들어가 보니까 화장실 신발이 내가 들어가면서 바로 신을 수 있도록 가지런히 정리되어 있었습니다. 그리고 평소에 제대로 걸어 놓지 않은 샤워호스가 벽에 단정히 걸려 있었습니다. 새삼스럽게 방금 떠난 젊은 사장의 얼굴이 생각났습니다. 내가 알기로는 그는 제천에서는 최초로 침대세탁업을 하는 사람입니다. 그가 하는 사업이 정말 잘되겠구나 하는 생각이 절로 났습니다.

나는 프로야구를 아주 좋아합니다. 과장되게 말한다면 인생의 제1순위가 프로야구단 '현대 유니콘스'에 대한 애정일 정도이지요. 아침 일찍일어나 배달된 신문에 코를 박고 잉크 냄새에 묻어나는 어제 치른 격전의 흔적을 만끽하는 기분은 그 누구도 모릅니다. 더더구나 이겼다면 더말할 나위 없이 그 기쁨은 오래가고 강력합니다.

그런데 요즘은 간혹 스포츠 신문이 없어집니다. 그래서 아침 일찍 일어나 배달하는 젊은 아주머니를 만났습니다. 그리고 미안하지만, 신문을 투입구에 넣어달라고 하였습니다. 그러자 그 아주머니는 자기는 이달까지만 하고 관두니까 다음 사람에게 부탁하라고 하였습니다. 그래서 일리가 있는 일이라고 생각하고 그냥 며칠을 지냈습니다.

7월이 되었습니다. 그때부터 내가 구독하는 두 가지 신문이 마치 관물을 정리한 것처럼 가지런히 포개어져 문 바깥에 놓이기 시작하였습니다. 어느 정도인가 하면 내가 문을 열고 나가도 신문이 밀리지 않도록 한편으로 말입니다. 그래서 나는 그 사람이 궁금해지기 시작하였습니다. 과연 어떤 사람이길래 이렇게 치밀하게 다른 사람을 배려할까 하는 생각이 들었지요. 이 일은 새삼스럽게 나 자신을 돌아보게 만들었고 평소 설렁설렁 사는 나를 부끄럽게 만들었습니다. 그래도 신문이 투입구 안으로 안 들어오는 것은 아마 전임자로부터 인수인계가 잘 안 되었을 것이라고 생각하였습니다. 그래서 지난 달력을 한 장 찢어서 다음과 같이 적었습니다. '610호 구독자입니다. 번거롭지만 신문을 투입구 안에 넣어 주시길 바랍니다. 늘 감사하는 마음으로 보고 있습니다. 좋은 하루 되십시오.' 그날 이후 신문은 칼날처럼 집안으로 들어와 아침 일찍 화장실에 앉아 신문을 보는 나에게 즐거움을 주었습니다.

장애 학생들과 함께 생활하는 나는 아직까지도 다른 사람에 대한 배려가 많이 부족합니다. 그래서인지 다른 사람의 입장과 처지를 우선적으로 생각하는 사람들을 볼 때마다 '아! 나는 아직 멀었구나' 하는 생각이 듭니다. 말이 쉽지, 이러한 마음가짐은 실제 생활에서 실천하기에는 어려움이 많기 때문입니다. 돌이켜보면 우리는 말로만 다른 사람을 사랑하고 배려한다고 해놓고 막상 실천하지 못한 경우가 많습니다.

앞에서 이야기한 청년 사장과 이름 모르는 신문 배달인의 모습이 나를 신선하게 만든 것은 다름 아니라 실천하는 따뜻한 배려의 마음을 보았기 때문입니다. 두 가지 일을 보고 내가 조그만 감동으로 이 더운 여름을 지나듯 나도 진심으로 다른 사람을 좋아하고 배려하는 마음가짐으로 이 여름을 채워 나가겠습니다. 조금은 시원해지는군요(2000년 8월).

세상의 얼룩

강 선생님,

남다른 무더위 속에 잘 지내십니까? 참으로 더운 여름입니다. 맹렬하다 못해 난폭하고 사납습니다. 건강이 최고라는데 각별한 유의를 바랍니다. 시대가 알아주지 못하는 천재의 열정과 울분을 혼자서 삭이려니 더더욱 덥겠지요. 저는 평소 착한 마음 씀씀이와 현대 의학의 힘으로 보다 젊어지고 있으니 부디 과학의 탓이라고 놀리지 마십시오. 하하하!

이상고온이 계속되니까 영국의 과학자 제임스 러브록James Lovelock이 주장한 가이아 理論Gaia hypothesis이 생각납니다. 다음은 인용 글입니다.

가이아Gaia란 고대 그리스인들이 대지의 여신을 부른 이름으로써, 지구를 은유적으로 나타낸 말이다. 러브록은 지구와 지구에 살고 있는 생물, 대기권, 대양, 토양까지를 포함하는 신성하고 지성적인, 즉 능동적이고 살아 있는 지구를 가리키는 존재로 가이아를 사용했다. 가이아 이론은 지구를 단순히 기체에 둘러싸인 암석덩이로 생명체를 지탱해주기만 하는 것이 아니라 생물과 무생물이 상호작용하면서 스스로 진화하고 변화해 나가는 하나의 생명체이자 유기체임을 강조한다. 가이아 이론은 하나의 가설에 불과하지만 지구 온난화 현상과 최근의 지구환경 문제와 관련해 새롭게 주목받았으며, 환경주의와 관련해서는 끊임없이 인용되고 있다. 하지만 리처드 도킨스를 비롯한 주류 생물학계에서는 냉담하게 반응한다. 도킨스는 자연선택은 이기성과 맹목성에 이끌려서 진행된다면서 강력하게 반박하였다.

요즘 들어 저는 지구는 스스로 자기를 조절하는 능력이 있는 유기체라는 가이아 이론에 약간의 매력을 느낍니다. 비록 리처드 도킨스가 러브록의 가설을 '나쁜 詩的 과학'이라고 거칠게 비판했지만 말입니다. 러브록은 지구를 살아 있는 생명체로 인식하게 될 때 우리는 광대한 우주 속에서 미묘한 균형을 갖추고 있는 '살아 있는 지구'의 기적에 놀라지 않을 수 없다고 하며 "현재와 과거의 역사를 통해 지구의 기후와 화학 특성은 항상 생명에게 최적의 상태였던 것으로 보인다"라고 결론짓고 있습니다.

지금 우리 사회는 정치, 경제, 문화, 교육 등 각 분야에서 많은 어려움과 혼란을 안고 있습니다. 크게는 평화통일이라는 공통의 관심사가 한민족에게 주어졌으며, 진보와 보수로 대변되는 이념적 갈등과 뿌리 깊은 지역별 갈등과 계층 간 격차도 만만치 않습니다. 공정한 절차적 정의를 요구하는 사회구성원들의 요구도 끊임없이 분출되고 있습니다. 전에 보이지 않던 세대 간 갈등도 눈에 뜨입니다.

저는 우리 사회 각계각층을 유지하고 있는 다양한 조직도 하나의 살아 있는 유기적인 역동체라고 생각합니다. 강 선생님이 관여하고 있는 학교조직도 마찬가지라고 생각합니다. 그래서 각 분야를 이끌고 있는 지도자들의 책무가 아주 중요하다고 봅니다. 리더들이 현안 해결을 위한 목표 및 방향설정과 개입전략, 인적자원의 적정 배분 등에 대해 실제적인 능력을 보여주기를 기대합니다. 강 선생님은 평소에 우리 사회의 구조적 모순과 갈등 등에 대해 많은 고민을 하신 거로 알고 있습니다. 혹 러브록을 만난다면 일말의 공감하는 부분이 많아 서로가 많은 의견을 나누지 않을까요?

우리는 지금 코로나19 이전 시대와 이후 시대를 구분하며 '회복'을 상상하던 시기를 지나, 코로나19와 함께 하는 시대의 새로운 일상을 준비하지 않으면 안 되는 전 인류적 위기 시대를 살아가고 있습니다. 탐욕의 문명 세계를 발전시켜온 인류를 향해 "멈춰라, 성찰하라, 돌이키라"는 아름다운 지구별의 명령은, 생태적 회심과 문명사적 전환을 요청하는 보다 근본적이고 우주적인 경고를 담고 있습니다. 앞으로 인간은 코로나19 이전 시대로의 회복이 아니라 나를 포함한 이웃과 지역사회, 국가, 지구촌 전체가 생태학적, 의식적인 전환을 변혁적으로 이루어야 살아남는다는 무시무시한 의미를 알아야 합니다.

이러한 상황인식을 하면서 우리가 힘을 합쳐서 지혜롭게 버티고, 또 버틴다면 지구라는 큰 공동체는 스스로 자정하여 이 땅을 원래의 좋았던 모습으로 돌려놓지 않을까 생각합니다. 그동안 함부로 살아온 우리 인간에게 견딜 만큼 여러 가지 교훈을 준 후 스스로 최적의 상태로 돌야간 이 땅 위에서 우리 모두 평화롭게 지내는 미래를 생각합니다.

　강 선생님의 고향인 '강원도의 힘'에 바탕 둔 뚝심과 냉철한 전략, 그리고 이제는 불필요하다고 생각되는 선생님의 위악적인 모습만 조금씩 줄여나간다면 요즘의 어려운 시기가 그렇게 힘들지는 않을 것이라고 봅니다. 조금 지나면 계절은 알아서 이 땅을 식히지 않을까요? 그리고 견딜 만큼 여러 가지 교훈을 준 후 스스로 최적의 상태로 돌아가지 않을까요? 혹자가 이런 말을 하였습니다. "내가 세상의 얼룩이 되어야 다른 사람이 나를 아는 척한다. 그리고 그 위에 자신의 선함을 그린다."

　강 선생님, 우리는 나중에 세상의 별이 될까요? 아니면 뜻 없는 먼지가 되어 우주를 떠다닐까요? 문득 가을 낙엽을 몸에 담으며 선생님을 생각해 보았습니다. 앞으로 장애인들의 좋은 삶을 위해 노력하시는 강 선생님의 활동을 크게 기대합니다. 내내 건강하십시오(2018년 가을 초입에).

가을 그 지독함!

가을만 오면 나는 어김없이 쓸쓸한 공기를 밀고 들어오는 알 수 없는 열병에 걸린다. 몸은 사정없이 아파오고 끊임없는 가슴앓이가 계속된다. 생채기처럼 날카롭고 쓰라리지는 않으나 신기 들린 무속인이 가슴을 짓누르고 있는 듯하다. 전에는 그냥 가을이 주는 서늘함에 혼자 절절하였는데 요즈음은 마냥 쓸쓸하다. 그리고 우울하다. 요즈음 이러다가 죽지는 않을까 하는 생각에 매일을 무겁게 시작하는데 이럴 때 떠나는 여행은 치명적일 것이다. 모든 보이는 것들 때문에, 그것이 살았든 죽었든 간에 그로 인해 숨 막혀 하며 이 가을이 가기 전에 쓰러질 것이다.

바깥으로 나오니 묵은 시간의 퇴적물이 소리 없이 공기를 누르고 있었다. 학교진입로 공사를 알아보기 위해 학교를 나섰다. 현재 다니고 있는 학교길이 좁고 불편하여 학교 뒷산 쪽으로 새로운 길을 내기 위해 현장을 살펴보려는 것이다. 반 시간 정도 걸려 학교 뒤편에 다다르니 야산과 주위의 농가들이 스산하게 눈에 들어왔다. 가을 초입의 시골 밭에는 제법 속이 꽉 찬 작물들이 이리저리 서 있거나 뒹굴고 있다. 그동안 푸르게 어우러지던 몸뚱어리들이 지나간 영화를 놓치기 싫어하듯 열매들을 움켜쥐고 있으나 반쯤은 발가벗은 몸이다. 누구나 그러하듯 이들도 곧 모든 것을 내놓아야 하지 않을까? 가을 햇살이 아직까지는 한 줌의 희망이다.

작은 농로를 오르니 이제 갓 출산한 늙은 산부의 쉬고 있는 모습으로 커다란 조선호박들이 쉬엄쉬엄 나를 맞이한다. 풀벌레 소리 하나 없어 사방이 이상하리만큼 조용한데 쑥부쟁이 향기 따라 폐농가의 기둥을 오르는 작은 벌레들의 움직임만 슬픈 적요를 만들어간다.

포도과수원에는 바짝 마른 포도나무가지들이 앙상하게 가을하늘을 지그재그로 그리고 있었는데 소출을 다 떨어뜨린 가지는 몇 개의 페트병들을 달고 있었다. 웬 병이냐는 물음에 포도를 공격하는 말벌들을 퇴치하기 위한 거란다. 학교에서 양봉을 조금 해 본 나로서도 처음 들어 보는 이야기이다. 이야기인즉 빈 병에 막걸리를 채우고 거기에다 복숭아 넥타를 으깨어 넣어두면 말벌들이 먹다가 빠져나오지 못하고 죽는다는 것이다. 아마 지금 내가 보고 있는 병 안에도 순간의 배고픔과 유혹에 못 이긴 말벌들이 말라비틀어져, 혹은 술과 함께 범벅이 되어 죽어있으리라. 주위 둔덕에는 무게를 지탱 못 해 도랑으로 굴러떨어진 아까의 그 커다란 호박들이 펑퍼짐하게 누워있다. 이왕 업진 것이니 편하게 오는 가을이나 맞이하자는 듯 태평한 모습인데 이들은 머지않아 닥쳐올 몸보신용 중탕의 뜨거운 신세를 모르는 듯하다.

구색이 무슨 상관인가? 바쁜 농사철에 힘쓸만한 젊은 일손도 없으니 대강 비바람만 가려도 좋다는 식으로 지은 슬래브 집과 간단한 조립식 건물에 행정기관은 그들의 영향력을 사정없이 과시한다. 문패 대신 번지를 쉽게 찾아주겠다고 생색낸 '건물 이름 찾아주기 표'가 댕그러니 걸려있다.

　진입도로를 위한 길을 매입할 경우 보상이다 뭐다 해서 복잡한 일들이 많을 것이라고 생각하니 골치가 아팠다. 밀짚모자를 쓴 노년기의 한 농부가 부근의 마른 개울에서 모래를 퍼 담고 있었다. 바로 얼마 전에 정년퇴임하신 반인식 교장 선생님이다. 인사를 드리니 많이 반가워하신다. 근처에 집이 있는데 지금은 양봉을 한 100여 통 하신다고 한다. 올해는 진드기병으로 크게 재미를 못 보았다고 안타까워하신다. 아까 포도밭에 매달린 병에 대한 설명도 교장 선생님이 해주신 것이다. 가을빛 아래 아직은 정정함이 엿보이는데 전보다 조금씩 천천히 움직이시는 것 같아 죄송스러웠다. 새로운 진입로가 어디로 나야 좋을까를 예상하면서 교장 선생님과 함께 걸으며 이것저것 이야기를 나누었다. 보상을 할 경우 누구누구는 어떠할 것이다라는 이야기부터 지역 주민들이 반대하여 철도가 우회하여 나게 된 이야기, 그리고 그것 때문에 반대한 주민의 수만큼 당시의 국회의원이 아슬아슬하게 낙선한 후일담 등을 듣자니 가을이 조금씩 비켜나고 있었다. 문득 하늘을 보니 저 높이 구름이 있었다. 그리고 가을은 더욱더 멀리, 그리고 빠르게 달아나고 있었다. 그렇구나! 모두 서둘러 채비하고 있는데 나는 도대체 무얼 하고 있단 말인가? 이 가을에 소매 잡는 이가 있다면 마냥 떠나야겠다(2003년 제천에서).

롯데 팬들의 열정, 그리고 흘린 눈물

오랜만에 야구장을 다녀왔다. 삼성전 싹쓸이의 기세가 이어진다는 긍정적인 낙관을 하며 연승의 기운을 가득 기대하였으나 손승락 투수가 초반부터 난타를 당하였다. 초반 이대호에게 맞은 1점짜리 홈런은 그렇다 치더라도 김동수 선수의 도루견제 2루 악송구는 게임의 흐름상 치명적이었다고 보았다. 손승락 선수의 공이 너무 깨끗하여 답답한 나머지 제발 공 좀 지저분하게 던지라고 고함도 지르고 하는 사이, 흐름은 역전이 힘든 분위기로 이어졌다. 결국, 지고 말았는데 몇 가지 소득이 있었다고 본다.

첫째는 송신영 선수의 분기다. 빈볼 후 오히려 선수가 성질부린다고 어느 글에서 비판적으로 쓴 글을 보았는데 나는 오히려 보기 좋았다. 모처럼 머리를 짧게 깎고 자신을 다잡는 마당에 그 정도의 결기는 필요하지 않을까? 순둥이 같은 우리 현대 선수 중에 그래도 한 성깔 보이는 것 같아 흐뭇했다. 그래서 철망에 바짝 붙어 퇴장을 선언한 주심에게 온갖 험한 소리를 해가며 송신영 선수에게는 잘했다고 큰소리로 격려하였다.

둘째는, 모처럼 2군에서 올라온 선수들의 활약이다. 정수성 선수가 끈질기게 손민한 선수의 공을 파울볼로 걷어내더니 결국은 안타를 만들고 나간 것, 그리고 강정호 선수와 조평호 선수의 등장 자체가 곧 실현 가능한 큰 가능성으로 생각되어 기분이 좋았다.

게임 후에 일부러 롯데 선수단이 나오는 출구를 향하니 분위기가 장난이 아니다. 팀 순위가 하위를 오르내리는데 불구하고 그들의 팀 사랑과 야구 사랑은 정말 대단하다. 잘은 모르지만, 롯데 팬들의 이 같은 열정은 아마 세계 제일이지 않을까 본다. 나오는 선수들을 향해 일당백의 팬들이 힘차게 연호하고 일체감이 되어 응원가를 부른다. 특히 한 운전기사는 자신의 택시를 세워놓고 카스테레오를 통해 부산갈매기를 크게 틀어놓고 본 네트 위에 올라가 깃발을 흔들고 정열적으로 응원한다. 대단하고 불꽃 같은 열정들이다.

혹, 우리 현대가 부산으로 가게 되면 저러한 과분한 사랑을 받을 수 있을까 하는 불순한(?) 생각도 살짝 해보았다. 갑자기 옛날 인천 도원구장의 이 못지않은 현대 사랑과 인천시민들의 열정이 생각나니 연고지가 확정 안 된 현대의 처지를 생각하고 비참한 기분에 깊은 가을밤을 걸어 나오며 남몰래 눈물을 흘렸다. 좋은 성적에 비해 너무나 조용히, 그리고 점잖게 응원하는 우리 팬들을 보고 롯데가 한없이 부러운 하루였다. 그래도 이제 현대유니콘스는 가을 잔치에 나간다. 모처럼 마무리를 잘하여 현대유니콘스 특유의 조직적이면서도 직관과 확률이 잘 조화된 이기는 야구를 모든 야구팬에게 보여주기를 바란다. 끝으로 손민한 선수의 호투에도 찬사를 보낸다.

* 현대 홈피에서 조금 뭉클하기라도 할까… 암튼 그런 글이 있어 퍼옵니다. 이 글을 보면서… 부산에 살고 롯데 팬이지만, 그래도 야구 열정이라는 단어가 역시 부산사람 체질인가 봅니다. 그래도 부산사람이라 행복한 게 이건가요?

작성자 - 김병모(k1120315)

작성일 - 2006-09-01 오후 11:57:31

조회수 - 1404회

* 김희영(Buddy) (2006-09-02 오전 12:00:38)

야구가 뭔지를 아는 분의 글이네요…

* 이준우(actto88) (2006-09-02 오전 12:16:52)

이런 분이 진정한 야구팬이죠… 자기 팀을 아낄 줄 알고 더군다나 상대 팀의 좋은 점은 칭찬해주고…

* 유광환(skyhwan1) (2006-09-02 오전 12:21:10)

참 이렇게 어긋나는 두 팀이 있을 수가… 한 팀은 어려운 가운데서도 항상 상위권 유지… 그래도 야구장은 늘 썰렁하고… 한 팀은 목이 메어라 터져라 찢어져라 응원하는 수백만의 팬들을 거느리고도… 언제까지 그래도 응원은 우리가 제일이라는 생각 하나로 버티라는 거냐…

* 궁지운(jwkung) (2006-09-02 오전 12:22:48)

좋은 글인데… "순둥이 같은 우리 현대 선수들"은 좀 아닌 거 같네요… 제가 볼 때는 성질 더러운 놈들밖에 없던데…

* 하의성(ultraha) (2006-09-02 오전 1:00:27)

개념탑재!

* 홍미경(dmsgkd7777) (2006-09-02 오전 9:58:01)

택시…잠실 호루라기님을 말씀 하신 듯… ^^*

* 김동민(nanta31) (2006-09-02 오전 11:57:19)

현대~~ 울산 인구의 40%가 현대밥을 먹고 있죠 롯데야… 니가 부산에

피 빨아 먹는 것 말고 하는기 뭐고.

장작더미 위에서 짐승의 쓸개를
핥고 싶은가?

우리나라 프로야구가 출범한 이래 삼미, 청보, 태평양을 거쳐 현대유니콘스를 일관되게 사랑해 온 한 조용한 노장 팬입니다. 지금까지 선수단에게 질책성 글은 가급적 올리지 않으려고 노력해왔습니다.

그러나 어제 롯데와의 수원 경기(2005년 6월 4일)를 지켜보면서 '이것은 아니다'라는 생각이 강하게 들었습니다. 우리 팀의 수많은 경기를 보아왔지만, 어제와 같은 경기는 선수들의 기량과 능력여부를 떠나 경기에 임하는 정신자세가 큰 문제가 아닌가 하는 생각이 들었습니다.

특히 외야의 한 선수가 느릿느릿 걸어가듯 펜스플레이를 하는 것을 보았는데, 이것은 비록 기록상으로는 그라운드홈런으로 인정되지 않았지만—사실 기록은 그렇게 중요하지 않지요—치욕적인 직무 유기성 플레이로 조직력과 정신적인 요소가 강조되는 야구의 특성상 우리 선수단의 전체분위기에 좋지 않은 영향을 주지 않을까 생각되었습니다. 아울러 이것이 현재 우리 선수단의 대표적인 모습이 아닌가 걱정되었습니다.

일제시대에 만주지역에서 살았던 한 조선인 사냥꾼의 이야기를 소개합니다. 그 당시 만주지역에는 호랑이 사육장에 사냥개 몇 마리를 집어넣어 얼마나 오래 버티고 살아남는가를 내기하는 도박경기가 흥행했다고 합니다. 호랑이 우리에 던져진 개들은 대개의 경우 밀림의 왕인 호랑이의 흉맹한 기세에 눌려 싸울 기세는커녕 시선도 마주치지 못하고 그 자리에서 오줌을 질질 싸다가 호랑이의 흉포한 이빨에 갈기갈기 찢겨 죽는다고 합니다. 그런데 우리의 주인공인 한 조선의 풍산개는 처참한 살육의 와중에도 침착하고도 조용히 호랑이를 노려보고 있다가 방심한 호랑이의 목을 물고 늘어져 자기 몸도 걸레처럼 찢겨 죽고 결국 호랑이도 죽였다는 실화가 있습니다. 그 과정을 자세히 묘사하지 못해 조금은 유감입니다.

어릴 적 본 실화인데 대담하고 침착한 우리 조선 개의 모습을 보는 것 같아 좋았습니다. 지금 제가 바라는 것은 거창하게 풍산개처럼 대담하고 단호한 살신성인의 자세를 기대하는 것이 아닙니다. 그저 최선을 다해 달라는 것입니다. 수많은 팬이 선수들의 일거수일투족에 일희일비하고 마음속으로, 아니 뼛속까지 일체화하여 응원하고 있다는 것을 생각한다면 전력을 다해야겠지요. 아니 전력을 다하는 것이 무리라면 최선을 다해 주십시오.

제 생각에 우리 현대 팬들은 어느 누구보다 패전의 쓰라림과 승리의 영광을 함께 많이 겪은 소수 정예의 사람들로 야구를 야구로 즐기고 전체적으로 바라보는 사람들이 많습니다. 그리고 연고지 문제로 세계에 유례없는 어려움을 겪고 있는 것도 사실입니다. 한편으로는 그러면서도 구단과 프런트, 코치진이 조직적이고 유기적인 협력체제로 야구 인재들을 길게 보고 키우고 양성하여 이것을 바탕으로 좋은 성적을 거두고 있는 강자의 철학으로 팬들과 함께하고 있습니다. 이러한 팬들과 구단, 그리고 지도자들 앞에 선수들은 무엇으로 존재가치를 찾아야 합니까? 그것은 매 경기마다 최선을 다하는 것입니다.

병살의 위험이 없는 상태에서 스텐딩 삼진을 당하고 덤덤히 씨익~ 웃으며 들어오십시오. 동료의 파이팅을 먼 산 보듯 바라보며 호응 않고 나 홀로 우아하고 침착한 자세를 유지하십시오. 몸을 날려 파고들 홈플레이트가 더럽게 훼손될까 봐 뻣뻣이 서서 들어오십시오. 그러면 여러분들의 연봉은 최고치로 산정되어 지급될 것입니다. 승패는 병가지상사라 우리 팬들은 반드시 매 경기마다 이기기만을 원치 않습니다. 단, 최선을 다해 달라는 것입니다. 그 최선의 과정이 허술한 형태로 나타나기를 원합니다.

-이동학 선수처럼 위협성 초구를 상대 선수의 머리로 갈겨 버린 뒤 기세를 꺾어 놓고 경기를 주도하십시오(상대방 팬들에게는 실례 ^ ^).

-강귀태 선수처럼 홈런 치고 들어온 선배선수의 얼굴을 길길이 뛰어 오르며 구타하듯 기쁨을 나타내십시오.

-맞고 들어온 후배를 대신하여 큰 형님처럼 장작 패듯 늠름한 기세로 상대방을 압도한 정명원 선수를 기억하십시오.

지금 2군에는 절치부심 장작더미 위에서 잠자며 짐승의 쓸개를 핥고 있는 젊은 후배들이 줄지어 기다리고 있습니다. 눈빛 형형하게 도전의 기회를 기다리는 어둠 속의 준마들은 많습니다. 다시 한번 우리 현대유니콘스 선수 여러분들의 분발과 역투를 기대합니다. 이상 잔소리 끝!

현대유니콘스 홈피(2005년 6월 3일 자 글).

단호하게 켈로웨이의 목을 베어라

오늘 두산과의 경기(2006년 6월 25일)를 TV 중계를 통해 보았습니다. 두산과의 어제 경기는 모처럼 끈기 있게 따라잡고 막강한 화력과 기동력으로 뒤집은 승리이었기에 오늘 만약 승리한다면 현대유니콘스는 어떤 좋은 계기가 되어 긴 페넌트레이스에서 정말 중요한 하루가 될 것이라고 생각을 하였습니다. 사실 오늘은 중요한 경기이었습니다.

잘 아시다시피 문제의 6회 수비에서 투수 캘러웨이가 돌출행동을 합니다. 욕설로 불만을 표시하고 속개된 경기에서 태업성 플레이를 합니다. 그리고 덕 아웃으로 철수하면서 안하무인으로 코치진에게 심한 욕설을 합니다. 원인은 많습니다. 해설자의 말에 의하면 수비 시프트에 대한 정진호 수비코치와 투수 본인, 그리고 시프트를 요구받은 외야수 이택근 선수 간의 의사소통이 주원인이라고 합니다. 이유는 어찌 되었든 당시의 분위기를 봐서는 사실상 게임은 졌다고 생각하였습니다. 실제로 결과도 그러하였습니다.

오늘 게임을 보고 기분이 많이 착잡하였습니다. 제가 야구를 좋아하는 이유는 조금은 거창한 이유입니다만 야구라는 경기에 인생의 다양한 모습이 담겨있다고 보기 때문입니다. 야구경기는 주어진 룰과 규칙 속에서 조직과 개인의 역량이 확률과 가능성을 포괄하며 서로 교직되어 승리라는 목표를 향해 치열하게 전개됩니다. 그 과정에 수많은 희로애락이 표출되고, 화려하게 이기는 자, 비참한 패자가 등장하고 인정받는 자, 사라져가는 자 등이 명멸합니다. 그리고 우리 삶과 비유할 수 있는 많은 교훈이 등장합니다.

　프로야구단의 존재 이유이자 목표는 우승입니다. 일부 사람들은 프로야구는 수준 높은 경기를 팬들에게 제공하여 바람직한 여가선용의 기회와 여유 있는 삶의 질을 주는 것이 목표라고도 합니다만 그것은 글자 그대로 배부른 사람들의 제3자적인 언급입니다. 우승하기 위해서 구단은 경영마인드로 무장한 가운데 최대한의 효율적인 지원을 합니다. 프런트는 선수단과 구단 사이에서 일어날 수 있는 모든 가능성을 좋은 방향으로 조율하고 제시합니다. 감독은 선수들의 가능성을 극대화하여 경기현장에 투입, 우승을 위한 한걸음, 한 걸음을 옮겨갑니다. 그런 과정에 감독과 선수들이 반드시 지켜야 할 것이 몇 가지 있는데 그중에 하나는 조직 우선 원리입니다. 지금까지 어떠한 경우를 보더라도 전체를 우선시하는 팀 정신이 없는 단체나 조직이 잘되는 것은 못 보았습니다.

　지금까지 현대를 최강팀으로 이끌어온 근본은 단합된 팀 정신입니다. 오늘 경기를 마치면 곧 잘잘못과 시시비비가 팀 미팅을 통해 가려

지리라고 봅니다. 캘러웨이를 옹호하고 이해하는 면도 있을 것이며 그 반대 면도 있을 것입니다.

중요한 것은 감독의 결단입니다. 저는 김재박 감독을 많이 존경하고 그의 능력을 믿는 사람입니다. 선수들에 대한 무서울 정도의 무한한 신뢰와 답답할 정도의 기다림 등은 아무나 못 가진 장점이지요. 그러나 만일 이번 일을 흐지부지 넘기거나 좋은 게 좋다 식으로 어물쩍 지나간다면 당장은 좋을지 모르겠지만 현대가 지금까지 수많은 악조건 상태 —연고지 미확정, 부실한 구단 지원, 소수의 팬, 선수 수급 문제 등등에도 불구하고 좋은 성적을 거두고 있는 현대의 팀 정신이 근본적으로 흔들릴 것입니다. 아울러 선수들 간의 위화감이 조성되어 전체 사기가 떨어질 것이며, 선수들을 장악할 수 있는 엄정한 기강이 무너질 것입니다. 야구는 특출한 한 개인이 하는 것이 아닙니다. 어떻게 보면 이번 일은 사소할 수도 있습니다. 그러나 문제는 이러한 행동이 현대팀에서 발생했다는 것입니다. 타 팀의 돌출적인 몇 명 외국인 선수들과는 그 성격이 다릅니다.

저의 이상론적인 생각인지 모르지만, 미팅을 통해 캘러웨이가 진정으로 반성하지 않고 잘못을 시인하지 않는다면 그를 과감히 퇴출시키십시오. 팀웍을 헤치고 나 아니면 안 된다는 특정 선수의 교만과 아집을 꺾으십시오. 당장의 몇 승이 날아간다고 두렵습니까? 우리 현대 팬들은 산전수전 다 겪은 사람들입니다. 그 정도의 기다림과 참음은 지난 20년 동안 수없이 겪어왔습니다.

새삼 삼국지에 나오는 제갈공명의 읍참마속泣斬馬謖이라는 고사가 생각납니다. 제갈량은 돌아가신 선왕 유비의 유지를 받들어 위나라에 비해 턱없이 부족한 국력을 총결집하여 제1차로 오장원에 진출합니다. 그러나 그가 가장 아끼고 사랑하는 젊은 장수 마속이 여러 참모의 간언을 듣지 않고 산 위에 진을 쳤다가 위나라의 장합에게 대패합니다. 그때 공명은 이 중요한 가정전투에서 패배한 마속을 울면서 목을 벱니다. 그리고 마속을 중용한 자신도 3단계 격하된 지위로 처벌받기를 원합니다. 한 국가라는 조직을 위해 신상필벌, 일벌백계, 조직 우선의 추상같은 규율을 적용한 것입니다.

김재박 감독님! 그가 진정으로 잘못을 뉘우치고 현대유니콘스의 한 사람으로 다시 겸손하게 힘차게 공을 뿌릴 각오를 피력한다면 한번은 용서하십시오. 그러나 만약에 그렇지 안다면 과감하게 그의 목을 베십시오. 단호한 결정만이 현대팀을 살린다고 봅니다. 감독의 결단이 필요합니다.

사족입니다. 흔들리는 캘러웨이를 보고도 기민하게 사태를 장악하지 못하고 수많은 팬들 앞에 보여줄 것 다 보여주고, 줄 점수 다 주고, 그제서야 투수를 바꾼 타이밍도 이번 글을 쓰게 만든 한 요인입니다. 좋은 하루 되시기를 바랍니다.

* 이글은 현대유니콘스의 홈페이지에 올린 글(2006년 6월 25일)입니다. 과격한 주장으로 인해 팬들이 많은 조회 수로 반응을 보여 격론과 논란이 많았던 글입니다.

멈칫거림

요즈음 우리 향린교회는 조금 시끄러운 편이다. 교인 중 한 사람인 동국대 강정구 교수가 6·25전쟁을 '통일전쟁'으로 규정하였기 때문이다. 향린교회는 평신도 중심의 개혁적인 운동권교회이지만 설립 당시에 많은 실향민이 참여한 교회라 이념적인 흐름에 민감한 면이 적지 않다. 교회 홈페이지에도 여러 사람이 글을 올려 자기 입장을 표명하는 등 격론이 벌어지고 있다. 강 교수의 취지에 찬성하는 사람들은 이제 그만 이념적인 성전을 무너뜨리고 화합과 상생의 십자가 정신으로 나아가자고 한다. 반대하는 사람들은 강 교수의 통일전쟁론은 본말을 바로 보지 못한 학자의 탁상공론으로 분명히 그의 이론은 국가보안법이라는 실증법에 위배하고 있다고 본다. 이들은 어떻게 육이오가 통일전쟁이냐고 되묻는다. 강정구는 이른바 빨갱이다.

오늘은 그와 같은 자리에 앉았다. 예배의 마지막 순서에는 모두가 함께 손을 잡고 통회痛悔하는 순서가 있다. 눈을 감은 가운데 조헌정 목사가 이제 옆에 앉은 교우들과 손을 잡으라고 한다. 강 교수와 나는 구체적인 인사는 안 나눈 사이이지만 서로가 알고 있는 처지이다. 나는 자연스럽게 강 교수의 손을 찾아 더듬었다. 그런데 강 교수가 멈칫하는 것이 아닌가? 나의 생각인지 모르지만, 강정구 교수는 나에게 거리를 두고 순간적으로 저어하는 모습을 보였다. 그러나 못 이긴 채 찾아 잡은 강정구 교수의 손은 조금은 거칠게 느껴졌으나 따뜻하였다.

그는 아마 외로울 것이다. 교회가 결성한 대책위에도 적은 사람이 참여하였고 언론의 집중포화는 끊임없이 계속되고 있다. 인신공격성 발언은 사방에서 쏟아지고 있으며 검찰의 소환과 심문도 집요하다. 걱정하지 말라(?)는 내 마음을 읽은 탓인가? 그와 나는 오랫동안 손을 잡고 있었다. 사실 나는 6·25가 통일전쟁이라고는 보지 않는다. 한국전은 힘없는 우리 민족의 한 비애로 동북아의 패권을 지향한 강대국 간의 대리전 성격으로 보기 때문이다. 그리고 개인적으로 강 교수의 지나친 표현활동도 못마땅하게 생각하는 편이다. 이런 나의 생각이 느껴져 강 교수도 순간 멈칫했다고 본다. 그럼에도 불구하고 내가 강정구 교수의 손을 받아들인 것은 이념적 금기에 도전하는 끊임없는 그의 열린 정신과 사람과 민족에 대한 사랑의 마음 때문이다. 조그만 갈등 이후에 우리가 부른 찬송가는 류형선 씨가 작곡한 "믿음이 이기는 그날까지"라는 평범한 국악찬송가였다.

작고 작은 일들을 소중히 여기며/ 하루하루 열심히 승리합시다/ 더 큰 승리를 위하여/ 작고 작은 승리를 거두며 삽시다(2005년 9월).

미당천

며칠 전 바로 광복절이었습니다. 가끔 아침 일찍 집 근처의 초등학교에서 달리기를 하는 나는 그날도 간편한 옷차림으로 왕미초등학교를 찾았습니다. 그러나 생각과는 달리 늘 열려 있는 작은 문이 닫혀 있었습니다. 그래서 이왕 나왔으니 아무 데나 가까운 곳을 달리고 돌아갈 요량으로 길옆의 미당천을 따라 시골길을 천천히 달렸습니다.

공휴일 길은 아무도 없었습니다. 가끔 어울리지 않게 지나가는 자가용 이외에는 아침의 고즈넉한 평화는 나를 묘한 적요寂寥의 세계로 몰아갔습니다. 며칠 동안 계속해 내리던 비가 그쳐서인지 흙은 깨끗하였고 공기는 숨 막힐 정도로 명정하였습니다. 길옆에는 많은 농작물이 그 모양을 자랑하며 서 있었습니다. 키 큰 옥수수들은 키 작은 콩 위로 훤칠한 줄기들을 내려 따가운 햇살을 가려주고 있었으며 모두 호박꽃, 호박꽃 해서 못생긴 상징으로만 생각한 호박꽃은 밭 주위를 척하니 감싸고 있어 그 강렬한 노란색은 차라리 요염하였습니다. 옆에는 토마토도 있었습니다. 우리 땅에서 자라는 것이 아직 익숙하지 않은 듯 야생 토마토의 이국적인 향은 달리던 걸음을 슬그머니 멈추게 하였지요.

달리는 호흡이 가빠서였나 봅니다. 갑자기 무작정 밭 가운데로 헤치고 들어가고 싶었습니다. 자기 터에 단단하게 뿌리를 내리고 있는 이 모든 것들을 마구 어지럽히고 싶은 생각이 들었습니다. 누구의 말마따나 햇살이 따가워서일까요? 야만적인 약탈의 유혹은 이 질서정연한 생물들을 마구 헤집고 싶었습니다. 그래서 그런지 울끈불끈 못된 힘들이 마구 치솟는 게 아닙니까?

이때, 한 인기척이 나를 진정케 하였습니다. 약간은 높은 언덕 밭에서 한 아낙이 조금은 당황해하며 나를 비끔히 내려다보고 있었습니다. 이 시간에 길을 달리는 사람이 있으리라고는 생각지 못한 모양이지요. 나 또한 무성한 콩잎에 가려 사람이 있으리라고는 생각지 못하였습니다.

작은 덩치를 콩잎으로 감싸고 있던 여인과의 마주침도 잠깐이었습니다. 서로의 무심한 일별은 이내 온갖 풀 향기에 묻혀 사라졌습니다. 크고 작은 돌멩이로 밭 가장자리를 경계 지은 것이 보였는데 아마 소중한 밭의 흙이 비에 쓸리지 않게 한 것으로 보였습니다. 나는 그 지혜의 흔적을 따라 다시 천천히 달렸습니다. 내가 달리는 미당천의 맑은 물속에는 모름지기 사방에서 모인 온갖 물고기 떼들로 부산하게 여름이 지나가고 있었습니다.

꽤 많이 뛰었나 봅니다. 가쁜 숨을 몰아쉬며 천천히 걸었는데 마치 인생의 한 부분이 미당천이 품고 있는 많은 식물과 고기떼처럼 천천히 내 앞길에 펼쳐진 느낌이 들었습니다.

오늘 나는 한 시골 도시의 조그만 둥지에서 혼자 떨어져 나와 보았습니다. 그랬더니 한 인간과 자연이 새삼스럽다는 듯이 서로 많은 이야기를 주고받았습니다. 그저 조금 멀리 나왔더니 말입니다. 주변을 찬찬히 한 번 둘러보십시오. 그리고 조금만 나와 보십시오. 사람 많은 이름난 산이나 바다에서는 볼 수 없는 조용한 자연과의 만남을 느낄 수 있습니다. 무엇이든 한 발 떨어져서 보고 있노라면 평소 잊고 지내던 것들이 새롭게 다가옵니다. 늘 같은 생활 속에 있다가 자기도 모르게 놓친 것들이 씨익 웃으면서 눈에 들어왔습니다. 그동안 소리 없이 허덕인 저의 일상에 전우익 할아버지의 말처럼 '집지게 놀고 싶다'는 마음이 고개를 들고 일어난 듯합니다. 이날 미당천은 나에게 많은 것들을 보여 주었습니다(2002년 8월).

팔 하나 없는 사람입니다

성서의 깊은 뜻을 잘 모르는 제가 한 가지 냉소적인 언급을 하고 싶습니다. 성경에는 다음과 같은 이야기가 있습니다. 어떤 사람이 잔치를 벌였는데 초대받은 많은 사람이 장가를 가야 한다, 밭을 사야 한다는 등, 이 핑계 저 핑계를 대고 오지를 않습니다. 잔치에 별로 생각이 없기 때문이지요. 그러자 화가 난 주인이 길거리에 나가 여러 사람을 닥치는 대로 불러 잔치 자리를 채우라 했다는 이야기가 있습니다. 이때 닥치는 대로 부름을 받은 많은 사람이 있었는데 이들의 대다수는 힘없고 별 볼일 없는 장애인들이었습니다. 그 모습도 적나라하게 묘사되어 있는데 가난한 자들, 불구자와 소경들, 다리를 저는 자들 등입니다. 그들은 자신이 왜 초대를 받았는지 모른 채 쭈뼛쭈뼛 잔치마당을 들어섭니다. 그저 이름 없는 사회의 비주류들로 지내다가 잔치에 대타로 등장하게 되지요.

얼마 전 수원역 맞은편에 있는 구두 미화소에서 구두를 닦았습니다. 50대 중반으로 보이는 아저씨가 사장님입니다. 두 번째 방문으로 기억됩니다. 얼핏 보니 열심히 구두를 닦고 있는 아저씨 어깨너머로 자일에 의지해 암벽등반을 하는 사진이 걸려 있었습니다. 자세히 보니 그 아저씨인데 어딘지 모르게 자세가 어색합니다. 그제서야 나는 아저씨가 왼팔이 없는 것을 알게 되었습니다. 편안하게 이야기를 잘하는 필자의 넉살 덕분에 한쪽 팔로 능숙하게 구두를 다루고 있는 주인공에 대해 이것저것을 알게 되었습니다.

어렸을 때 탈곡기의 벨트에 걸려 큰 사고가 난 후 그의 인생은 여러가지로 굴곡진 길을 힘들게 걸어온 듯합니다. 장애인이 된 후 무엇이 가장 힘들었느냐는 의례적인 말에 피식 웃음으로 막아서고는 그래도 자기는 장애가 있음에도 불구하고 그동안 하고 싶은 것은 조금씩 다하고 살았다고 합니다. 비교적 고난도의 등산과 테니스, 그리고 수영 등은 모두 그가 하고 싶어서 해온 활동들입니다. 수원지역 산악인의 저변이 의외로 넓다는 공감하에 필자가 알고 있는 한 산악인을 언급하니 아주 잘 아는 사이라고 합니다. 전화로 그를 바꿔 주니 대뜸 "저 잘 아시죠? 팔 하나 없는 사람입니다."라고 자기소개를 합니다. 반갑게 주고받는 이야기를 들으며 문득 그가 자기 이름을 말하지 않음을 알게 되었습니다. 이름이 있음에도 불구하고 장애의 특성으로 사람들에게 자신을 알린 것입니다. 아름다운 꽃들도 이름을 불러주기 전에는 의미 없는 몸짓에 지나지 않는다고 했는데 그는 있는 이름도 부르기를 주저한 듯합니다.

대부분의 손님은 팔이 없는 사람인 것을 알고는 들어오려다가 그냥 간다고 합니다. 이처럼 장애인에 대한 편견은 사회로 하여금 손님들을 장애인의 바깥에서 빙빙 돌거나 힐끗거리게 만듭니다. 그리고 장애인들은 이런 모습을 보고 자기 이름을 당당하게 말하지 못합니다. 우리 주위에는 묵묵히 살아가는 이들이 많습니다. 이름을 불러주지 않아서 꽃이 되지 않은 사람들도 있으며, 이름이 불릴까 두려워 스스로 자기 이름을 다르게 부르는 사람도 있습니다.

이제 한 해를 마무리하는 연말입니다. 각자의 생김새와 가진 능력은 다를지 모르지만 모든 사람의 이름을 정겹게 불러야겠습니다. 비단 장애인뿐입니까? 우리 삶의 또 다른 모습인 나이 들어가는 노인들과 티 없이 자라는 어린아이들, 이국땅에서 힘들게 새로운 꿈을 꾸는 다문화 가정의 외국인들, 소년소녀 가장들, 미혼모들, 모두가 고유의 이름이 있습니다. 그들은 하늘나라 잔치에 마지못해 온 사람이 아니라 주인공으로서 초대받고 싶어 합니다. 별 볼 일 없는 사람이 아니라 모두가 당당한 사회의 구성원으로 인정받기를 원합니다.

동전으로 잔돈을 거슬러주는 것을 미안해하는 그의 마음을 가슴에 담으며 길을 나서니 따뜻한 이름들이 백화점의 화려한 조명에 담겨 추운 겨울을 환하게 맞이하고 있었습니다(2009년 12월 8일).

참으로 깨끗한 백로를 보았다

비가 온다.

"치기 힘든 공은 치지 말고 잡지 못할 공은 잡지 말자"고 삼미슈퍼스타즈의 마지막 팬들은 이렇게 말하였다. 오늘 읽은 책에 나온 글이다.

지난 2004년 6월은 유난히 힘들었다. 지나고 보니 참을 만하다고 생각하였는데 그 당시는 많이 허덕였다. 언제까지 얼굴에 묻은 침을 마를 때까지 참을 것인가? 본능적인 살기를 누르느라고 깊고 고르게 호흡을 가져간 때였다. 그때를 생각하니 다시 분기가 치오른다. 많이 답답하고 힘들어서 미당 마을을 앞자락에 품고 있는 뒷산을 천천히 비를 맞으며 올랐다. 산은 강원도를 향한 듯 생각보다 깊고 어두웠다. 고즈넉하고 아무도 없더라! 도랑은 요란하게 생명과 파괴를 함께 안으며 우당탕거리며 물살을 모아 흘러갔는데, 그 유혹이 컸다. 물살만 크고 힘차다면 나도 몸을 싣고 싶었다.

저녁과 함께 물안개는 산자락 곳곳을 보일 듯 말 듯 하여 애를 태웠는데…

비에 젖어 새삼스럽게 아우성치는 풀잎들의 함성과 내려올 즈음에야 들린 벌레 소리! 그리고 눈이 휘둥그레질 정도로 큰 백로 두 마리가 논 한가운데에서, 참으로 깨끗하고 고아한 백로가 여름비를 받고 있었다.

그러고 보니 나처럼 바보 같은 것들이 많은 줄 알았는데 다들 잘 있었다. 부질없는 짓이다. 이렇게 생각하고 그냥 힘든 몸을 이끌고 추적추적 걸어 내려왔다. 그래도 오랜만에 자연 속으로 지친 몸을 옮기니 생각보다 좋았다. 내일부터는 다시 내가 싫어하는 평범한 일상으로 들어간다. 퉁퉁 불은 발을 말리며 말라가는 마음을 열어본다. 쇠락해 가는 젊음을 들여다본다. 이 여름은 유난히 비가 많다(2007년 8월).

페르난디나섬의 용龍

　언제 보아도 놀라운 것은 동물의 세계이다. 찰스 다윈의 진화론이 기원된 갈라파고스섬과 그 주위에 있는 페르난디나 군도의 여러 생물이 살아가는 모습을 보고 있으면 경이로움을 넘어 전율을 느낀다.

　얼마 전 내셔널지오그래픽방송을 통해 본 '페르난디나섬의 용들'이라는 프로그램은 이구아나를 중심으로 섬에서 살아가는 모든 살아있는 것들의 모습을 가감 없이 보여준다. 이 군도에 존재하는 모든 살아있는 것들은 글자 그대로 그 생명을 유지하기 위하여 모든 노력을 다한다.

　어떻게 보면 페르난디나 군도는 고립된 낙원이다. 육지와 바다, 그리고 공중에는 수많은 적으로 가득 차 있다. 그 적들 앞에 모든 개체는 종족 유지라는 절대적인 본능을 유지하기 위해 매일 매일을 쫓고 쫓긴다.

　늘 그렇지만 우리 인간 세상처럼 힘세고 덩치 큰 생물들은 비교적 이러한 위협에서 조금은 자유롭다. 이 섬에서 이러한 입장에 있는 동물은 아마 코끼리거북이일 것이다. 이름처럼 이놈은 코끼리 같은 거북이이다. 덩치는 산만하여 어슬렁거리며 다니는데 발정기를 맞이하면 수컷은 덩치가 작은 암컷의 등에 올라타서 짝짓기를 한다. 그런데 교미 중에 지르는 그 절정의 소리가 장난이 아니다. 조그만 섬을 크게 울리며 '컹 컹' 하는 공명의 소리가 참으로 멀리까지 들린다.

가끔씩 이 소리를 들으면서도 모른 척 수백 마리가 무리 지어 살고 있는 동물들이 있으니 바로 이 섬의 실제적인 주인들인 이구아나들이다. 이구아나는 생김새가 도마뱀같이 생겼는데도 다큐멘터리의 제목에는 dragon이라고 표현하였다. 잘 모르겠으나 아마 도마뱀과 상상 속의 용을 비슷하다고 생각한 것 같다. 이구아나[iguana/Iguanidae]는 뱀목 이구아나과에 속하는 도마뱀의 총칭이다.

이구아나를 애완동물로 키우고 있는 사람도 있지만, 이구아나는 인간의 기준으로 본다면 정말 그 생김새가 흉측하고 고약하다. 그런데 이 이구아나의 살아가는 모습은 우리 인간에게 많은 것을 시사한다.

이구아나는 살아가는 터전을 중심으로 육지 이구아나와 바다 이구아나로 나뉜다. 바다 이구아나는 사람보다 바다를 더 무서워하는 육지 이구아나와는 완전히 다르다. 이들의 주요 무대는 바다이다. 그러나 물속에 들어가면 체온이 뚝 떨어지기 때문에 물속에 오래 있지 못하고 곧바로 따뜻한 바위 위로 올라가 일광욕을 즐기면서 체온을 높인다.

육지 이구아나는 주로 뭍에서 사는데 산란기가 되면 해발 1,500m나 되는 정상의 분화구 꼭대기를 향해 오른다. 분화구는 화산의 지열이 남아있어 부화하기에 최적의 조건을 갖추고 있기 때문이다. 그러나 이 길은 지치고 무거운 몸을 이끌고 기어 올라가야 하는 도마뱀으로서는 10여 일이나 걸리는 천신만고의 긴 여정이다. 그리고 위험한 길이다.

다행히 수많은 포획자를 피해 무거운 몸을 이끌고 무사히 목적지에 도착하였는데 대부분의 경우 먼저 와서 자리를 차지하고 있는 동족들 때문에 자리가 없다. 그래서 새로운 자리를 물색하기 위해 이번에는 봉우리 아래에 있는 칼데라로 내려가야 한다. 그런데 그 길이가 장난이 아니다. 약 1㎞가 되는 가파른 경사길인데 얼마나 가파른지 동물의 미세한 움직임에도 수천 톤의 바위가 굴러떨어진다. 그래도 도마뱀들은 종족 유지라는 무서운 본능 하에 위험을 무릅쓰고 기어 내려간다. 다행히 우박처럼 쏟아지는 바위와 흙을 피해 무사히 아래에 도달하니 땅속의 온도가 30도 정도로 따뜻하여 알을 품기에 정말 좋다. 그러나 이곳도 이미 선점한 동족들로 공간이 없다. 하여튼 치열한 경쟁을 통해 겨우 자리를 잡은 도마뱀들은 장장 100일간의 잉태 기간에 들어간다.

드디어 100일이 지나고 분화구 바닥의 곳곳에서는 수많은 새끼가 알에서 기어 나온다. 갓 태어난 새끼들은 본능적으로 안다. 이제 지체 없이 태어난 곳을 출발하여 산꼭대기를 올라야 하고, 오른 후에는 또다시 그들의 근원적인 고향인 바다를 향해 내려가야 한다고 말이다. 그러나 그 과정은 엄청난 고통과 죽음의 위협이 도사린 처절한 길임을 또한 알고 있다. 하늘에는 독수리들이 기다리고 있으며 땅에는 뱀들이 새끼를 잡아먹으려고 똬리를 치고 있다.

이러한 적들에 대항해 이구아나 새끼들이 살아가는 방법은 단 하나이다. 수많은 새끼가 한꺼번에 출발하여 자기 자신에게 가해지는 죽음의 확률을 최대한 적게 하는 것이다. 먹이를 잡아먹기 위해 땅 위에서 기다리는 독수리들은 바닥의 뜨거운 50도의 지열이 견디기 힘들다. 그래서 계속해서 발을 바꾸어 가면서 새끼발을 들고 이구아나 새끼들이 출발하기를 호시탐탐 기다린다. 마침내 사생결단의 판단을 내려 수많은 새끼가 죽으라고 새까맣게 달리는 장관이 연출된다. 그 위를 독수리들은 날아가서 날카로운 발톱으로 사정없이 낚아챈 후 뾰족한 부리로 목 부근을 찢어 죽인다. 뱀들도 이 잔치에서 빠질 수 없다. 마침내 표적이 잡혔다. 페르난디나섬의 뱀들은 상대를 독으로 죽이지 않고 칭칭 감아서 질식시켜 죽인다. 그런 연후에는 자기 턱을 일부로 탈골하여 입을 크게 만든 후 새끼 이구아나를 거뜬히 삼킨다.

독수리와 뱀들의 협공 하에 필사적으로 바다를 향해 질주한 도마뱀들은 이제는 살았다 하는 기분으로 검푸른 파도를 향해 힘차게 자신의 몸을 던진다. 그렇다! 바다는 이들의 태고와 같은 고향인 것이다. 그러나 고향에 다다른 기쁨도 잠시뿐이다. 바다에도 수많은 적으로 차고 넘친다. 수많은 바다 고기에게 이제 갓 태어난 이구아나는 더없이 좋은 말랑말랑한 육질 좋은 먹잇감이다. 그러나 도마뱀들은 만족한다. 죽더라도 고향같이 포근한 바다에서 죽는 것이 더 좋고 자신의 사명을 다했다고 생각할지 모른다. 이제 살아남은 도마뱀들은 몇 년 후에는 늠름하게 한 마리 어엿한 이구아나로 장성할 것이다. 그리고 마음에 드는 암

놈을 발견하고는 사랑의 짝짓기를 할 것이다. 그리고는 부모가 그러하였듯이 자기들만의 유전인자를 후대에 전하기 위해 무거운 몸을 이끌고 위험이 가득한 화산을 오를 것이다.

오늘도 페르난디나섬의 많은 용은 종족 유지라는 지엄한 본능에 충실하기 위해 육지와 바다, 그리고 공중에서 노리는 모든 살아있는 것들 사이에서 함께(?) 살아가기 위한 치열한 생존경쟁으로 하루를 연다.

3인의 노숙자

　저는 가끔 교회를 갑니다. 일요일 아침 인천에서 서울 명동에 있는 '향린교회'로 다니는 것이 어느 정도 힘이 듭니다만 제가 좋아서 선택한 것이니 즐거운 마음으로 다닙니다. 교회를 가려면 을지로 지하도를 지나게 됩니다. 일요일 아침의 을지로 지하도는 한가하고 조용합니다. 있다면 유난히 많은 노숙자의 모습이지요. 이들을 지나치면서 많은 생각을 하게 됩니다. 어찌 되었든 저는 편한 마음과 말쑥한 차림으로 신앙생활을 하고 있지 않습니까? 그러나 이들은 하루하루를 힘들게 연명하고 있습니다.

어느 날이었습니다. 그날은 유난히 노숙자들이 많았습니다. 그중에 세 사람이 특별하게 와 닿았습니다. 한 사람은 이른바 완전무장 형입니다. 제가 봐도 있을 것은 다 있는 화개장터 형이었지요. 풍성하게 몸을 감싼 이불 보따리와 주위에 있는 다양한 취사도구로 그는 자신의 생활을 즐기는 듯 보였습니다. 심지어는 머리맡에 조그만 라디오도 있어서 흥얼흥얼 노래를 따라 부르고 있었습니다. 위치도 장교빌딩 지하차도 안의 공터여서 아주 명당이었지요. 그래서입니까? 지나가는 저를 보고 야유도 하는 등 제법 여유가 있어 보였습니다.

조금 지나니 다른 노숙자가 저를 맞이하였습니다. 아무것도 준비하지 않은 사람으로 스스로를 포기하고 방치한 듯 보였습니다. 만사가 귀찮은 듯 그냥 쭈그리고 누워있는 사람이었는데 가진 것은 아무것도 없었습니다. 있다면 찬 공기를 막아줄 몇 장의 신문지가 전부이었습니다. 신문지로도 간수하지 못하는 그의 허기지고도 빈약한 육체가 오랫동안 저를 따라왔습니다. 그러나 그는 자유로워 보였습니다.

마지막으로 본 노숙자는 지하 보도에 있는 한 제과점의 맞은편에 누워있던 노숙자입니다. 아침에 굽는 빵의 향기가 조금 전에 아침을 먹고 온 저의 후각을 자극할 정도로 풍미가 있었습니다. 그가 자리 잡은 곳은 사람들이 많이 다니는 곳으로 잠시 동안 있기에도 많이 불편해 보였습니다. 그런데도 그가 그곳에 있는 까닭은 아마도 빵의 향기 때문이 아닌가 생각되었습니다. 제 생각이 틀릴지도 모르겠습니다.

아침에 만난 이들의 모습은 예배시간 내내 슬며시 저를 찾아와 방해를 하였습니다. 이들의 모습에서 굳이 의미를 찾자면 노숙자들도 자기 나름대로 생활방식을 가지고 살아간다는 것입니다. 비록 그 모습이 우리들의 기준에는 미흡하지만, 열심히 살아갑니다. 이 중에서도 가장 마음에 든 사람은 나에게 야유하고 욕을 한 사람입니다. 기분은 나빴지만, 자신의 터전을 눈여겨보면서 지나가는 낯선 이방인을 꾸짖는 기세와 노래 듣는 여유로움, 그러면서도 달관한 것 같은 눈빛이 마음에 들었습니다.

사실 요즈음 저는 여러 가지 이유로 많이 어려운 가운데 있습니다. 그래서 전과 같지 않게 힘이 들면 쉽게 포기하려는 마음이 많이 생기는데 이들의 모습, 특히 첫 번째 만난 우리 형님의 모습은 저에게 많은 힘을 주었습니다. 그는 저보고 배부른 소리 그만하고 열심히 살라고 합니다. 그리고 많이 가진 놈들이 더 엄살을 떤다고 꾸짖었습니다. 그래서 가만히 저 자신을 돌아보니 제가 처한 상황이 도저히 극복하지 못할 상황은 아니라고 생각되었습니다. 제가 당연한 것처럼 가지고 있는 것 중에 일부분을, 혹은 큰 부분을 과감하게 포기하면 다 해결되는 일이었습니다. 그렇습니다. 다른 사람은 포기할 것도 없는데 저는 포기할 것을 많이 가지고 있는 넉넉한 사람이었습니다.

아침에 만난 이 인연도 하나님이 주신 구체적인 교훈입니까? 지금 바깥은 비가 오고 있습니다(2003년 8월).

제5부

특수교육과 300

특수교사는 어렵고 힘들더라도
모든 학생을 안고 가야 한다.
장애의 유형과 장애의 정도를 불문하고,
교육의 효과가 크든, 작든 간에 최선을 다하여야 한다.
비록 그가 창과 방패를 들 힘이 없어서
자신의 몫인 방진方陣을 지켜내지 못하더라도 말이다.

우리 엄마는 요

엄마는 내가 어딜 가도 안다
살살살 웃으며 뒤를 따라온다

엄마는 내가 무얼 해도 안다
킁킁킁 냄새 맡으며 웃는다

엄마는 내가 무엇을 하고 싶은지 안다
그래도 하고 싶은 것 금방 안 해 준다
공부해라
손 씻어라
텔레비 그만 봐라
꼬옥
잔소리한 후에 해 준다

얄밉지만 고마운 엄마다

아! 아빠도 있다

흔들리는 러브체인

세상이 옛날에 비해 여유가 없고 사람들의 마음 씀씀이가 많이 각박해졌다고 한다. 갈등은 많고 내가 옳다는 주의 주장들은 강력하다. 양보하면 지는 것이고 타협은 비겁의 산물로 본다. 봄은 화창하나 나라 경제와 국격을 생각하니 불안하다는 생각에 이 봄날의 햇살이 마냥 반갑지는 않다.

얼마 전에 지인으로부터 햇살 아래 환하게 웃고 있는 긴 줄의 러브체인 화분을 하나 선물로 받았다. 개인적으로는 여러 가지 꽃을 기르면서 그 자라는 모습을 좋아하는 편인데 모처럼 예쁘고 튼실한 러브체인을 받으니 기분이 좋았다. 언젠가 탐스럽게 잘 자란 러브체인 화분을 보고 '참 잘 키웠구나' 하고 부러워한 적이 있었는데 나도 이번 기회에 한번 잘 가꾸어 보아야겠다고 생각했다.

며칠 동안 집을 떠나 연수를 다녀오게 되었다. 그래서 실내에서 키우던 러브체인 화분을 바람과 햇빛이 잘 통하는 베란다에 내어놓고 미리 물도 넉넉히 주고 약하게 거름을 주는 등 조치를 하고 연수에 들어갔다. 공부를 마치고 돌아와 보니 잎들이 몰라볼 정도로 잘 자라고 있었다. 얼마나 왕성하게 자랐는지 긴 줄들이 서로 엉켜 글자 그대로 체인을 이루고 각 잎들은 초록의 태깔을 마음껏 뽐내고 있었다. 그러나 서로 엉킨 모습이 안쓰럽고 보기 좋지 않아 나는 엉킨 줄기들을 실타래 풀듯이 하나하나 손으로 정리해 갔다. 그런데 줄기들은 서로 떨어지기 싫은 듯 서로 꽉 붙들고 엉켜 있어서 나누기가 어려웠다. 억지로 나누는 중에 몇 개는 실수를 하여 아깝게 끊어지고 말았다. 나는 안타까웠지만, 작업을 계속하였다. 그러다가 나중에는 요령이 생겼다. 그것은 엉킨 러브체인의 가운데 부분을 잡고 슬슬 흔들어 주는 것이었다. 그러면 신기하게도 엉킨 줄기들이 잘 풀어졌다. 그래서 나는 꽃이야 아파하든 말든 나 몰라라 하고 줄기 몇 개를 잡고 위에서 손사래 치듯 설렁설렁 흔드니 엉킨 체인들이 모두 잘 풀어졌다.

문득 오규원의 「만물은 흔들리면서」라는 시가 생각났다.

만물은 흔들리면서 흔들리는 만큼/ 튼튼한 줄기를 얻고/ 잎은 흔들려서 스스로/ 살아 있는 잎인 것을 증명한다/ 바람은 오늘도 분다/ 수많은 잎은 제각기/ 잎을 엮는 하루를 가누고/ 들판의 슬픔 들판의 고독 들판의 고통/ 그리고 들판의 말똥도/ 다른 곳에서/ 각각 자기와 만나고 있다/ 피하지 마라/ 빈 들에 가서 비로소 깨닫는 그것/ 우리도 늘 흔들리고 있음을

　나는 긴 러브체인을 가지런히 흔들다가 오규원의 시처럼 만물은 이리저리 흔들리면서 자신이 살아 있다는 것을 보여주고 있다는 생각이 들었다. 흔드는 것은 바람이다. 그 바람은 누구에게나 분다. 인간들에게도 마찬가지이리라. 그러나 가만히 생각해 보니까 흔들리면서 커간다고 마구 꽃줄기들을 흔든 나의 생각이 조금은 거칠었다고 생각되었다. 원래 러브체인들은 서로 엉켜 가면서 이리저리 꼬이기도 하며 사이좋게, 아니면 다투어 가면서 자라는 게 그들의 모습이라고 보는데, 인간인 내가 일방적으로 나 보기 좋으라고 가지런히 정리한 것이 아닌가? 그것도 마구 흔들어가면서 말이다. 그냥 있는 그대로 자라게 내버려 두는 것이 자연스럽다는 생각이 들었다. 조금 엉킨 것이 보기 싫으면 어떠한가? 꽃이 존재하는 이유는 사람에게 보여주기 위함이 아니라 그들의 생 자체에 있지 않은가?

　요즈음 특수교육현장에서는 장애 학생이 사회구성원으로 바람직하게 살아가기 위해서 통합교육을 실천할 것을 강조하고 있다. 통합교육

을 하지 않으면 큰일이라도 나는 것처럼 많은 사람이 주장하고 있어 통합교육의 필요성은 거의 당위처럼 들린다. 그러나 장애 학생들은 서로 엉켜서 살아가는 러브체인들이다. 이들 모두에게는 그들만의 독특한 요구와 개성이 있으며 고유한 자아와 삶이 있다. 가만히 내버려 두어도 그들은 자기들의 방식으로 흔들리면서 줄기를 내린다.

특히 중증의 발달장애 학생들에게 통합교육은 준비가 되지 않은 가운데 획일적으로 강요되는 선택의 문제이다. 우리가 이들의 고유한 개성과 다양성을 고려하지 않고 통합교육이 좋다고 일방적으로 정리하는 것은 좋지 않다고 본다. 흔들리며 자라가는 꽃들을 억지로 풀고 가지런히 하여 보기 좋게 만드는 것이 과연 누구를 위한 것일까? 장애 학생들에게 주어진 통합교육의 현장이 또 다른 상처를 주어서는 안 되겠다는 생각을 한다. 비록 더디지만 나름대로 자유롭게 잘 자라고 있는 꽃들을 흔들다가 줄기가 뚝뚝 꺾어지는 우를 범하여서는 안 될 것이다. 우리가 장애 학생들을 대할 때에는 그냥 내버려 두어도 어떤 형태로든 성장하는, 그러면서도 자신들이 살아 있음을 흔들리며 보여주는 존재로 생각해야 한다. 그리고는 제각기 잎을 엮어가는 이들과 함께 들판의 자유로운 바람을 가슴으로 크게 맞이하면 된다. 흔들리지 않고 피는 꽃은 없다.

최선을 다하고 있습니까?

　2023 항저우 아시안 게임이 추석 연휴를 뜨겁게 달구고 있다. 스포츠 경기를 통해 우리는 많은 것을 보고 배운다. 그중에 가장 큰 것은 아마도 '최선을 다하자'일 것이다.

　우리나라 남자 롤러스케이트 스피드 선수 팀은 3,000m 계주에 출전하여 마지막 바퀴에서 선두를 달렸고 결승선 통과 직전 우승을 확신하고 기쁨의 세리머니를 했다. 1위로 들어와 우승할 가능성이 매우 높았지만 경기는 끝나지 않은 상황이었다. 그러나 방심은 금물이었다. 뒤쫓던 대만 선수 황 위린은 젖 먹던 힘까지 다해 전력 질주하여 한발을 쭉 들이밀었다. 우리나라 선수가 환호의 세리머니를 하는 순간 뒤쫓던 대만 선수가 혼신의 힘으로 왼발을 집어넣은 것이었다. 결과는 대한민국이 거짓말처럼 0.01초의 차이로 금메달을 놓쳤다. 4년간의 피땀 어린 노력과 눈물, 병역 혜택과 연금, 금메달이라는 명예가 순식간에 날아갔다. 금메달을 딴 대만 롤러 대표 팀 선수는 "나는 한국이 세리머니를 하고 있다는 것을 알고 있었다"라며 "그들이 그러고 있을 때 나는 계속 싸우고 있었다는 사실을 그들에게 알려주고 싶었다"라고 말했다. 이 장면을 본 많은 사람은 마지막까지 최선을 다하여 스포츠 정신을 발휘한 대만 대표 팀에 박수를 보냈다.

영화 역린逆鱗을 보면 마지막 장면에 의미심장한 대화가 있다. 중용 제23장을 풀어쓴 말이다. "작은 일도 무시하지 않고 최선을 다해야 한다. 작은 일에도 최선을 다하면 정성스럽게 된다. 정성스럽게 되면 겉에 배어 나오고 겉으로 드러나면 이내 밝아진다. 밝아지면 남을 감동시키고, 남을 감동시키면 이내 변하게 되고, 변하면 생육된다. 그러니 오직 세상에서 지극히 정성을 다하는 사람만이 나와 세상을 변하게 할 수 있는 것이다."

필자는 스트레스를 푸는 방법이 여러 가지이다. 아니 엄밀히 말하자면 스트레스 자체를 즐기는 타입이다. 격전 후에 한 대 피우는 담배 향기의 여유처럼 힘든 과정 끝에 갖는 성취감은 너무나 좋다. 이런 내가 최근에 즐겨 찾는 스트레스 해소법은 수십 권의 무협 소설을 쌓아놓고 읽는 것이다. 사실 시간이 아까워서 그렇지 무협 소설이 주는 세계는 정말 멋있다. 수많은 강호의 고수들이 넓은 중원과 변방을 아우르면서 무림의 최고수가 되고자 치열하고도 처절한 싸움을 한다. 그 과정에 인간사의 필연인 사랑과 증오, 만남과 이별, 우정과 배신, 그리고 고통과 희열이 여러 군상의 삶을 통해 다양하게 드러난다.

정확한 제목은 모르겠으나 인상 깊게 본 무협 소설이 있다. 그 내용은 이러하다. 무림의 패권을 다투는 두 사람의 최고수가 있었다. 지금 이 두 사람의 이름이 잘 기억나지 않으니 선한 사람의 이름을 '쾌도인'

이라고 하자. 그리고 이 쾌도인과 겨루는 악한 고수를 '냉철수'라고 하겠다.

어느 날 이 두 사람은 무림의 최고수 자리를 놓고 건곤일척의 결투를 벌인다. 그 결과 아쉽게도 쾌도인은 결정적인 패배를 하고 황야의 덤불 속으로 몸을 숨긴다. 여기서 냉철수는 막강한 부하들을 데리고 덤불을 에워싼 가운데 마지막 일격을 가하기 위해 긴 칼을 뽑아 든다. 냉철수는 알고 있다. 비록 쾌도인이 인기척 없이 숨죽이고 있지만 그가 덤불 속에서 상처를 입은 몸을 숨기고 있음을 말이다. 드디어 마지막 일격의 긴 칼날이 무자비하게 쾌도인의 몸을 향해 비집고 들어올 때!

아! 보라, 쾌도인은 살고자 하는 한 가닥 처절한 가능성을 위해 온몸을 던진다. 그는 관통해 들어오는 칼날이 최소한 심장은 피하도록 오른쪽 몸을 노출하여 칼날을 받는다. 그리고는 마치 칼날이 빈 덤불을 찌르는 느낌을 갖도록 온몸을 이완시키며 극심한 고통과 아픔을 참고 견딘다. 그리고는 쾌도인이 칼날을 뽑을 때 두 손바닥을 모아 칼날을 잡는다. 왜? 칼날에 피가 묻어 있으면 그가 숨어 있다는 것이 드러나기 때문이다. 이러한 처절한 움직임을 본 냉철수는 그의 살고자 하는 엄청난 살기(?)에 밀려 말없이 부하들에게 철수를 명하고 자리를 떠난다. 나중에는 어떻게 되었을까? 자명하다. 소설은 쾌도인이 절치부심의 노력 끝에 냉철한을 이기고 진정한 무림의 제1인자가 되는 것으로 끝을 맺는다.

이 이야기는 교육학 개론을 들으면서 졸고 있는 학생들에게 들려준

이야기이다.

"언젠가는 여러분은 자기의 몸을 비집고 들어오는 '인생'이라는 냉혹한 방문자를 맞이할지 모른다. 그것이 사랑하는 사람과의 이별이든, 사업과 학업의 실패이든, 아니면 병마의 모습으로, 또는 쇠락해 가는 늙은이의 모습으로 찾아올지 모른다. 그럴 때 어떻게 할 것인가? 자신의 몸을 꿰뚫고 들어오는 칼날을 당연한 것으로 받아들이겠는가? 그래서 살고자 하는 의지를 포기하고 고통스런 비명을 지르며 자신의 나약함을 사방에 알릴 것인가? 아니면 한 가닥 실낱같은 가능성을 잡기 위해 두 손바닥을 모아 날카로운 칼날의 피를 씻어 내릴 것인가? 그렇다. 이것은 어디까지나 전적으로 여러분의 몫이다. 학생들이여, 인제 그만 졸고 일어나라"(2023년 10월).

잘 부탁합니다!

한 논설위원이 쓴 '윤 대통령, 일본의 독도 거론에 왜 침묵하나'를 보면 답답하기 그지없다. 요약하면 한일정상회담 후 일본 측은 독도 문제와 위안부, 레이더 조사, 수산물 규제 등에 대해 영토주권적인 도발적인 해석과 저의 있는 스텐스를 취했음에도 대통령실은 '물컵이 반 이상 찼다'고 하면서 자화자찬에 급급한 외교적 성과를 자랑하고 있다는 것이다. 능멸을 당하고도 당한 것을 모르는지, 한국 측의 무능과 실리 없는 굴욕적인 모습이 여지없이 드러났다고 본다. 이 글을 보는 필자도 착잡한 심경이다. 아마도 일본 정치인들의 생각은 드라마〈더 글로리〉에서 박연진이 말한 "왜 없는 것들은 인생에 권선징악과 인과응보만 있는 줄 알까?"일 것이다. 답답한 마음에 한 교육현장으로 눈을 돌린다. 다음 글은 경인일보에 기고한 2011년 4월 27일 자 칼럼이다.

얼마 전에 서울 상암동에 위치한 일본인 학교 입학식에 다녀왔다. 우리 자혜학교 설립자가 조선의 마지막 황태자비인 이방자 여사인 인연으로 일본인 학교와는 평소 교류가 있는 편이다. 특별히 이번 방문 목적은 도호쿠[東北] 대지진으로 어려움을 겪고 있는 일본을 조금이나마 위로하고자 본교 교직원들이 모은 성금을 전달하기 위해서였는데 마침 입학식이 있다고 하여 참석하게 되었다. 국내에 한 곳뿐인 일본인 학교에는 유치원 과정부터 중학교 과정까지 있는데 주로 일본 기업이나 정부 기관의 한국 주재원 자녀들이 다닌다고 하며 교직원은 40여 명으로 일본에서 파견된다고 한다. 3월에 입학하는 한국과 달리 입학식은 4월 13일 열렸다. 이번이 제40회로 꽤 긴 역사를 가진 일본인 학교의 입학식은 위엄 있고 질서정연한 모습이었다. 마사토시 무토 일본대사와 일본항공 한국지점장 등 많은 내빈이 참석하여 학생들의 입학을 축하하였는데 조금은 들뜨고 어수선하기도 한 우리네 입학식과는 사뭇 대조적으로 엄숙하게 진행되었다.

입학식장에 입장하는 모든 학생은 미리 표시된 선을 따라 각도를 유지하며 움직였으며 호명에 따라 절도 있게 일어났다. 단상에는 양국의 국기가 걸려있었는데, 일본 국가는 모두가 제창을, 애국가는 주악으로만 연주되었다. 축사를 하기 위해 단상에 오른 일본대사는 거의 구십도로 허리를 숙여 학생들에게 인사를 하며 입학을 축하하였다. 내빈 소개 순서가 되니 모든 학생이 일제히 내빈석을 향해 45도로 움직여 앉았다. 그리고 미동도 하지 않고 일정한 속도와 크기로 박수를 쳤다.

축사하는 내빈이나 선서하는 학생, 그리고 자기소개를 하는 담임 선생님의 목소리도 거의 똑같은 크기와 톤이어서 필자는 경직된 획일적인 단체규범에 가슴이 답답할 정도였다. 그러나 얼마 지나지 않아 작은 감동이 밀려왔다. 담임과 입학생의 상견례 시간이 되었는데, 담임 선생님이 큰소리로 "잘 부탁합니다(요로시쿠 오네가이 시마스)"라고 외치자 학생들도 일제히 "잘 부탁합니다" 하며 답을 하였다.

우리나라 졸업식을 비롯한 여러 학교행사가 생각났다. 요즈음 교육현장은 기본적인 질서와 규율을 지키는 것을 중시하면 시대에 뒤떨어졌다고 생각한다. 아울러 최소한의 권위와 예의범절을 지키려는 노력은 경시되고 있다. 공교육의 붕괴, 상실, 혼란 등으로 표현되는 교육현장을 보면, 학교는 이러한 흐름에 적극적으로 개입하여 새로운 가치관을 주도적으로 제시하여야 하는데 그렇지 못하다. 그런 점에서 볼 때 일본의 교육은 지나치게 획일적이어서 역동성과 창의성은 떨어질지 모르지만, 질서 생활 등 기본에 충실하고 사회규범을 중시하면서 다른 사람을 배려하고, 서로에게 부탁하는 자세로 조직과 집단을 우선시하는 사고방식은 우리가 배워야 할 점이다. 그러고 보니 지진과 쓰나미 참변에 의연하게 대처하는 일본인의 질서정연하고 엄숙할 정도의 절도 있는 집단 문화의 모습은 단순히 민족성으로 볼 것이 아니라 어려서부터 학교와 가정 그리고 사회에서 꾸준히 이루어진 교육의 성과가 아닌가 생각한다. 우리나라도 예로부터 동방예의지국으로 배려와 협력의 전통이 이어져 왔다. 그러나 급격한 산업화와 민주화의 결과 사회구조가 변화하면서 나만이 제일 중요하다는 이기주의가 일반화되었다고 본다.

며칠 전 수원전산여자고등학교 졸업식에 간 생각이 난다. 단상에서 내려다보는 졸업식장의 광경은 그야말로 자유롭고 분방하다. 식전행사로 댄스동아리의 열정적인 춤이 있었는데 따라 춤추고 소리 지르는 학생들의 모습은 발랄하고 싱싱하다. 졸업식 마지막에 교가를 부르는 순서가 되었다. 일순간 강당 가득히 자리한 수백 명의 여고생이 힘차게 고음을 모아 떼창으로 교가를 부른다. 푸른 젊음과 무한한 가능성을 자랑이라도 하듯 힘차게 부르는 학생들의 모습은 가히 역동적이었다. 그래! 이것이 우리 한국인의 저력이자 힘일 것이다. 전율에 가까운 감동은 지금도 생생하다. 교육은 우리의 미래를 생산적으로 열어가는 수단이다. 기본적인 인성교육에 충실하면서 지구촌의 한 시민으로서 더불어 살아가는 교육 활동을 꾸준히 추구한다면 우리나라도 머지않아 일본을 포함한 세계를 지도하는 문화강국으로 부상할 것이다.

잘 부탁합니다!(2023년 5월)

변화를 이끌어내는 부드러운 개입

올해 노벨 경제학상 수상자로 리처드 세일러Richard H. Thaler 교수가 선정되었다는 소식을 듣고 평소 관심이 많았던 넛지nudge 이론이 생각나 반가웠다. 세일러 교수는 인간은 언제나 이기적이고 합리적 결정을 한다는 전제를 깔고 있는 고전적 주류경제학과 달리, 심리적·사회적 요소가 경제 주체의 의사결정에 미치는 영향을 연구하는 행동경제학을 통해 제한적 합리성과 공정성 선호, 자제력 결여 등 인간의 특성이 시장뿐 아니라 개인의 의사결정에 어떻게 영향을 미치는지 체계적으로 분석하였다. 그 좋은 예로 그는 '독재자 게임'이라는 실험을 하며 참가 학생들에게 20달러를 나눠주고 마음대로 상대방과 나눠 가지라고 했을 때 한 푼도 안 나눠 주는 사람보다 상당한 수준의 돈을 나눠 주는 분배자들이 더 많았음을 알아냈다. 이는 노벨위원회가 말했듯이 세일러 교수는 공정성이 인간의 의사결정에 큰 역할을 한다는 것을 보여줬으며 아울러 인간은 공정한 분배를 유지하기 위해 물질적인 이익을 자제할 준비가 돼 있을 뿐 아니라 기본적인 공정성 규칙을 위반하는 다른 사람들을 처벌하기 위해 개인적으로 비용을 치를 의향이 있다는 것을 밝혀낸 것이다.

넛지nudge의 사전적 의미는 '팔꿈치로 슬쩍 찌르다, 주의를 주다'이다. 일반적으로 '타인의 똑똑한 선택을 유도하는 부드러운 개입'이란 뜻으로 통용되고 있다. 넛지는 인간으로 하여금 선택을 유도해 행동을 변화시키는 방식을 말한다. 똑똑한 선택을 유도하는 설계자가 사람들에게 명령이나 지시를 하지 않고, 어떤 선택을 금지하거나 그들의 경제적 인센티브를 훼손하지 않고도 예상 가능한 방향으로 행동을 변화시키는 것을 의미한다. 많은 예가 있다. 암스테르담의 스키폴 공항의 남자 소변기에 파리 모양의 스티커를 붙여놓는 아이디어만으로 소변기 밖으로 새어나가는 소변량을 80%나 줄일 수 있었던 것, 사용량이 많아질수록 전구의 색깔이 빨갛게 변하도록 하여 전기소비량을 줄인 것, 쓰레기 무단투기지역에 꽃 담장을 조성해 쓰레기를 줄인 것, 냉장고 문에 오목거울을 붙여서 실제보다 뚱뚱하게 보이게 해 간식을 꺼내려는 손을 멈추게 하는 것도 넛지를 이용한 사례이다. 음식점에서 점심 특선, 오늘의 메뉴 등 디폴트 옵션을 정해주면 고객이 메뉴를 선택하는 데 도움이 되는 것, 고객에게 단지 구매 의사를 묻는 것만으로도 구매율을 35% 올릴 수 있다는 것, 큰 그릇으로 식사를 하면 아무리 많은 양이라도 작은 그릇보다는 많이 식사를 하기 때문에 처음부터 작은 그릇에 먹어야 다이어트에 도움이 된다는 것도 넛지 전략에 기초한 사실들이다. 아이한테 몸에 좋은 과일을 먹이기 위해, 햄버거 등 정크 푸드의 유해성을 강조하기보다 눈에 잘 띄는 식탁 위에 놓아두는 행동도 넛지 전략이다.

요즈음 교육현장에서 시행되는 여러 가지 바우처제도도 넛지 전략의 일환이라고 본다. 학교현장에서 넛지 이론의 첫 시도는 학교급식에서 시작되었다고 한다. 늘 똑같은 음식을 먹는 학생들에게 점심시간에 음식을 맛있게 먹게 하여 식사량을 늘릴 수 없을까를 고민한 결과, 한 슈퍼마켓 디스플레이어의 의견을 참고하여 음식 배열 순서를 아이들이 좋아하는 음식부터 눈에 띄게 놓아두니 그달에만 25% 정도 급식량이 늘었다는 것이다. 아주 단순한 방법이 아닌가? 식욕이 돌아 음식 소비량이 많아졌으며, 똑같은 음식인데도 불구하고 음식 수준이 높아졌다는 평가를 받았다는 것이다.

넛지 이론은 사람의 행동을 변화시키기 위해 근대주의적인 권위적 명령과 강제적인 강요, 또는 방임하거나 지시에 의한 억압보다는 자유주의적인 부드러운 개입이 더 효과적이라는 것을 강조한다. 따라서 탈권위와 개인의 자유를 강조하는 요즈음 시대에 일단 청을 받아들이는 입장에서는 매우 부드럽게 다가온다고 볼 수 있다. 일반적으로 좋은 의미이든 어떻든 간에 '변화'에 노출된 사람들은 일단 저항하고 본다. 변화를 수용하게 만든다는 것은 바로 이 저항을 제거해 주는 일인데, 이럴 경우에도 넛지 전략은 유효하다. 혹자는 강제성이 없기 때문에 실제적인 효과를 의심하는 사람들이 있다. 그러나 넛지 효과를 적용해 본 많은 실례는 이러한 우려를 없애준다. 그럼 넛지 효과가 가지는 의미는 무엇일까? 넛지 효과를 통해서 궁극적으로 보여주고자 하는 것은 스스로 선택하는 자율성을 일깨우는 것일 것이다. 사람은 자신이 스스로 선택한 자율성이 있을 때 책임감도 함께 수반하고 의식한다. 반대로 옳기 때문에 반드시 복종해야 한다는 식의 억지가 들어간 방법은 반항심만 기른다. 그런 의미에서 넛지는 모든 사람에게 자유와 자율성을 세련되게 부여해 주는 작업이라고 할 수 있을 것이다.

특수교육 현장에 근무하였던 필자로서는 교육현장의 지도성에 '넛지' 전략을 더 한다면 교직원들이 더 의욕적으로 근무하며 아이들을 잘 지도하지 않을까 생각해 본다. 성공보다는 좌절과 실패경험이 많은 장애 학생들에게 교사 주도적인 지시와 강제적인 개입은 실패할 가능성이 크다. 이러한 상황에서는 학생들에게 똑똑한 선택과 결정을 유도하는 부드러운 교육 방법적인 중재가 필요하다. 직접적인 지적과 질책은 학생을 오히려 주눅 들게 할 수 있기 때문이다. 의욕과 반응이 없는 아이에게 단지 공부 의사를 묻는 것만으로도 교육 효과는 있지 않을까? 처음부터 작은 그릇을 아동에게 제시하는 게 좋지 않을까? 다양한 선택 거리를 제공하고 자발적인 결정을 기대하는 것은 어떨까? 이처럼 우리는 파리 그림을 그려 넣은 선택 설계자처럼 학생들이 자발적으로 즐겁게 참여할 수밖에 없는 지원을 부드럽게 제공하여야 한다. 요즈음 유행하는 '긍정적인 행동 지원'Positive Behavior Support도 넛지 전략과 융합하면 보다 효과적이지 않을까 생각한다.

학생지도에도 온화하고 인간적인 면을 강조하는 넛지 전략이 장애 학생의 성정과 맞을지도 모른다. 그러나 넛지는 교육 공학적인 방법 면에서 유용할진 몰라도 본질은 아니라고 본다. 우리가 추구하여야 할 교육 철학적인 본질은 바로 진정성과 일관된 성실성이지 않을까 한다. 한 연구에 의하면 기업에서 사용하는 넛지 효과는 어떤 의도로 누구에게 사용되느냐에 따라 다양한 결과를 얻을 수 있다고 하였다. 요즈음엔 엣지edge라는 표현을 많이 쓴다. 교육현장을 위시해 우리가 살아가는 삶의 터전에서 넛지 전략을 엣지 있게 구사하여 서로가 향상하는 생활이 되기를 기대해본다(2017년 12월).

'혁명적 부'와 특수교육

앨빈 토플러의 『富의 未來』는 원제가 Revolutionary Wealth로 '革命的 富'라고 번역을 해야 옳다. 그럼에도 제목을 '부의 미래'라는 묘한 단어로 바꿔 부르는 것은 혁명이라는 용어에 대한 우리나라의 사회문화적인 배경과 대중의 정서적인 반감을 고려한 것 같아 조금은 씁쓸하다. 이 미래학자는 농업혁명과 산업혁명에 이어 도래하는 급격한 변화의 시대를 맞이하여, 부를 잡으려면 지식 혁명적 사고를 해야 한다고 주장한다.

이 책에는 반복되는 키워드가 하나 있는데, 생산을 뜻하는 produce와 소비를 뜻하는 consume의 합성어인 프로슈머prosumer라는 단어이다. 생산자와 소비자가 엄격히 구분된 산업혁명의 대량생산 개념이 무너지고 지식혁명 시대에서는 개인의 다양한 요구에 맞춘 맞춤형 제품이 나오는데, 이 맞춤도 소비자 본인이 스스로 생산자가 되어 만들어 간다는 것이다. 앞으로는 옷만 맞춤형을 입는 시대가 아닌, 자동차나 집, 심지어는 환자에 따라 맞춤형 의약품이 나오며, 농산물마저도 개인의 입맛에 맞춘 작물이 생산될 것이다. 우리나라의 몇몇 진보적인 교회는 교인들이 스스로 예배의 형식과 주제를 설정하고, 교회는 이것을 전향적으로 받아들여 운영하고 있는데, 종교적인 영역에서 볼 수 있는 프로슈머prosumer의 좋은 예라고 볼 수 있겠다.

이러한 관점에서 필자는 앞으로 장애 학생을 지도하는 특수교육 기관도 맞춤형 교육을 실천해야 한다는 프로슈머들의 특화된 요구가 있을 것으로 본다. 앞으로는 지금까지 해오던 개별화 교육에서 진일보하여 특수교육수요자가 교육 생산 과정에 주도적으로 참여하는 때가 올 것이다. 학생의 장애 정도에 따른 요구와 필요는 너무나 다양하기 때문에 학생과 학부모가 개개인에 적합한 특수교육을 설계하고, 참여하며, 그 결과를 교육자와 상호 평가하는 시대적 요구는 이제 피할 수 없는 현실이다. 지금까지 특수교육 기관은 수고하고 헌신한다는 칭찬에 안주한 면도 없지 않다. 교육 효율을 추구하는 맞춤형 교육을 지향하지 않는다면, 머잖아 많은 특수교육대상자는 우수하고 저렴한 외국기관을 찾아가 치료 교육을 받으려 할 것이며, 사회적 안전망이 잘 보장된 시스템에서 존중받으며 직업교육을 이수할 것이다. 특수교육 기관도 치열한 경쟁 사회에서 살아남기 위해서는 질 높은 교육을 전개하여야 한다.

앨빈 토플러는 책의 말미에서 속도가 화두가 되는 미래에는 우리나라가 중국, 일본과 더불어 우수한 IT 기술산업과 넘치는 자원봉사정신 등을 바탕으로 새로운 부의 세력권을 형성하여, 차세대 선두주자가 될 것이라는 강력한 암시를 하였다. 믿어볼 일이다(2007년 4월).

6년 만에 입을 열다

오에 겐자부로는 일본에서 촉망받는 유명한 젊은 작가 중의 한 사람이었다. 1963년 그에게 히카리라는 아들이 태어났는데, 그는 두 개의 뇌를 가진 뇌탈장자로, 뇌의 일부가 두개골 밖으로 비집고 나온 장애아였다. 수술을 받지 않으면 죽고, 수술을 받아도 자폐증과 정신지체, 간질, 시각장애 등 거의 모든 심각한 장애를 안고 살아가야 했다.

히카리의 부모는 주저 없이 수술을 결정하고, 사회의 온갖 멸시와 비난, 협박과 테러에도 굴하지 않고 그를 키워나간다. 당시 가난과 상실감 등 패전의 후유증이 심하던 일본 사회의 장애인에 대한 편견은 거의 '혐오'의 수준이어서 가족은 히카리를 내놓고 키운다는 이유로 온갖 협박을 당하고, 심지어는 유괴되는 일도 있었다. 지능지수 65에, 말도 못하고, 눈물관조차 없어 울 수도 없는, 외부와의 소통이 단절된 채 태어난 아들을 위한 가족의 노력은 처절할 정도였다.

가족은 사물에 대한 반응이 거의 없는 히카리에게 일본 토종 새들의 울음소리가 녹음된 테이프를 들려주며 필사적인 인지훈련에 들어갔다. 아이가 6살 되던 해, 휴양지의 한 숲에서 히카리는 새 한 마리가 우는 소리를 듣고, 하늘에서 천둥이 내리치듯 "이것은 흰눈썹뜸부기입니다." 라며 또박또박 말문을 열었다. 새소리에 대한 기억도 정확했고, 발음도 새소리와 같이 녹음돼 있던 아나운서의 목소리를 그대로 따른 것이었다. 의사들도 포기한 아이에게 6년간 계속된 가족들의 노력이 그제서야 희미한 빛을 발하기 시작한 것이었다.

외부와의 소통을 시작한 히카리는 클래식 음악에 집중적인 관심을 보이기 시작했고, 그는 20세를 넘어서 장애를 가진 비범한 창의적인 작곡가idiot savant로서 성공을 거두기 시작한다. 이제 음악을 통해 세상에 스스로 목소리를 내기 시작한 것이다. 장애아를 키우는 자신의 경험을 토대로 쓴 『개인적 체험』이라는 글로 아버지 오에 겐자부로는 노벨 문학상을 받는다.

가정의 달 5월에 장애를 가진 아이의 눈으로 세상을 바라보고, 그래서 재능을 발견하고, 가르치고, 그러면서 세상의 편견과 싸우고, 힘들어하는 장애인 가족을 생각한다. 또한, 아들의 음악을 들으며 자신이 치료되고 있음을 느낀, 개인과 사회, 그리고 인간 내면의 문제에 대해 남다른 통찰력을 얻을 수 있었던 한 아버지를 생각한다. 오늘은 제26회 스승의 날이다. 이 땅의 모든 장애 학생을 위해 수고하는 선생님들에게 감사를 드리고 싶은 마음이 든다. 아울러 진정한 학생의 스승들인 장애 학생 학부모들에게도 깊은 감사와 존경을 드린다(2007년 5월).

무릎 꿇은 시동

신음류新陰流는 일본 특유의 검술유파로 하나의 자세와 기술을 고집하지 않고 유유히 흐르는 물과 같은 천변만화의 변화를 기본 정신으로 하고 있습니다. 아울러 다른 사람의 생각과 감정을 읽는 능력을 매우 중시 여겨, 스스로 먼저 공격하는 것을 하책으로 보고 상대를 먼저 움직여서, 즉 적에게 먼저 앞을 내게 하여 이기는 것을 추구합니다.

야규 무네노리는 17세기 신음류新陰流검술학교에 속한 당대 제일의 뛰어난 사무라이였습니다. 그는 어느 봄날 벚꽃을 감상하며 한가롭게 정원을 걷고 있었습니다. 그의 뒤로는 당시의 관습대로 시동 하나가 칼을 빼든 채 뒤를 따르고 있었습니다. 갑자기 무네노리가 위험을 느끼고 멈추어 섰습니다. 그리고는 주위를 살펴보았으나 아무런 이상한 조짐을 발견하지 못하였습니다. 그럼에도 그는 집에 돌아와 기둥에 등을 기댄 채 기습에 대비하였습니다.

어느 정도 시간이 지나서 시동이 그 이유를 물으니 무네노리는 자신이 틀림없이 위험을 느껴서 대비하였는데 자신의 예측이 빗나간 것 같다고 무인으로서 부족한 점을 한탄하였습니다. 그러자 갑자기 시동이 땅에 엎드려 고백을 하였습니다. 주인이 벚꽃 구경에 빠져 정신이 없는 것을 보고 자기가 뒤에서 벼락같이 급습을 하면 아무리 뛰어난 검객이라도 피할 수 없을 것이라는 생각이 들었다는 것입니다.

이제 신학기가 시작되었습니다. 긴 방학 동안 우리 학생들은 가정과 지역사회 등에서 다양한 체험활동을 통해 평소 학교생활에서 익히지 못한 것들을 많이 배운 가운데 뽀얗게 살이 올라 교정에 들어섭니다.

장애 학생들은 일반적으로 인지능력이 떨어지고 의사소통능력이 부족한 편이어서 자신의 필요나 요구를 나타내거나, 혹은 또래들과 사회적 활동을 하는데 필요한 감정표현이 서툰 경우가 많습니다. 그래서 특수교육을 담당하는 선생님들은 이러한 면을 잘 감안하여 학생들의 일거수일투족을 세밀하게 살펴서 교육 활동을 전개하는, 무서울 정도로 학습자에게 집중하는 자세와 능력을 길러야겠습니다. 그런 다음 정교하게 구안된 개별화된 교육IEP을 전개하여야겠습니다. 학생에 대한 치밀한 몰입과 집중은 장애 학생에 대한 또 다른 형태의 사랑이자 관심이고 교육입니다. 우리의 진정성 있는 집중력은 학부모를 위시한 많은 사람의 관심과 지원을 넉넉하게 이끌어 낼 것입니다(2007년 3월).

비슷한 그림들

　얼마 전 경기도박물관에서 치매미술치료협회가 주관한 '나의 사랑, 나의 가족'전이 있었다. 우리 자혜학교 학생들도 초대받아 참여하여 다양한 볼거리를 즐기고 왔다. 1부에서는 전시회에 출품된 여러 가지 그림을 관람하였고 2부 순서로는 마당놀이 '맹가네 경사 났네'가 흥겹게 판을 벌였는데 여러 노인 어르신들이 흥겹게 보고 즐기셨다.

　야외 전시장에는 노인들이 그린 작품들이 전시되어 있었는데 구경을 하다 보니 그림들이 어디서 많이 본 듯 익숙하였다. 평소 우리 학교의 학생들이 그린 그림들과 아주 비슷하다는 것을 느꼈다. 그래서 흥미를 가지고 천천히 그림들을 감상하였다. 이날 작품을 내신 분들은 일부 치매를 앓고 있는 분들과 치매 예방 차원에서 그리기 활동을 꾸준히 하고 계시는 분들이다. 대부분의 그림은 자신들이 살아온 지나간 신산한 삶을 회상하며 그린 내용으로 1930년대와 1940년대의 가난하고 어려운 생활상이 소박하게 반영되었다. 주로 먹거리와 관계된 그림이 많이 등장하는데, 시루떡과 감자, 복숭아, 옥수수 그림이 많았고, 농촌사회의 전형적인 모습을 소재로 하여, 초가집 담장에 매달려 올라가는 호박

꽃과 나팔꽃 그림, 지붕 위의 커다란 호박들, 우물가에 서 있는 앵두나무, 보리밭에서 농사짓는 모습, 고추 말리는 풍경 등이 진솔하게 그려져 있었다.

어른들은 그림으로 묘사하다가 잘 안 되거나 부족하다 싶으면 글이나 특이한 표시로 강조하였다. 김강희(76세) 할아버지는 제사에 올린 떡을 그리면서 시루떡의 유난히 까만 부분을 '파리'라고 친절하게 글로 써넣었다. 또 다른 분은 많은 호박 중에 한 호박을 '애호박'이라고 돼지꼬리표로 설명을 하였다. 아마 파리와 애호박은 그들에게 특별한 이유가 있는 모양이다. 어떤 노인은 고추 말리는 그림을 그리셨는데 잘 마른 고추와 덜 마른 고추를 빨간 색깔과 초록 색깔로 구분하여 색칠하여 꽤 섬세한 면을 보이셨다. 한참 들여다본 작품으로는 94세의 조명수 할아버지가 그린 '무궁화'라는 제목의 그림이었는데 출품한 분 중에 가장 연세가 많은 분이 아닌가 생각되었다. 제목이 고향 집이라는 그림에는 '가게 세놈'이라는 조그만 간판 그림이 들어있어서 실제적인 삶의 흔적이 조용히 드러났다. 노인들이 그린 그림의 또 다른 특이한 점은 그림의 구도가 다양하지 못하고 단선적이고 규칙적인 나열과 한쪽 방향을 고집한다는 것이다. 신희용(74세) 님이 그린 고등어 그림과 제사를 지내는 사람들의 방향이 일정한 것 등은 대표적인 예라고 보겠다.

삶의 많은 부분을 유장悠長하게 보낸 분들의 마음은 그저 담백한 소망과 아쉽고도 좋았던 추억으로만 나타나는가 보다. 회화적인 표현력이 부족하여서인지 갈등과 욕망과 같은 자아와 관계된 내면세계의 표출 작품은 거의 없는 것 같았다. 아마 다른 사람에게 보이기 싫은 면이 더 강하지 않았나 본다. 그러나 어르신들의 세계는 우리 아이들의 그것처럼 솔직하고 담백하였다. 출품된 그림의 제목들이 너무 단편적이고 형식적인 것 같아서 조금 아쉬웠지만, 이러한 기회와 공간을 마련한 여러분께 감사할 뿐이다.

어렸을 적에 한동안 열심히 만화를 그린 적이 있었는데 아마 내가 나이가 들면 인생의 한 부분을 만화로 그리지 않을까 생각하였다. 그 내용은 평소 좋아하는 여러 가지 운동을 하는 모습일까? 아니면 근무한 여러 학교의 생활 모습일까? 아니면 가보지 못한 이국적인 풍광에 대한 상상적인 바람일까? 등등을 생각하는데 옆에서 신이 나서 자신의 그림을 설명하는 한 할머니의 집요한 자랑이 그리 밉지 않게 다가왔다. 내일은 평소에 덤덤히 보고 지나쳐온 우리 아이들의 그림을 잘 보아야겠다(2006년 6월).

생각의 크기로 바라본 캐나다

국립특수교육원에서는 매년 우수한 특수교육현장의 관계자들을 선발하여 해외연수를 실시한다. 그 목적은 해외연수를 통해 '통합교육에 대한 최상의 접근' 방안이 무엇인가를 알아보는 데 있다. 2004년도에 캐나다로 해외연수를 다녀왔다. 연수는 캐나다의 밴쿠버에 소재한 UBCUniversity of British Columbia에서 7월 19일부터 8월 15일까지 4주간 직무연수형식으로 실시되었다. 연수단은 모두 20명으로 단장을 포함한 연구사 2명, 장학사 1명, 교감 1명, 교사 16명이었다. 다음은 제8회 특수교육전문요원 양성 해외 특별연수에 다녀온 후기이다.

출발 및 도착, 그리고 오리엔테이션(7월 19일)

연수 첫날 기록인 만큼 교과서적으로 적어야겠다. 총 20명이 캐나다 밴쿠버를 향해 KAL기 KE 071호를 탔는데 모두가 Economic Class이다. 나는 좌석 38F에 몸을 실었다. 약 9시간 정도가 걸린다고 한다. 84년도에 하와이에 갈 때의 그 긴 지루함을 생각하니 조금은 위안이 되었다. 때가 되면 기계적으로 나오는 기내식과 훈련받은 웃음과 서비스, 그리고 일정 시간마다 비행좌표를 알려주는 시스템에 숨 막혀 하며, 도착하면 최소한 크고 넓은 땅덩어리는 보지 않겠는가? 하고 인내하였다.

밴쿠버국제공항에 도착하니 UBC 대학 측이 마련한 스쿨버스가 나와 있었다. 기숙사에 도착하여 각각 숙소를 배정받으니 나는 132호이다. 옆방에는 명혜학교 이돈희 선생님이 배정되어 나 때문에 많이 신경 쓰고 고생하겠구나 생각하였다. 자동으로 문이 닫히기 때문에 늘 열쇠를 몸에 지니고 다녀야 한다. 조금의 쉴 틈도 없이 곧바로 앞으로 한 달 동안 공부할 강의실로 가서 이번 연수를 총괄한 자메이카인인 Yvonne Brown 교수로부터 Orientation을 받았다. 교육과정을 소개한 안내문과 일정표를 보니 연수가 결코 만만치 않다는 것을 느꼈다. 이국적인 환경과 미지의 생활에 조금씩 들떠가는 선생님들을 보고 앞으로 잘 어울려 지내는 것이 조금은 쉽지 않을 것 같다는 생각이 들었다. 전에 없이 차분하게 가라앉은 나 자신을 보고 나이 탓인가? 아님 두고 온 현안들 때문인가? 하는 생각에 마음은 무거웠다. 다른 연수팀에 비해 우리는 1인 1실을 쓰게 되어 보다 편하게 지내게 된 것이 위안이라면 위안이다. 밴쿠버의 첫날밤은 장시간의 비행에서 온 피곤함이 무거운 마음을 누른 가운데 서서히 깊어져 갔다.

생각의 크기(7월 25일)

나의 홈페이지인 '우공의 유니콘스' 회원여러분께 빨리 연수 소식을 전하고 싶었으나 한글자판 지원 컴퓨터가 없어서 일전에 급한 마음에 잘 쓰지도 못하는 영어편지 글을 보낸 사실이 미안하게 생각되었다. 요즘 진행되는 연수는 한 주제를 놓고 직접 외국인 교수들 및 현장의 교사들과 토의를 한 후 최상의 결론과 제안을 도출해내는 형식이기 때문에 유익하면서도 힘들다. 그러나 많이 도움이 되고 재미있다. 오늘은 그동안 타이트한 연수를 마치고 처음으로 캐나다 관광을 나갔다. 주로 2010년도에 동계올림픽이 열리는 whisker 일대를 돌아보았다. 모든 것이 크고 넓기 때문에 나는 그것을 폭넓게 포용할 수 있는 '생각의 크기'를 갖추어야겠다고 생각하였다.

이국에서의 배구경기 (7월 28일)

오늘 연수는 Kathleen Champion 교수가 '발달장애 아동에 대한 최근의 Issues'에 대해 시청각자료를 중심으로 강의하였다. 오후에는 체육관에서 연수 단원끼리 조별로 팀을 짜서 배구시합을 하였다. 2개 조씩 연합한 2팀이 100달러 내기 시합을 하였는데 모두가 한가락씩 한다. 나중에는 다른 중국계 학생들과 시합을 하였는데 남자가 적어서 쉽게 졌다. 매주 월, 수, 금요일에는 배구코트를 개방하고 나머지 요일에는 농구 및 배드민턴 코트를 개방한다고 하니 모두가 좋아한다. 모처럼 땀을 흘리니 UBC 티셔츠의 TUUMEST(It is Your Duty)라는 글자가 푹 젖어 나온다. 이놈의 배구는 어딜 가든지 꼭 따라 다닌다고 즐거운 비명을 질렀다.

Pat Miranda 교수와의 만남 (7월 29일)

아침에 일어나 기체조를 하였다. 갈수록 잡념이 많이 생긴다. 그리고 호흡을 일관되게 가져가는 것이 힘들다. 오늘은 처음으로 자전거로 강의실을 향했다. 필요한 모든 것을 배낭에 집어넣고 등에 매달고 달리니 기분이 좋았다. 마치 대학생이 된 기분이었다. 오후에 특별히 초빙된 Pat Miranda 교수는 이곳 UBC 대학에 재직 중인 특수교육학의 세계적인 권위자이다. 모처럼의 기회이니 질문들이 쏟아진다. 나는 뇌성마비 아동 중 특별히 침을 많이 흘리는 아동의 근본적인 치유책에 대해 물어보았다. 물론 교육적으로는 침을 받아내는 수건에 의미를 부여하여 매일 새로운 장식물로 인정하고 본인에게는 코디의 일부로, 조력해주는 친구들에게는 도움 활동이라는 역할부여의 의미가 있지만 나는 외과적인 접근을 물어본 것이다. Pat MIranda 교수는 '침샘 제거'라는 한 방안이 있기는 하지만 높은 비용과 또 다른 부작용의 우려가 있다고 하면서 그렇지만 시도해 볼 만한 좋은 방법의 하나라고 하였다. 조언에 감사드린다.

캔모아의 밤(7월 30일)

오전에는 Garden City of Elementary School과 London Secondary School로 Field Trip을 다녀왔다. Garden City of Elementary School은 이른바 ESL 과정을 지도하는 여름학교가 열리고 있었는데 그곳에서 만난 어린 한국인 학생 2명이 마음에 남았다. 두 학교 모두 환경구성이나 결재과정 등이 형식과 틀에 매이지 않고 오직 실제적인 효율에만 주안점을 둔 것이 마음에 들었다.

저녁에는 비행기로 밴쿠버공항을 출발하여 밤늦게 캘거리에 도착, 내일의 주말여행지인 밴프를 가기 위해 캔모아로 이동하였다. 숙소인 Howard Johnson 호텔은 연륜은 있으나 그렇게 화려하지는 않았다.

남자 4명이 침대 2개를 공유하며 같이 자는 것이 조금 불편하였다. 캔 모아의 밤은 이렇게 깊어갔다.

물빛으로 받아본 북미의 전설들(7월 31일)

오늘은 온통 내 마음이 물 빛깔로 채워진 듯하다. 세계 10대 절경 중의 하나라는 '루이스'호수와 페이토호수, 그리고 바울호수를 찾아보았다. 아니 바라보았다기보다는 한 몸이 되어 잠시 멈추었다. 호수마다 담고 있는 물 색깔은 각각 다 달랐는데 루이스호수는 석회석이 담아내는 에메랄드색으로, 페이토호수는 원주민의 토템처럼 이름 없는 빛깔로, 바울호수는 마치 바다인 양 가까이에서 발 담그기를 원하였다. '좋다'라는 생각과 아울러 신은 자신을 성서와 자연을 통해서 계시한다는 이야기가 의미 있게 와 닿았다. 특수 제작된 설상차를 타고 둘러본 아이스필드에서의 느낌은 바로 태고와 현실의 만남이다.

막스 부르흐와의 폭포 같은 만남(8월 2일)

새로운 교수가 왔다. 연수 중 처음으로 만나는 남자 교수이다. 미국에서 잠시 미식축구선수 생활을 하다가 이곳 캐나다에서 특수교육지원행정을 전공한 Rick Ryan 교수라고 소개받았다. 여자연수생들의 반응이 남달리 환영하는 분위기이다. 내일까지 강의가 있는데 강의주제는 EBD(Emotional Behavior Disorder)와 EBS(Effective Behavior Support)이다. 특별히 Suspension Program이 인상적이었다.

저녁에는 모두 이곳 BC주의 국경일을 맞아 여러 가지 이벤트 행사를 보러 시내 투어를 나섰는데 이렇게 혼자만의 시간을 갖는 것도 좋다. 피곤한 몸에 막스 부르흐의 교향곡이 폭포처럼 쏟아져 내려 잠시 도움이 되었다. 날은 조금씩 선선해지고 있다. 가을인가?

Field Trip의 매킨토시와 SET-BC(8월 4일)

원래 금요일로 예정된 현장학습을 앞당겨서 오늘 Field Trip을 다녀왔다. 캐나다 BC주의 Surrey District 산하 'Resourse Center'를 방문하였다. 그곳에서 보조공학기기 사용 실습(Assistive Technology Overview)을 하였다. 특이한 것은 SET-BC(Special Education Technology in British Columbia)라는 부서가 있어서 교육청 산하의 약 1,000여 명에 달하는 지체부자유학생 및 시각, 자폐증 학생들에게 전문적인 특수교육공학적인 지원과 훈련을 담당하고 있다는 사실이다.

오후 늦게까지 장애 학생을 위한 각종 첨단 학습공학 매체에 관해 설명을 듣고 직접 시연해보았다. 앞서가는 선진국의 장애인에 대한 구체적인 지원이 많이 부러웠다. 손발을 쓸 수 없는 학생이 단순히 고개만 움직여 컴퓨터를 활용하는 것이 인상적이었다. 오늘 우리가 구동한 컴퓨터는 모두 매킨토시로서 운영에 힘들었으나 많은 정보를 얻는다는 사실에 만족하고 연수를 마쳤다. 오늘도 밴쿠버는 흐리고 비가 온다.

깊이 없는 철새들의 저녁잠(8월 5일)

Lorraine Kamp 교수의 '보완대체의사소통'(Augmentative and Alternative Communication) 강의가 계속되었다. 전공이 그러해서인지 또박또박 천천히 말하여 비교적 강의내용이 잘 들어왔다. 그리고 Presentation의 내용을 복사본으로 제시해 주어 주석과 의견을 다는 데 도움이 되었다. 100킬로가 넘는 과체중으로 무릎과 발목이 아파 겨우 걸어가는데도 강의 준비만큼은 얼마나 치밀하게 하는지 모른다. 본인의 몸이 불편한 것이 우선인가? 우리를 의식하지 않고 턱 하니 책상 위에 거구를 올려 놓고 강의하는 모습이 그렇게 밉지만은 않다.

저녁에는 시내 투어를 나갔다. 서부 밴쿠버지역에 있는 BURNABY 호수, 실제로는 늪으로 보면 되는데 수많은 철새가 서식하는 곳이었다. 저녁 어스름 속에서 자고 있을 수만 마리의 새들을 생각하니 늪이 안고 있는 그 깊이 없는 깊이가 무겁게 다가왔다.

실제적인 환경에서의 공존(8월 6일)

오늘은 어제의 강의에 이어 Lorraine Kamp 교수가 '보완대체의사소통'Augmentative and Alternative Communication에 대해 강의하였다. 구체적으로는 의사소통이 어려운 중증장애 학생들에게 의사소통을 가능케 하는 여러 가지 보완, 대체매체에 대해 설명을 듣고 다양한 도구 및 학습자료를 직접 조작, 작동해 보았다. 우리 학교에 있는 몇 명의 학생들이 생각났다. 그동안 무심하게 지내온 나에게 조금 질책을 하였다. 우리나라는 더워서 야단이라는데 이곳 밴쿠버는 3일째 오락가락 비가 온다. 오늘은 비가 많이 와 걸어서 강의실로 향하였다. 수많은 다람쥐와 그리고 전혀 어울릴 것 같지 않은 까마귀와 갈매기가 주위에 가득하다. 수시로 울어대는 이들의 기괴한 울음소리, 그리고 비를 맞으며 수백 명씩 강의실로 향하는 다양한 인종들의 모습이 묘하게 혼재되어 실제적 Practical인 공간이라는 생각이 났다. 저녁에 잠시 체육관에 들러 모르는 사람들과 어울려 배구를 하였다. 주말 미국 시애틀 관광은 취소하였다. 짧은 기간 동안 빨리 조급하게 무엇이든 채워야 한다는 강박감이 조금은 싫었다.

시애틀의 흑인영가(8월 7일)

어제까지만 해도 좀 더 여유를 갖고 주말을 보내려고 한 계획이 동료들의 강권으로 말도 많았던 시애틀 관광을 시작하였다. 9·11테러의 여파, 그리고 끊임없이 밀려드는 한국인 밀입국자로 인해 국경 통과가 굉장히 까다롭고 힘들다는 이야기를 들었다. 다행히 노련한 현지 가이드의 도움으로 비교적 쉽게 국경을 통과하였다.

한국의 남산타워와 같은 기능을 가진 스페이스 니들space needle을 찾아보았다. 조형물의 꼭대기에 뾰족한 바늘 모양의 침이 있어 '우주를 향한 바늘'이라고 이름 지었나 보다. 맨 꼭대기에서 바라본 시애틀의 모습은 아름다웠다. 그러나 워낙 전번에 Banff를 다녀올 때 비행기에서 내려다본 로키산맥의 장관에 제압당한 탓인지 특별한 감동은 없었다. 오히려 개인적으로는 일본인 이치로가 활약하고 있는 미 프로야구의 '시애틀 매리너스'팀의 홈구장의 하나인 '세이프코 필드' 구장을 가까이에서 보았다는 점이 기억에 남는다. 지붕의 철골구조가 인상적인 세이프코 필드는 특히 '장애인 지향적인 구장'으로 유명하다. 세이프코 필드는 1,010석의 장애인석과 함께, 505석의 동행인석을 보장하고 있다. 야구를 좋아하는 나로서는 아직 Dome 구장 하나 없는 우리나라의 열악한 프로야구 기반이 아쉽게 생각되었다. 지금 구단의 사정이 가장 열악한 '현대유니콘스'팀이 여봐란듯이 Dome 구장을 하나 지었으면 좋겠다는 소망을 해본다.

여선생님들이 강력히 가보기를 원한 스타벅스 1호점을 찾아보았다. 커피를 별로 좋아하지 않는 나로서는 별다른 의미가 없었으나 매장의 입구에서 거리 공연하고 있는 흑인중창단을 보고는 기분이 바뀌었다. 나이 50이 넘은 듯 연륜 있는 목소리들이 크게 흑인영가를 뽑아내고 있었는데 같이 합류하여 부르고 싶은 충동을 겨우 참았다. 이들이 내놓은 20여 달러밖에 안 되는 CD를 못 사준 것이 두고두고 아쉬웠다.

보잉항공박물관에서는 60년대에 닉슨과 케네디, 그리고 존슨 대통령 등이 전용으로 사용했다는 Air Force 1호기를 타보았다. 이들이 앞선 제도와 시스템으로 세계를 지배하고 있을 무렵 우리나라는 겨우 보릿고개를 헉헉거리고 넘고 있었다. '역사는 비약 없이 반복된다'는 한 역사학자의 말이 생각났다. 비행기를 관람하기 위해 긴 줄을 서 있었다. 햇살이 따가워 캐나다 체류기간 중 애지중지한 부채를 꺼내 얼굴을 가리고 서 있었는데 앞뒤에 선 많은 외국인이 부채에 관심을 보였다. 그중의 한 사람이 전직 특수교사이자 지금은 알츠하이머병에 걸린 Burch Mcdonald이고 또 한 사람은 그의 여동생인 대학교수 Jessie McDonald이다. 서로가 반갑게 인사를 하고 관심사를 나누었다. 헤어질 무렵에 부채를 선물로 주었다. 나는 별것 아니라고 생각하였는데 Burch가 얼마나 좋아하는지 모른다.

'시애틀 매리너스'라는 야구팀 이름이 상징하듯 항구도시인 시애틀은 갑문에 많은 배가 들어올 수 있도록 인위적으로 여러 수문을 열고 닫아 수면을 같게 한다. 그 과정을 보기 위해 많은 사람이 지켜보고 있는데 성급한 연어들은 한시적으로 갇혀 있는 것을 모르는 듯 힘껏 수면 위로 뛰어오르며 자기 존재를 알린다.

7명이라는 적은 수의 인원이 짧은 시간 동안에 여러 가지를 많이 보고 느껴서인가? 돌아오는 길은 만족스러웠다. 안내를 맡은 퇴역 노인의 구수하고도 질펀한 영웅담과 함께 시애틀의 밤은 서서히 깊어가고 있었다.

white rock과 긴 기차 (8월 9일)

Laurie Smith 교수의 '자폐아 및 전반적인 발달장애 아동'에 대한 강의가 강도 깊게 전개되었다. 한 사례를 놓고 조별토의를 한 후 문제점 및 시사점을 도출해내는 형식인데 힘들지만, 이해의 폭이 넓어지는 점에 만족하며 강의에 열중하였다.

저녁에 white rock을 갔다. white rock은 세계적인 해변휴양지로 여유 있는 사람들이 은퇴 후에 가장 많이 찾는 곳이라고 한다. 큰 바위에 바닷새들이 싼 분비물이 하얗게 붙어 이름이 white rock이라고 한다. 해변을 따라 나란히 달리는 철길 사이로 멋진 카페와 레스토랑이 줄지어 있다. 바다 위를 약 500m 정도 걸을 수 있는 나무다리 위를 걸으며 한쪽에서 잡아 올리는 게잡이를 구경하였고 한쪽에서는 다이빙하는 이국의 젊은 청년들이 관광객들의 시선을 모은다. white rock을 건너기 전에 철로가 있는데 마침 미국을 향하는 긴 암트랙 열차가 지나갔다. 그 길이가 약 1㎞는 되는 것 같다. 책에 보면 이때 많은 사람이 철로 위에 동전을 놓는다는데 그 이유는 잘 모르겠다. 지친 듯 천천히 해변을 지나는 열차가 잠시 나의 호흡을 평온하게 만들었다.

음기의 나라, 캐나다(8월 10일)

캐나다에 도착해서 한국인 가이드들로부터 많이 들은 이야기가 있으니 그것은 곧 캐나다는 음기陰氣의 나라라는 것이다. 어째 뉘앙스가 이상하게 들렸으나 생각해보니 다른 표현은 없는 것 같다. 캐나다는 한반도의 약 40배가 되는 큰 나라이다. 구소련체제가 무너진 이후에는 세계에서 가장 땅덩어리가 큰 나라가 되었다. 워낙 산이 많고 나무가 많다 보니 음기가 발달한 나라라고 한다. 그래서 그런지 사회 각계각층에서 여성들이 활발하게 움직이고 있었다. 방학 중이라 한창 공사 중인 UBC 내의 공사장을 봐도 여성들이 눈에 많이 뜨인다. 직접 힘을 쓰는 작업은 하지 않을지 모르나 트랙터 운전은 물론 주차안내, 도료 칠하기 등 여러 분야에서 씩씩하게 일하고 있다. 우리를 지도한 교수진과 Field Trip에서 만난 교사들도 거의 다 여성들이었다. 이러한 음기가 강한 나라에 온 우리 연수단도 결코 만만치 않았다. 모두 20명의 연수단 중 단장으로 온 연구사를 비롯해 16명이 모두 한국의 씩씩한 여성 동지들이었으니 우리 4명의 남성은 알게 모르게 치우치지 않을 수 없다. 학교와 가정생활을 병행하면서도 해외 연수단 선발시험에 합격한 여선생님들이니 남달리 성취욕이 강하고 욕심도 많으며 매사에 열심이지 않은가? 옛날 어른들의 관점에서 본다면 모두가 역마살이 강한 여성들이다.

연수를 다 마치고 누군가가 나를 평하여 'Power Order Authority and Harmoney'를 가진 사람이라고 이야기하였지만, 그 이유는 아마 내가 막강한 여성들의 영향력과 의사 결정 과정에 코드를 맞추어간 결과가 아닌가 싶다. 아무튼, 우리 여성들은 그동안 알게 모르게 가졌던 학교생활과 가정생활에의 부담에서 벗어나 캐나다의 강한 음기를 받으며 공부할 수 있는 좋은 기회를 가진 것이다. 연수 단원 중 유일한 교감으로, 그것도 나이가 가장 많은 남자의 입장에서 보니 캐나다의 음기는 나를 여러 면에서 돌아보게 한 색다른 기운이었다.

나, 그리고 한 인간과 인류에 대한 평가 (8월 13일)

마지막 평가가 있는 날이다. 어제 1조가 하였고 나는 2조로 2번째이다. 교장연수 이후 다시는 평가가 없을 줄 알았는데 시험이 끝까지 따라다니니 나는 복도 많다. 그래도 평가는 항상 적당한 긴장감과 아드레날린을 주어서 좋지 않은가? 단 외우고 회상하는 객관식이 아니라면 말이다.

교육심리학자인 Dr. Dave Carter와 1:1로 약 20분 동안 구술 평가를 받았다. 미리 예상한 범위 내에서 질문이 있었기 때문에 스스로 시험을 잘 보았다고 생각하였다. 20분이 금방 지나갔다. 이번 연수의 주제가 '통합교육의 내실화를 위한 탐색'이었는데 나는 개인적으로 우리나라가 앞으로 지향해야 할 '한국형 통합교육의 모형'에 대한 탐색을 시도해 왔다. 아쉬운 것은 이에 대한 개인적인 의견을 충분히 피력하지 못한 점이었다. 어찌 되었든 차분하게 잘 치렀다. 나중에 생각하니 이러한 느낌은 거의 모두가 가지고 있었다. 그래서 나는 카터 박사가 노련한 교육심리학자라는 생각이 들었다. 그는 Oral Test 중 끊임없이 "Excellent!, It is interesting, Good Suggestion!" 등등의 고무적인 말로 피평가자를 편하게 하여 가진 모든 관점을 말하게 했다.

누구나 그러하듯 평가 이후는 우리에게 넉넉한 시간과 여유가 주어졌다. 그래서 나는 시간을 내어 UBC 대학 근처에 있는 '인류사 박물관'Museum of Anthropology을 찾아 나섰다. 이 박물관은 캐나다 대륙의 실제적인 주인들이었던 북미 인디언들의 삶을 중심으로 세계 각국의 인류사적인 유물과 문화 유품을 전시한 곳이다. 북미대륙의 인디언들을 말살키 위해 페스트균이 묻은 담요를 강요한 서구의 쓰레기들에 비해 토템에서 나타난 이들의 삶은 자연과 합일된 평화로운 생활 자체였다.

거대하나 평온한 지탱을 하고 있는 각양의 토템들을 보노라니 힘의 논리에 의해 절멸되어간 한 인류의 지류가 아련한 아픔으로 다가왔다.

저녁에는 일본인 니토배를 기념하는 '니토배 정원'을 갔다. 숙소에서 걸어서 5분 거리인 가까운 거리에 이렇게 좋은 정원이 있는 줄 몰랐다. 일전에 '부챠드 가든'을 갔을 때도 유난히 일본식 정원이 마음에 와 닿았는데 이곳도 또한 그러하다. 연못의 비단잉어들이 조금 눈에 거슬렸을 뿐 정적인 가운데 미적인 질서와 단아한 격식을 갖춘 그의 안목이 부러웠다. 사람은 태어나서 후대에게 자기 이름 하나 기억할 만한 업적은 남겨야 하지 않는가 하는 본질 외적인 생각을 잠시 해보았다.

캐시아의 눈물(8월 14일)

귀국하는 날이다. 아침 일찍 일어나 자전거로 UBC의 넓은 캠퍼스를 한 바퀴 돌았다. 홀가분하고 홀가분하다. 특히 밤마다 벤치에 누워 이국 하늘의 별들을 헤아린 '로즈가든'과 그 뒤에 펼쳐진 푸른 태평양을 오랫동안 바라보며 소복이 가슴에 담았다. 그동안 통역하느라 애쓴 케시아가 드디어 눈물을 보였다. 이를 보고 모두가 무거운 마음으로 그동안 정든 숙소를 떠났다.

밴쿠버공항에 도착하여 간단한 쇼핑을 하였다. 탑승하고 자리에 앉으니 한 달여의 연수가 훌쩍 저 뒤로 도망가는 듯하다. 앞으로 장장 약 11시간을 가야 한다. 귀국할 때는 편서풍의 영향으로 한 2시간 정도가 더 걸린다고 하니 단단히 마음의 준비를 하여야겠다. 어릴 때 숨바꼭질을 하다가 큰 나무 옷장에 오랫동안 갇힌 경험이 있어 좁은 공간은 참 무서워하고 싫어하는데 비행기도 별반 다를 바 없다. 더더구나 Economic석이니 말해 무엇 하겠는가? 클래식 음악을 들으며 편한 기분을 유지하려고 애썼다. 시차에 대한 개념이 아직까지도 잘 이해되질 않는다. 조금만 지나면 익숙한 시간개념의 공간으로 들어가리라 생각하고 몸을 편하게 하였다. 그러는 동안 비행기는 아랑곳하지 않고 끊임없이 자기 좌표를 보여주며 넓은 바다 위를 나르고 있었다.

흐리고 좁은 한반도로 들어오다(8월 15일)

비행기 안에서 팀원들이 적어준 글들을 보니 내가 어지간히도 음식 고생에 시달린 모양이다. 모두 돌아가면 보신탕을 많이 들라고 한다. 좋은 말들로 격려해주며 그동안의 만남을 다양하게 회상하고 있었다. 대학생처럼 자전거로 강의실을 다닌 것, 마지막 수료식 때 유일하게 한복차림으로 기체조를 하여 이국인들에게 좋은 인상을 심어준 것, 나이를 생각하지 않고 생활한 모습, 고추장 튜브를 무기처럼 지니고 다닌 모습 등으로 나를 기억하고 있었다. 모두가 고맙고 감성이 풍부한 이들이다. 특수교육 현장에서 보다 가까운 모습으로 만나기를 바란다.

돌아온 한국은 이제 무더위가 조금 진정되는 모양이다. 흐린 빗발이 머잖아 한반도를 조금은 식혀줄 듯 이리저리 상공에서 힘을 모으고 있다. 좋은 곳에서 많은 것을 배운 이번 연수는 이렇게 한여름 밤의 꿈처럼 마무리되었다.

특수교육과 300

    얼마 전에 인상적인 영화 1편을 보았다. 영화 '300'은 BC 480년에 있었던 제3차 페르시아전쟁 때 테살리아 지방의 테르모필레 협곡에서 일어난 실제 전쟁을 소재로 한다. 크세르크세스왕이 이끄는 페르시아 100만 대군이 그리스를 침공한다. 그리스군의 군사적인 연합이 지연되자 스파르타의 왕 레오니다스는 300명의 스파르타 용사들을 이끌고 테르모필레 협곡을 지킨다. 거대한 강군과 맞서는 무모한 싸움이다. 그러나 스파르타의 용감한 용사들은 나라를 위해, 가족을 위해 그리고 본인의 명예를 위해 불가능한 이 전투에 맹렬하게 자신들의 모든 것을 건다.

    테르모필레 협곡은 산과 바다 사이에 있는 좁은 길로 소수가 대군을 막을 수 있는 천혜의 좋은 지형지물이다. 이곳에서 스파르타왕 레오니다스는 300명의 스파르타 정예군을 이끌고 페르시아군을 막았고 그 사이에 그리스 함대는 무사히 퇴각할 수 있었다. 그러나 이 전투에서 레오니다스왕을 비롯한 전원은 장렬하게 전사한다. 이 전투는 나중에 페르시아전쟁에서 승패의 분수령이 되었고 그 결과 동서양의 구분에 대한 개념이 생길 정도로 그리스의 민주주의를 근간으로 동서양의 역사와 문명에 큰 변화를 가져오는 계기가 되었다.

우리나라 특수교육도 많은 발전을 이루었다. 장애인에 대한 긍정적인 인식이 확산되는 가운데 특수교육 관련 법규가 효율적으로 정비됨은 물론 이것을 뒷받침할 수 있는 행정적·재정적 지원체계도 점점 전향적으로 갖춰지고 있다. 그러나 아쉬운 점도 많다. 시대적인 흐름인지 특수교육에 대한 열정과 헌신이 점점 약해지는 것 같다.

초창기 특수교육현장에서 볼 수 있었던 무모할 정도의 열정과 순수함은 이제 많은 부분이 교육 수요자들의 권리 주장과 조건 우선의 많은 주의 주장들로 대치되고 있다. 정보화 사회의 영향으로 너도, 나도 특수교육 전문가가 되어 많은 것을 요구하며 다양한 주장을 하고 있다. 간과하고 있는 것이 있다. 지금 정도의 특수교육 발전의 밑바탕에는 땀 흘려 일한 많은 선배의 노력과 희생, 그리고 조직 우선의 사고방식이 있었기에 가능하였다. E. H. Carr의 얘기를 빌리지 않더라도 과거에 바탕을 두지 않은 역사는 없다. 개인적이고 자기중심적인 사회에서 지나간 날의 근면 분투하던 어려운 삶을 이야기하며 이것을 타산지석으로 삼아야 한다고 강조한다면 너무 지나친 요구일까? 오늘날의 특수교육은 하루아침에 이루어진 것은 아니다.

스파르타인들은 전투에 임하면 그들만의 독특한 진형을 구성하여 적들과 싸운다. 4명의 창병이 1팀이 되어 서로 등을 맞댄 네모꼴의 방진方陣을 구성하여 공격과 방어를 겸하는데 그 파괴력이 엄청났다고 한다. 문제는 이러한 방진方陣의 한 면이 취약하거나 허술하면 전체가 무너지는 전투대형이라는 것이다.

필사적으로 적을 막고 있는 상황에서 퇴각하지 않을 수 없는, 그래서 결국은 전멸을 면치 못하는 상황이 일어나는데, 그것은 바로 조국을 배신하는 한 사람의 역할이 있었기 때문이다. 페르시아군에게 방어선을 돌파할 수 있는 비밀스러운 사잇길을 알려준 것은 바로 다름 아닌 장애인이다. 역사적 사실은 어떠한지 모르나 영화에서 그리고 있는 밀고자는 그 고장 출신의 지체장애인이다. 스파르타는 강력하게 양성된 시민을 중심으로 국가 중심의 전제주의 체제를 지향하는 사회였다. 아이들이 병약하거나 장애를 가지고 태어나면 산속에 버리거나 죽여 버린다. 장애인으로 태어난 그는 자신을 몰래 숨겨준 아버지의 뜻을 살리고자 스파르타의 군인이 되어 자기도 시민의 한 사람으로 당당하게 전투에 임하기를 원한다. 하지만 장애로 인하여 방패를 들어 올려 자신이 맡은 방진方陣의 한 부분을 감당할 능력이 없음을 알게 된 레오니다스왕은 그를 배척하고, 이에 분노와 좌절로 앙심을 품은 그가 최후로 택한 것은 사잇길을 알려서 조국을 배신하는 선택이었다.

특수교육은 어렵다

영화 300의 주인공과 같은 일당백의 자세가 필요하다. 어떠한 상황이든 특수교육의 본질을 견지할 수 있어야 하고, 나보다는 조직과 전체를 중시하고, 권리보다는 의무를 우선시하며, 대접받기보다는 조용히 밑거름이 되는 희생적인 자세를 원한다. 어려울 것이다. 그렇지 않아도 힘든 특수교육인데. 이제는 더 희생하고 더 일하라고 한다. 시대적인 분위기가 개인의 개성과 행복을 최우선하는데 왜 우리만 손해를 보아야 하는가? 그렇지만 우리는 특수한 교육을 하기 위해서 선발되고 자원한 군인들로 특수한 교사들이자 학부모들이다.

특수교육은 힘들다

얼마 전 자신의 발달장애 자녀를 학대했다며 특수교사를 고소한 유명 작가 학부모가 있었다. 그는 자녀에게 녹음기를 몰래 휴대해 등교하게 하는 등 교사의 교육 방식에 대한 불신이 크다. 그 후 해당 교사의 선처를 구하는 탄원서를 제출하겠다고 하였으나 나중에는 유죄를 선고해 달라는 의견서를 재판부에 제출하는 등 양측의 진실 공방과 싸움은 끝이 없다. 이에 대해 교사 측은 보다 적극적으로 중재하고 교육한 결과가 학교폭력과 정서적인 아동학대로까지 확대되는 것을 견디지 못한다. 동료 교사들도 뜻을 모아 특수교사의 입장을 옹호하고 교사의 교육적인 고유 권한과 지도 범위에 대해 고민하고 어려움을 토로한다. 어떠한 상황이든 특수교사는 어렵고 힘들더라도 모든 학생을 안고 가야 한다. 장애의 유형과 장애의 정도를 불문하고, 교육의 효과가 크든, 작든 간에 최선을 다하여야 한다. 비록 그가 창과 방패를 들 힘이 없어서 자신의 몫인 방진方陣을 지켜내지 못하더라도 말이다. 학부모들도 마찬가지이다. 일단 학교에 자녀 교육을 맡겼으면 교육 방식과 지도 범위에 대해 관여하지 말아야 한다. 누가 뭐라 해도 우리나라 특수 교사들의 자질과 헌신도는 최고의 수준이다. 모두가 이 땅의 300명 엘리트 교사들이다. 교사를 뛰어넘는 학부모는 단연코 없다고 본다. 영화는 동서양 문명의 승패를 좌우한 중요한 전투에서 결정적으로 부정적인 역할을 한 사람을 장애인으로 묘사하지만, 특수교사와 학부모들은 그 장애인 학생들과 함께 걸어가는 운명 공동체이다. 어려운 가운데 묵묵히 우리 아이들과 함께 가고 있는 대한민국의 300 전사들에게 작은 격려를 드린다(2023년 9월).